多感, 하소서

박 민 규

더블

더블 • side A

박민규 소설집

Double

창비

나는 흡수한다

분열하고, 번식한다

그리고 언젠가

하나의 채널이 될 것이다

차
례

근처

아마도 이, 근처일 것이다.

 중키의 나무들이야 일후(日後)에 심은 것들이고, 지금 눈앞의 버드나무가
그때는 유일했었다. 그래 이 나무다. 아마도, 라는 기분이 들 만큼 키가 낮아진
느낌이지만 또 그것은 열두살 소년의 아련한 기억일 테지. 우거진 녹음 속에
서 나는 말없이 고개를 끄덕인다. 습필(濕筆)인 양, 늘어진 두엇 가지들이 뚝
뚝 젖은 그늘을 땅 위에 떨궈댄다. 번진다, 번진다

 번짐이 멈춰선

 저 근처다. 미소(微小)한 썰물처럼 출렁이는 그늘을 바라보며 나는 걸음을

떼기 시작한다. 한 걸음, 두 걸음, 세 걸음. 아이들 걸음으로 다섯 걸음이었으니 아마도 세, 걸음 정도가 맞을 것이다. 가방을 내려놓고 마련해온 꽃삽을 장갑과 함께 꺼내든다. 무성한, 늘어진 가지에 가려 학교가 보이지 않는다. 겨우 세 걸음 자리를 옮겼을 뿐인데 강당도, 운동장 너머의 교문도 어느새 사라졌다. 지나온 세 걸음이 그래서 문득 30년처럼 느껴진다. 삼보(三步)든 삼보(三報)이든, 하긴 그것은 마흔둘 중년의 비루한 걸음이니까. 스산한 바람처럼 30년이란 시간이 지나갔다. 갈필(渴筆)인 양, 몸을 뒤집는 잎사귀들이 핏 핏 바삭한 봄볕을 눈 위에 흩뿌린다. 반작, 반작이고

반작임이 사라질 때까지 나는 눈을 감는다. 곧 눈물이 차오르고, 그 물속을 숱한 물벼룩들이 어지러이 떠다닌다. 볕과 그늘의 경계에 서 있음을 양어깨의 체감으로 나는 느낀다, 느껴진다. 아마도 이, 근처임이 분명하다. 쪼그린 채 둘러앉은 아이들의 모습도 떠오른다. 그날 이 자리에 모두가 앉아 있었다. 아니, 이 자리가 아니어도 하나 이상할 게 없는 까마득한 옛날이다. 상관은 없다. 또이미, 하면서도 나는 땅을 파기 시작한다. 일전에 내린 비로 흙은 무르고, 나는 말없이 쉬운 삽질을 계속한다. 서넛, 가지들의 출렁이는 그림자가 볕과 그늘의 경계에 리아스식 해안을 만들고 또 만든다. 잠시 현기증이 인다. 일렁이는, 볕과 그늘의 미소한 해안(海岸)에 앉아 지금 흙을 파고 있는 나는 누구인가? 모르겠다. 나는 30년 전의 소년이고, 나는 30년 후의 중년이다. 나는 그리고

툭

10분이 지났을까, 삽 끝에 분명 무언가가 부딪혔다. 그늘의 출렁임이 일순 해일처럼 거대해진다. 있다, 있었다 하며 30년 전의 소년과 30년 후의 중년이 다 함께 소리친다. 소년의 손길과 중년의 호흡이 다 같은 맥으로 그래서 빨라진다. 잠기고 깎여나간 세월의 해안선이 툭, 한순간에 완만해진다. 나는 처음으로 그 해변에 다다른 소년이고, 유서를 품은 채 해안의 절벽에 몰래 선 중년이다. 나는 그리고... 땀이 흐른다. 물과 불, 공기와 흙... 느끼는 모든 것들이 염분으로 충만해진다.

상자는 붉게 녹슬어 있었다. 혹 몰라 챙겨온 페인트붓으로 나는 표면의 녹을 쓸고 또 쓸어낸다. 날리는 갈색의 미분(微粉)이 시간의 시체를 갉아먹은 미생물 같다. 지금의 나 역시 붉게 녹슨 30년 전의 소년이겠지. 녹슨 상자를 바라보며 그만 소년도 중년도 숙연해져버린다. 열어... 볼까? 열어보고 싶지만 마른침을 삼키듯 나는 상자를 챙겨든다. 가방을 풀어헤쳐 조심조심 상자를 내려놓는다. 수건을 깔고 그 위에, 다시 고이 몇겹의 수건을 두른다. 꽃봉오리처럼 부푼 가방의 심연에서 언뜻 시간의 수술과 암술이 하늘, 돋아난 느낌이다. 문득 화사하다. 한 송이 비닐꽃을 흔드는 미풍과 5월의 볕... 종아리 가득 화분(花粉)을 묻힌 일벌처럼 나는 서둘러 그늘을 벗어난다. 한 걸음, 두 걸음, 세 걸음. 운동장이, 이제는 폐교가 된 낡은 교정이, 누구도 드나들지 않는 녹슨 교문이 다시금 시야에 들어온다. 그 옛날의 소년이 그랬듯, 운동장 어귀를 마구 뛰어다니고픈 봄날이다. 갑자기 통증이 밀려왔다. 가로질러야 할 운동장이, 교문이, 집으로 이어진 길고 긴 오솔길이 한순간 멀고 아득해진다.

딸각

　눈을 뜬 것은 7시였고, 상자를 연 것은 자정을 넘어서다. 진통제를 먹고 오후내 잠을 잤고 눈을 떠서는... 밥을 먹었다, 식당이 있는 모서리(茅西里)까지 차로 10분, 밥을 다 먹고는 식당 주인이자 친구인 호기와 맥주 한 병을 나눠 마셨다. 특별한 얘길 나눈 것은 아니었다. 뉴스를 보며 이런저런... 친구들 근황을 들으며 그런저런. 다들 한번 보자고 하더라. 그럼, 봐야지. 계산은 무슨 계산이냐는 호기의 주머니에 억지로 돈 만원을 찔러넣고 나선 것이 10시였다. 달이 너무 크고 밝아 모북리(茅北里) 초입에서 차를 한번 세워야 했다. 안구(眼球)란 걸 지닌 모든 짐승을 얼어붙게 만드는 달이었다. 절로, 나도 모르게 차에서 내려섰고... 아마도 인생의 마지막 장관이겠지, 오오래 그 달을 바라보았다. 얼마나 그 자리에 서 있었을까, 그리고 이 삶은 얼마나 남은 걸까? 비좁은 두 눈에, 계산은 무슨 계산이냐며 만월(滿月)이 억지로 달빛을 찔러넣었다. 아무도 없는 숲길이었다. 차오른, 차가운 몇방울의 안약(眼藥) 같은 게 나도 모르게 뺨 위를 흘러내렸다. 아무도 없는 숲길이니까, 그래서 한동안도 괜찮다는 생각이었다. 그리고 집으로 돌아왔다. 차를 마시고, 서울서 걸려온 두 통의 전화를 받고... 문득 상자를 떠올린 것은 자정을 조금 넘겨서였다. 불 꺼진 마루, 시든 꽃처럼 숨이 죽어 있는 가방을 챙겨 나는 다락으로 올라왔다. 30년 전의 내 방, 그때 그대로인 낡은 책상 위에... 나는 조심조심 상자를 올려놓는다. 바삭하고 파삭한, 녹슨 양철의 모서리들이 오래 오십견을 앓은 노인의 축 처진 어깨 같다. 녹슨 어깻죽지에 부축이라도 하듯 힘을 가하자

　　딸각, 힘없이 그런 소리가 울려퍼졌다. 금속과 목재의 중간쯤 되는, 그런 성질의 소리였다. 더없이 가슴이 뛰기 시작했다. 스탠드의 각도를 조절하고, 나는 서서히 뚜껑을 열어젖힌다. 묻었던 소년과 이를 파낸 중년의 중간쯤 되는 목소리가 아, 하고 새나왔다. 떼가 벗겨진 고분(古墳)처럼 크고 작은 봉투들이 고스란히 그 속에 놓여 있었다. 떨리는 손으로 나는 내 이름을 찾기 시작한다. 정, 호, 연... 색 바랜 봉투의 겉봉 하나에 과연 눌러쓴 소년의 필체가 남아 있다. 단단히 풀칠했을 봉투의 입구를 나는 조심, 가위로 절개한다. 잘렸, 다기보다는 바스라진 봉투에서 나온 것은 접이식 군용 나침반이었다. 그랬다... 소년이 넣어둔 것은 나침반이었다. 장례식의 기억도 떠올랐다. 호연아... 하며 말을 잇지 못하던 외숙의 목소리가 생각난다. 얼굴은 잊었지만 그 목소리와, 커다란 두 손을 기억한다. 한 손은 거칠게 내 머릴 쓰다듬었고 또다른 한 손엔 나침반이 들려 있었다. 왜 이런 걸 줬는지는 지금도 알 수 없다. 일곱살 아이에게 다만 장난감으로 건넸을 수도, 혹 어머닐 여읜 조카에게 삶의 지표라도 일러주고 싶었는지 모를 일이다. 월남을 다녀왔다는 외숙을 만난 것도 그때가

마지막이었다.

　곽... 호기. 호기의 봉투를 뜯어본다. 맙소사 이게 뭔가, 커다란 매미의 허물이 들어 있다. 녀석하고는, 실소가 나왔지만 또 열두살 호기에겐 더없이 소중한 보물이었을 것이다. 잠깐 부엌으로 내려가 나는 포트와 찻잔을 챙겨온다. 물이 끓을 때까지, 또 물이 끓는 소리를 들으며 나는 말없이 갈라진 허물의 등짝을 바라본다. 죽음도... 저런 걸까? 행여 삶이란 허물을 벗고, 또다른 삶을 살아가는 게 아닐까. 저 틈을 빠져나온... 그리고 다시, 오래전에 죽었을 매미의 삶을 나는 떠올려본다. 수면(水面)이란 허물을 벗어던지고, 잘 우러난 얼그레이의 향이 코끝까지 번져온다. 남은 삶이 문득 홍차가 되기 직전의 뜨거운 물처럼 느껴진다. 번진다, 번진다

번짐이 멈춰선

　그 순간 이 삶도 끝날 것이다... 다른 무엇으로, 성질이 바뀔 것이다. 30년 전의 숲을 막연히 떠올리며 나는 맴맴, 스푼을 휘젓는다. 어디선가 그 여름의 매미소리 들리는 듯하고, 전원이 꺼진 포트에서 아직도 잔잔히 물 끓는 소리 들린다. 삶은 죽음을 우려내기 위해 끓이는 뜨거운 물과 같은 걸까? 한순간 나는 벗어날 것이고, 한순간 나는... 한잔의 차를 비울 때까지 생각은 끝없이 맴을 돈다. 바삭한 허물처럼 가벼워진 찻잔을 나는 내려놓는다. 찻잔의 손잡이

가... 아직은 따스하다. 잠잠해진 포트의 물도 아직은 따스할 것이다. 아직은, 아직까지는 나도 따스한 것이다.

순임이구나, 천으로 재단한 색다른 봉지에는 또박또박 6학년 1반 8번, 까지가 붙은 이순임이 적혀 있었다. 다섯 중 유일한 여자애였다, 라고는 해도 여름이면 우 몰려가 다 함께 먹을 감던 사이였다. 순임이가 지금 애가 둘이야, 큰애가 중학생이지 아마? 이혼을 하고 혼자 애 둘을 키우며 산다는 얘기도 호기로부터 전해들었다. 순임의 봉지에서 쏟아진 것은 아마도 잘 말린, 꽃으로 보이는 것들의 바스라진 잔해였다. 로진백을 쥐었을 때처럼 한때, 그래도 꽃이었던 것만이 낼 수 있는 독특한 향이 매캐한 먼지와 함께 피어오른다. 그러고 보니 순임의 얼굴도 잘 떠오르지 않는다. 바스라지게 흐드러지고, 흐드러지게 바스라지고... 꽃도 소녀도, 결국 모든 것은 잔해가 된다.

도형이의 글씨는 단연 눈에 띄었다. 남들보다 두 배는 큰... 해서 1학년이 쓴 것 같은 6학년의 글씨. 약간, 아주 약간의 정신지체가 있는 친구지만 말이 어눌할 뿐 공부나 생각이 뒤진 친구는 결코 아니었다. 텃세를 부리던 모북의 친구들 중 내게 처음 말을 건넨 것도 도형이었다. 진짜는 다다, 다... 좋은 놈들인데... 얼마 안 가 알 수 있었다. 놈들이 얼마나 다다, 다... 좋은 놈들인가를. 봉투 속에는 두꺼운 한 장의 엽서, 같은 것이 들어 있고 색 바랜 사진의 뒷면에는 몹시도 힘들여 썼을 작은 글씨가 듬성 몇줄로 적혀 있었다. 뭐지? 비스듬히, 스탠드의 불빛을 반사시켜 나는 문장을 확인한다.

20년 후에 나는 순임이와 결혼해 행복하게 살고 있다.

아들 하나 딸 하나

아들은 대통령 딸은 미스코리아.

풋, 하고 웃긴 했지만 짐작도 못한 일이었다. 그랬구나, 도형이가 순임이를... 나는 고개를 끄덕인다. 그러고 보니 모서 너머 신평인가, 신도시에 산다는 것만 알 뿐 호기도 자세한 근황을 일러주지 않았다. 남은 봉투는 역시나 신평에서 꽃집을 열었다는 한동구의 것이다. 동구가 꽃집을? 하고 웃음이 나왔지만 제법 크게 열었다는 호기의 말에 오호, 고개를 끄덕였다. 동구는 한마디로... 모북의 싸움대장이었다. 덩치가 크고 힘이 셌다기보다는, 모북에서 제일 못사는 집안의 아들이었다. 또래에 비해 눈치가 빠르고, 정이 많은 만큼 근성이 강한 친구였다. 아니나 다를까 동구의 봉투 속엔 동전이 들어 있었다. 그해에 발행된, 아마도 가장 빛나는 동전이었을 것이다. 어린 동구는 부자가 되고 싶었나보다. 동구는 돈을... 많이 벌었을까? 그러고 보니 동구의 얼굴도 가물가물하다. 30년 전의 탑 하나가 문득 동전의 뒷면에서 허물어져 있다.

밤공기가 차다. 대문을 나서 한 5분, 인도천(仁滔川)이 보일 때까지 나는 걷는다. 말하자면, 소년 잡지란 걸 본 것은 그때가 처음이었다. 서울에 사는 호기의 사촌이 보내온 책을... 글자 하나 빠짐없이 돌아가며 읽은 기억이 생생하다. 둘러앉아 만화를 베끼고, 특집에 실린 시간여행이니 그런 이야기들로 해가 저무는 줄 모르던 시절이었다. 특집의 귀퉁이에 〈타임캡슐〉이란 것이 소개되어 있었다. 20년 후에 다 함께 모여 이걸 열어보는 거야. 그때까진 철저히 비밀을 지킨다... 는 것이 눈을 반짝이던 다섯 친구의 철석같은 약속이었다. 호기네 창고에서 찾은 양철상자에, 하여 각자의 소중한 것을 담아 땅속에 묻기로 했다. 나침반과 《플루타아크 영웅전》 중 어떤 걸 넣을까, 며칠을 고민한 기억도 새삼스레 떠오른다. 몹시도 무더운 여름이었다. 동구가 땅을 파고 두근두근, 버드나무 근처 깊숙한 곳에 각자의 비밀을 담은 상자를 묻었다, 묻어두었다. 그리고 까맣게

잊고 있었다. 모여, 타임캡슐을 열기로 한 10년 전의 날짜도 도무지 떠오르지 않는다. 여즉 상자가 묻혀 있다는 것은, 그리고 모두가 그 사실을 잊었기 때문이리라. 물소리를 들으며 나는 말없이 주머니 속의 나침반을 꺼내든다. 희미해진 눈금의 야광이 달빛을 받아 더 희미해 보인다. 흔들리고, 흔들리고... 흔들리던 바늘이 이윽고 묵묵히 북쪽을 가리킨다. 모서도 정확한 서쪽은 아니었구나, 어슴푸레 불빛이 번져 있는 모서의 하늘을 바라보며 나는 고개를 끄덕인다. 그리고... 어디로 갈 것인가 나는... 이제 어디로 가는 건가, 저 물도 죽음을 우려내기 위해 저리도 살아 흐르는 건가. 어떤 물음에도 답하지 않은 채 등 돌린 달이 물 위를 걷고 있다. 느리고 단호한 걸음이다. 느려도 단호하게

이 밤이 진다.

잘 살고 있어. 아침엔 민과장의 전화를 받았다. 10시쯤 눈을 떴으니 민과장
에겐 아침회의를 끝내고 난 오전이었을 것이다. 어떻게 지내냐는 말에... 그렇
게밖에는 답을 할 수 없었다. 나도 얘기는 들었는데... 하고 말을 흐렸으므로 그렇지
뭐, 내가 말끝을 이어야 했다. 또 무슨 얘길 나눴던가... 잘 아는 목사님이 계
시다는 얘길 들었다, 들었으므로 나는 고맙다고 말해주었다. 고맙다, 고마운
일이다. 그리고 또 각자의 삶을 살아야 한다. 어떤 통증도 없이 모처럼 깊은
잠을 잤다는 생각이다. 차를 끓이고, 몇장의 시디를 뒤져 바흐를 듣고, 세수를
하고, 카메라의 배터리를 교체하고... 했다. 분명 잘, 살고 있다고도 말할 수 있
는 생활이다. 돌이켜보면

외로운 삶이었다. 모북리에 들어온 것이 일곱살 때였다. 어머니가 돌아가시
자 이곳 숙부께 나를 맡기고 아버지는 일본으로 건너가셨다. 그리고 돌아오지
않았다. 오사카에서 사고로 숨겼다는 말을 듣긴 했지만 정확한 사실은 아직도
알 수 없다. 아버지와 어머니의 얼굴을 기억하는 것도 남은 몇장의 사진 때문
이다. 한결같이 무표정한 얼굴이었다. 한 장의 결혼사진도, 두어 장의 스냅사
진도 모두가 경직된 표정이었다. 그들의 삶이 어땠는지를, 그래서 도무지 가
늠할 수 없었다. 결국 삶이란 어떤 표정도 지을 수 없는 것인가, 두 분의 사진

을 볼 때마다 그런 생각이 들고는 했다. 오피스텔을 정리하며 뒤적인 나의 사진도 대부분 그런 얼굴이었다. 生, 老, 病, 死를 겪으면서도 인간은 대부분 자신이 지을 수 있는 가장 무표정한 얼굴을 이 땅에 남긴다. 어떻게 그럴 수 있을까, 어떻게.

숙부는 인품이 너그러운 분이었다. 아들이 셋이나 있는데도 나를 자신의 호적에 올려주었다. 2층을 올릴 정도로 넉넉한 살림이었지만, 살림이 넉넉하다 해서 내릴 수 있는 결정은 아니었다. 고맙고, 고마운 일이다. 세 명의 사촌형들이 모두 공부를 잘했다. 워낙 터울이 컸으므로 어울려 큰 건 아니지만, 나도 모르게 그런 분위기에 영향을 받은 건 사실이다. 모북에서 대학을 가는 것은 당시로서는 상상도 하기 힘든 일이었다. 차례차례, 게다가 막내형이 명문대학에 합격했을 땐 정말 온동네가 떠나갈 듯 잔치를 열었었다. 모북의 또래들 중 대학을 간 것도 내가 유일했다. 그리고 점점 나는 이곳과 멀어졌다. 실상 인근 도시에서 중고등학교를 다녔으므로 친구들과는 일찌감치 멀어진 셈이었다. 잘 컸다, 이제 알아서 살 길을 찾아라... 취직을 하고 첫 월급을 들고 이곳을 찾은 때가 아직도 생생하다. 잘못 고른, 치수가 커 헐렁한 내복을 입어보고는 숙부가 중얼거렸다. 웃음인지 울음인지 알 수 없는 비음 섞인 목소리였다. 장대했던 숙부는 생각보다 왜소한 노인이 되어 있었다.

전화벨이 울린다. 야, 점심 먹으러 안 올 거냐? 호기의 목소리다. 그렇잖아도 움직이려던 참이야, 짧은 통화를 끝내고 나는 양말을 신는다. 약을 챙기고, 또 문단속을 한다. 잠깐 국도로 빠져 기름도 넣어야지 생각을 한다. 시동을 건다. 스물일곱 되던 해에 직장생활을 시작했다. 중간에 한 번 이직을 하고 줄곧 지금까지 일해왔다. 스스로가 생각해도 건조하다 싶을 만큼 성실한 편이었다. 그리고 아직... 결혼을 하지 않았다. 피한 것도, 여자를 싫어한 것도 아니었다. 이상한 변명이긴 해도 결혼을 할 시간이 없었다. 기획부서란 게 늘 그렇듯 끝없이 끝없이 중요한 업무가 이어져왔다. 접촉사고로 라이트 한쪽이 함몰된 적이 있었는데 결국 수리를 미루다 새 차를 산 적도 있었다. 그런, 생활이었다. 오피스텔과 직장을 오가고, 밤을 새고, 회의를 하고, 기획서를 작성하고, 프레젠테이션을 준비하고, 돌아와 빨래를 하고, 간단한 요리를 만들거나 경조사에 얼굴을 내밀고, 가전제품을 구입하고, 오디오를 바꾸고, 외국으로 현지답사를 떠나고, 돌아오고, 그때그때 트렌드에 맞는 옷을 구입하고, 승진을 위해 노력하고, 연봉협상에 임하고, 미용실을 바꾸고, 회식을 하고, 끝까지 자리를 지키고, 잠을 자고, 일어나 샤워를 했을 뿐인데 15년 가까운 세월이 흘러 있었다. 어쩌다 업소 같은 델 출입하며 섹스를 해결하고, 한 해 한 해 미뤘던 결혼을 심각하게 고민해야 할 마흔살의 독신이 되어버린 것이다. 어쩌다

이렇게 된 것일까? 멍하니 사무실의 창밖을 바라보며 생각에 잠기곤 했었다. 멍하니, 앉아 있는데 뭐 먹을래? 오늘은 돈 내면 안된다 하고 호기가 묻는다. 아무거나, 하고 나는 아무렇게나 대답해버린다. 모북에 비해 모서는 오히

려 번창한 느낌이다. 신도시에 접한 시골이라 줄줄이 크고 작은 음식점들이 이어져 있다. 군데군데 골프웨어를 차려입은 중년의 커플들도 눈에 띈다. 호기를 만난 것은 정말 우연이었다. 쌈밥과 두부가 적힌 입간판에 끌려 왔는데 한눈에 서로를 알아보았다. 나도 모서에 터 잡은 지가 꽤 됐지, 지척인데도 이젠 갈 일이 없어. 그리고 나는, 휴직을 하고 고향에 잠깐 머물 참이라는 급조된 변명을 늘어놓았다. 머리 식히러 왔구나. 호기가 말했다. 그런 셈이지. 내가 답했다. 둘 다 듬성 새치가 보이는 중년이 되어 있었다. 어딘가 벗어둔 소년의 허물들도 이미 서늘한 잔해가 되었을 것이다.

토요일날 말이다, 괜찮으면 애들 한번 모였으면 하는데. 도형이도 그날 대전에서 돌아온다 하고. 나야 언제든 좋고... 참, 도형인 뭐 하나? 말해주지 않았나? 신평에서 컴퓨터 대리점 한다고... 규모는 작은데 그럭저럭 벌이는 괜찮나봐. 그런데... 도형이 말이다, 혹 어릴 때 순임이 좀 따라다니지 않았나? 뭔 소리냐, 개들 사이가 얼마나 안 좋은데. 어, 그래? 아마 돈을 좀 떼였을 거야... 아니, 나중에 갚았다던가? 아무튼 순임이 그것도 늘 코가 석자여서... 작년 추석 때 동구가 그러더라고, 순임이가 신문을 돌리더라고. 신문? 술 마시고 새벽에 들어가는데 바로 아파트 현관에서 신문 카트를 밀고 있는 순임일 봤대지 뭐냐. 자존심 센 년인 거 다 아니까 동구가 얼른 자릴 피했다 하더라고. 그랬구나. 그년도 남편 복이 지랄 같아서... 남편이 왜? 내막을 어찌 알겠냐, 암튼 위자료도 거의 못 받고 그랬나봐. 남편 놈은 그 여자랑도 또 갈라서고 새

여자랑 산대나 어쩐대나.

　천변에는 잔뜩 나비떼들이 날고 있었다. 호기의 식당을 나와 이리저리 나도 떠돌다 인도천에 이르렀다. 개금산(蓋錦山)을 돌아 모서에 이른 개천은 모북과는 비교가 안 될 만큼 폭이 넓고 물이 깊었다. 근처에서 두 명의 낚시꾼이 조곤조곤 들리지 않는 대화를 담배연기와 섞어 나누는 중이다. 바람이 좋다. 힐끗, 입질을 하듯 낚시꾼 하나가 나를 보기에 찌처럼 흔들, 고개를 숙여준다. 두 툼해 보이는 손을 들어 남자가 답례를 표한다. 그리고 각자, 자신의 삶으로 돌아간다. 남자는 낚시를, 그리고 나는 말없이 천변을 걸을 뿐이다. 그런 서로의 근처를 나비떼가 섞인 바람이 머물러, 머무르고, 머물다 흘러간다. 아름답다. 간암 말기란 얘기를 들은 것은 3월이었다. 우선 차 한잔 하시겠습니까? 의사가 물었고 뜨거운 물속에 티백을 담그듯 너무 늦었습니다, 라고 담담하게 중얼거렸다. 그 순간 삶이, 더는 한 잔의 물이라 말할 수 없는 다른 것으로 변해버렸다. 담담하지만 단호한 변화였다. 몇차례 더 검사를 받았으나 결과는 마찬가지였다.

　두 가지 경우의 수를 의사는 제시했다. 죽음을 받아들이는 것, 혹은 죽음에 끝까지 저항해보는 것. 얼마나 살 수 있습니까? 그냥 이 상태론 6개월을 넘기기 힘들 겁니다. 수술 시기는 이미 놓쳤구요, 항암치료로 얼마 더 연장할 수 있을지도... 어떤 면에선 더 큰 고통만 겪을 뿐이라 말할 수 있습니다. 다른 방도는 없습니까? 기적... 말고는 바랄 게 없겠지요. 와아, 하고 낚시꾼들이 환호성을 지른다. 멀리서도 떡붕 아냐? 아니 참붕어야, 소리가 들려온다. 두툼한 손의 그 남자가 환한, 소년 같은 미소를 짓고 있다. 받아들인 걸까, 혹은 끝까지 죽음에 저항하는 걸까? 멀리서도 파닥이는 붕어의 몸부림이 선연하다. 몇차례 상의 끝에 결국 나는 죽음을 받아들이기로 결심했다. 담담할 수 없는데도, 담담할 수밖에 없는 선택이었다. 한참을 파닥이던 붕어가 누워, 아가미만을 들썩인다. 점차 그것은 멀리서는 보이지 않을 만큼 담담해진다. 그런 서로의 근처에서 바람은 잠잠해진다.

　낚시를 해본 적은 없다. 담배를 피우지도 않았다. 맥주 한 컵이면 족한 주량이었다. 거르지 않고 회사에서 매년 건강검진을 받아왔다. 특별한 문제는 한번도 없었다. 아니, 발견되지 않거나 눈여겨보지 않았을 뿐 지금 저리 발아래 풀은 밟혀 있고 누워 붕어는 죽어간다. 늘 누군가 그렇게 죽어간다. 알아서 죽고 모르고 죽고 믿고 살고 자고 그것도 모르면서 벌고 자시고 끊고 잡고 들쑤시고 두드리고 떠들고 달리다... 죽는다, 내가... 죽는다... 니. 무슨 말을 해야 할지 모르겠네. 멍하니 내 눈을, 혹은 통과해 흰 벽을 응시하듯 부장은 나를 쳐다보았다. 다른 직원들에겐 비밀로 해주십시오. 책상 위의, 사직서의 겉봉을 응시하며 나는 말했다. 무거운 정적 속에서 톡 톡 톡 톡 부장의 검지가 데스크의 유리를 두드리고 있었다. 그것참, 하고 이마를 짚으며 부장이 중얼거렸다. 나는 아무 말도 하지 않았다.

온몸을 파닥이던 붕어의 모습이 떠오른다. 내게도 그런 시간이 있었다. 그 몸부림에 대해선 말하고 싶지 않다. 고통과 진통, 투약과 불면... 스스로의 혈관을 찾아 링거를 꽂는 일상에 대해선 말하고 싶지 않다. 나는 살아 있는 내 모습을 기억하고 싶다. 바람이 분다. 나는 지금 숨을 쉬고 있다. 멀리서는 보이지 않을 만큼 담담한 모습이겠지만, 더없이 풍만한 감정으로 지금 이 자리에 앉아 있다. 한 폭의 그림을 그리는 마음으로 연두와 초록, 노랑의 저 색채를 음미하고 기억하려 한다. 모든 물감을 섞으면 검정이 되듯 소소한 삶의 순간들도 결국 죽음으로 물들게 될 것이다. 물이 흐른다. 이전과는 비교할 수 없을 만큼 폭이 넓고 깊은 삶이 흐르고 있다. 나는 기쁘고, 기쁘지도 않다. 나는 슬픈데 슬픈 것만도 아니다. 나는 화가 나지만 어째서 화가 나는지 모르겠다. 나는 아프지만 아프지 않은 부분도 있다. 나는 즐겁고, 실은 즐거울 하등의 이유가 없다. 모르겠다. 느끼는 모든 감정을 추스르고 섞으면 결국 체념이 된다. 그것은 캄캄하고, 끝없이 깊고, 풍부하다. 인간이 이를 곳은

결국 체념이다.

집으로 돌아온 것은 저녁나절이었다. 잠을 자고, 잠깐 일어나 존 번연의 《천로역정(天路歷程)》을 읽다가 다시 잠이 들었다. 피곤했다. 다시 눈을 뜬 것은 한밤중이다. 어둠속에서 문득 집의 냄새가 느껴진다. 까마득히 잊고 있던 오

래전의 냄새였다. 아버지의 손을 잡고 처음 이곳에 왔을 때 맡았던 나무의 향이다. 아니, 장판지의 냄새다. 혹은 장롱에 칠해진 도료거나, 마루를 닦던 숙모의 걸레... 에서 풍기던 비릿한 물냄새다. 근처의 사람들, 즉 친척의 체취다... 아니, 그 모두가 뒤섞인 체념의 냄새다. 체념한, 집의 냄새다. 일어나 앉아, 나는 기다린다. 넌 저 방에서 기다리고 있거라. 아버지의 목소리가 떠오른다. 숙모의 손에는 아직 젖은 물기가 그대로였다.

모북의 집으로 들어온 것은 열흘 전이다. 오피스텔을 급매로 처분하고 정리가 끝나는 대로 이곳을 향했다. 의사도 그렇고... 다들 시골생활과 유기농 채식을 권하더군요. 막내형의 집을 찾은 것은 소옴소옴 밥 짓는 향이 풍겨오던 저녁나절이었다. 멍하니 거실의 티브이를 응시하던 형이 푹 고개를 떨구었다. 호연아... 하고 소파에 몸을 묻은 채 형은 길고 긴 한숨을 쉴 뿐이었다. 거칠고 주름진 형의 눈가에 송진처럼 진득한 물기가 어려, 맺혀 있었다. 이 불쌍한 놈아... 하고 형은 더 말을 잇지 않았다. 2년 전 숙부가 돌아가시고 모북 집을 관리해온 것은 막내형이었다. 서먹한 저녁식사였다. 아무 일 없다는 듯 나는 조카들의 안부를 물었고, 이런저런 대답을 한 것은 형수였고, 형은 묵묵히 갈치 토막을 바라보며 밥을 곱씹을 따름이었다. 갈치가 맛있네요. 내가 말했다. 마지못해 형이 고개를 끄덕였었다.

이상한 일이었다. 시골생활과 채식에 실낱같은 기대를 건 것도 아니었다.

기적을 믿을 만큼 나는 어리석지 않았고, 이제 와 신앙을 가질 만큼 영민한 성격도 못 되었다. 그저 돌아갈 곳이 모북밖에 없었고, 무엇보다 나는 혼자이고 싶었다. 여섯 개 정도... 개인 파일이 담긴 폴더를 휴지통에 삭제하던 순간이 떠오른다. 삶의 대부분이라 믿었던 직장생활이 그걸로 사라지는 순간이었다. 저기... 이런 말 하긴 뭣하지만 말일세... 하고 부장은 부탁했었다. 일주일 정도라도... 어떻게 인수인계를... 살아온 삶에 특별한 의미가 없다는 느낌이 그래서 들었다. 천수를 누린다 해도 어쩌면 삶은 아무런 의미가 없는 게 아닐까, 생각했다. 딸각 이곳의 문을 여는 순간 그때도 아버지의 말이 새삼스레 떠올랐었다. 넌 저 방에서 기다리고 있거라... 어쩌면 그 말은 아버지의 마지막 인수인계가 아니었을까, 인간은 결국 각자의 죽음을 기다리기 위해 견디고 견뎌온 존재들이 아니었을까. 그 방에 짐을 풀고서 나는 청소를 시작했었다. 그때의 젖은 물기가 아직 손에 그대로 남은 느낌이다. 처연한 달이

스스로를 깎고 있는 깊은 밤이다.

《천로역정》의 1부를 다 읽어갈 무렵 호기로부터 전화가 걸려왔다. 토요일이었다. 묻어둔 상자가 떠올랐을 때처럼 이상하게 가슴이 두근, 하고 두근했다. 샤워를 하고 로션을 바르고, 혹 모르지 예전의 명함을 주섬주섬 챙기다... 내던지고 차에 올랐다. 대신 뒷자리에 상자를 실었다. 모두를 놀라게 해줄 심산이었는데 막상 식당에 도착하자 호기의 말이 생각났다. 걔들 사이가 얼마

나 안 좋은데. 결국 빈손으로 내려섰다. 도형이도 순임이도 어떤 인간이 되었을지 알 수 없는 일이었다. 문을 열고 들어서자 여느 때처럼 중년의 손님 서넛이 귀퉁이의 테이블을 차지하고 있었다. 여어, 하고 그 속에서 호기가 번쩍 손을 들었다. 모북의 친구들이었다. 아아, 하고 나는 잠시 멈칫했다. 박수가 터져 나왔다. 순임이는 아닌데... 순임이 같은 중년의 여자가 꽃다발을 안겨주었다. 마련된 자리에 착석을 하며 나도 모르게 실례합니다... 라는 말이 새나왔다. 실례해라! 하고 고함을 친 것은... 동구였다, 자세히 보니 동구임을 알 수 있었다. 모두가 웃음을 터뜨렸다. 얼마든지 나도

실례를 하고픈 밤이다. 친구들은 변하지 않았고, 변해 있었다. 글쎄 호연이 이놈이 아직 미혼이란다, 나 참. 호기의 발언을 필두로 너나 할 것 없이 얘기들을 쏟아놓았다. 동구가 어떻게 좀 해봐라. 알고 보니 동구는 안마시술소를 차리고 있었다. 혼자 하는 건 아니고 동업이다. 애들도 크는데... 좀 그렇잖아, 그래서 누가 물으면 아 꽃집 합니다, 라고 말하지. 오늘 2차는 한동구 씨가 운영하는 꽃집에서! 그러니까 꽃집에서 성~대하게... 호기가 딴죽을 부리자 다들 웃음을 터뜨린다. 그럼 순임이 안마는 누가 해주뇨? 동구의 딴청에 또다시 웃음이 터져나왔다. 도형이는 여전히 말을 더듬었고 그, 그, 그래서... 나는 니가 우, 우릴 다 이, 이, 잊은 줄 알았다, 라고 했다. 야 임마, 돌아볼 정신 없기는 전부 매한가지야. 우리도 고향 떠난 지 벌써 몇년이냐? 동구의 말을 들을 땐 피식 웃음이 나기도 했다. 모서야 말할 것도 없고 신평도 고작 서울과 수원 정

도 거리에 불과하니까. 실은 근처에서, 그들은 모두 고향을 그리워하고 있었다. 어쨌거나, 왁자지껄한 그들의 삶이

일순 부러워진다. 동구와 호기는 노래를 부르고, 맥주 한 잔을 놓고서 나는 제사를 지내고, 미미, 미치겠네. 자꾸만 걸려오는 전화에 도형은 정신을 못 차리고, 순임은 말없이 술잔을 비우고 있었다. 야, 물이 좋아 그런지 이 피부 봐라 피부! 호연이 이 새끼 서울사람 다 됐네. 그럼 서울사람이지, 주소도 서울인데. 동구와 호기가 너스레를 떨었다. 난데없이… 하면서도 그 심정을 짐작할 수 있었다. 우릴 다 이, 이, 잊은 줄 알았다. 그런, 도형의 말과도 일맥상통한 표현일 것이다. 부잣집에서 자라고… 도시로, 대학으로, 서울로 떠난 내 삶을 아이들은 부러워했을 것이다. 나도 전에… 몇년 전에 에버랜드 한번 갔었잖냐, 애들 데리고. 동구가 말했다. 에버랜드는 서울이 아니라 용인이다. 하지만 나는 별다른 말을 하지 않는다. 제대하고 2년 정도, 호기는 광명에서 샷시 일을 한 적이 있다 했다. 그때 연락처라도 알았음 서울에서 술 한잔 했지, 이 나쁜 놈아. 광명은… 용인보다는 가깝지만 역시 나는 고개를 끄덕인다. 문득 오래전의 일이 떠올랐다. 대학엘 붙고, 갓 상경해 막내형의 집에 머물 때였다. 하루는 큰형이 점심을 사겠다고 직장이 있는 광화문 쪽으로 나를 불렀다. 그래, 전철 타고 을지로입구에서 내려. 거기서 전화하고, 알았지? 생명줄처럼 지하철 노선도를 움켜쥐고 을지로입구역을 찾아가던 그 길이 떠오른다. 점심을 먹고 곧장 돌아왔어야 하는데, 막상 큰형과 헤어지고 나니 마음이 달라졌다. 명동, 명동

이란 곳을 꼭 한번 구경하고 싶었다. 쉘부르란 곳이 있고 젊음과 낭만이 가득하다는 명동... 노선도를 보며 나는 두 가지 경우의 수를 골똘히 가늠하기 시작했다. 을지로입구역에서 2호선을 타고 시청으로, 시청에서 1호선을 갈아타고 서울역으로, 서울역에서 4호선을 갈아타고 명동역으로... 아니면 반대 방향의 을지로3가로, 거기서 3호선을 갈아타고 충무로역으로, 충무로에서 4호선을 갈아타고 명동역으로... 나는 결국 보다 공신력 있게 느껴지는 시청과 서울역 방향을 선택했었다. 그리고 과연 명동을 거닐 수 있었다. 촉촉한 봄비가 우산을 타고 흐르던 기분 좋은 봄날이었다. 그리고 문득, 눈앞에 서 있는 을지로입구역의 푯말을 볼 수 있었다.

그 봄으로부터도 20년이란 세월이 흘렀다. 나도 문득 에버랜드... 같은 곳을 떠돌다 온 기분이다. 20년이다, 20년씩이나... 그곳은 과연 어디였을까? 그곳은 또, 어디의 근처였을까? 나도 지금 애들 교육은 서울에서 시켜야지 생각중인데... 고민이 많다. 야, 이왕 보낼 거면 미국엘 보내야지. 아이고 이 새끼 식당 해서 돈 좀 벌었냐? 야 임마 세상 부모는 다 기러기야, 기러기! 기러기는 날고 배는 떨어지고... 좋다, 마시자. 마시고 죽자. 까, 까, 까마귀 이 바, 바보야. 30년 전의 소년들은 이미 취해 있었다. 동구는 눈이 풀린 지 오래고 화장실엘 간다며 일어선 호기가 어이쿠 쥐가 났다며 주저앉는다. 뜨지, 못하고 앉는다. 동구와 호기의 아이들은 또 어디로 갈까. 서울은, 또 미국은 과연 어디 있을까. 그곳은 또, 어디의 근처일까. 삶은 결국, 끝나지 않는 천로역정(千路歷程)인가.

동구와 호기는 누워 코를 골고, 도형이는 대리운전을 불러 돌아가고, 안채에서 이불을 가져온 호기의 처에게 인사를 하고, 결국 순임과 둘이서 식당을 나서야 했다. 짙은 안개로 달이 보이지 않는 자정이었다. 같은 방향일 텐데... 혼자 신평으로 건너간 도형일 생각하니 호기의 말이 사실인 듯싶었다. 어떻게 갈려구? 기다리면 막차가 올 거야. 순임이 말했지만 아무리 봐도 막차가 올 리 없는 캄캄한 시골 국도다. 이 시간에 차가 있니? 오... 겠지. 괜찮다는 순임을 태우고 결국 서쪽으로 차를 몰았다. 초행에다 짙은 안개가 시야를 가려, 안개등을 켠 차체가 낚시등 하나 걸린 나룻배처럼 느껴진다. 나아가고, 나아간다, 어디로? 흐르고, 흐른다, 어디서? 나 많이 늙었지? 문득 얼굴을 숙인 순임이 물었다. 글쎄, 하고 나는 고개를 갸웃한다. 나이 든 소녀를 위한 마땅한 표현이 나는 떠오르지 않았다. 늙었다, 와는 다른, 그러나 늙었다 근처의 그 어떤.

늙었다기보다는, 지친 느낌이었다. 식당의 훤한 형광등 아래서도 늘 그런 기분이었다. 해서 나보다 몇살은 더 들어 보이는 얼굴이다. 결혼 안했다는 얘기 듣고 깜짝 놀랐어, 다들 상상도 못했거든. 응... 그냥, 하고 나는 답변을 회피한다. 산다는 게 참 어려워... 그지? 전방을 보면서도 창 쪽으로 고갤 돌린 순임의 움직임이 느껴진다. 글쎄... 어려웠던가? 이제 그런 것도 판단이 서지 않는다, 않지만... 그렇지 뭐 라며 나는 미소를 짓는다. 얼마나 있을 거니? 그냥 몇달 쉬다 가려 해. 말을 던지고 보니 적절한 표현이다. 아마도 쉬다, 갈 것이다. 쉬는 듯 조는 듯 신평에 들어서기까지 순임은 더이상 말이 없었다. 나도 말없이 전방을 응시한다. 줄지은 가로등들이 오늘따라 지쳐 보인다.

　여기서 택실 탈게. 몇번이고 말하던 순임을 정말 다 왔다니까. 집의 근처란 곳에 내려주었다. 고마워 하고 내려선 순임이 손을 흔들어 보인다. 조심해서 가, 나도 손을 흔들어준다. 그리고 달그락, 흔들리는 상자의 소리를 10여 미터쯤 앞 보도에서 유턴을 하다 듣게 되었다. 그랬다 참, 상자가 있었지. 안개 속에서 나는 중얼거린다. 결국 누구에게도 상자를 보여주지 못했다. 힐끗 순임이 사라진 쪽을 돌아보고는 나는 말없이 왔던 길을 되돌아간다. 열린 차창 너머로 울려고 내가 왔던가, 웃으려고... 취객 두엇이 부르는 노랫소리가 흘러왔다 흘러간다. 가로수들이, 가등에 물든 밤의 공기가 스쳐오고 스쳐간다. 누군가 무단 횡단을 하고, 멈칫 중앙선에 서 있던 낯선 얼굴이 다가왔다 사라진다. 나도 사라진다, 사라질 것이다. 정말 다 온 것인가. 나는 스스로에게 되묻는다. 정말 다 왔다니까, 아직 모북의 푯말을 보지도 못했는데 아픈 육신이 서둘러 대꾸를 한다. 달그락, 흔들리는 상자 속에서 30년 전의 소년 하나가 소릴 죽여 울고 있다. 나를 넣어둔 것은 누구였을까. 나를 꺼내려는 것은 또 누구일까. 나는 왜 이곳에 무단으로 놓여 있었던가. 스스럼없이, 하여 스스럼없이

　저 길 자욱한데

눈을 떴다. 웬일인지 새벽녘까지 울거나 책을 읽거나 했으므로 꽤나 늦게서야 눈을 뜰 수 있었다. 괜한 일이었다. 자고 일어나니 모든 것이 건조해진다. 별생각 없이 그저 이 상태로 무미건조한 죽음을 맞고 싶다. 다락의 책상 위에 다시 상자를 내려놓는다. 되돌려... 놓는다. 마음 같아선 다시 운동장의 그 나무, 그 근처에 묻어두고 싶다. 다 무의미하다. 간밤의 모임이 오래전의 일처럼 멀게 느껴진다. 결국 각자의 삶을 살아갈 뿐이다. 그래서 누구에게도 다가올 죽음에 대해서 말하지 않았다. 짐이 되기 싫고, 위로를 받기도 싫다. 위로의 말을 궁리하는 누군가의 눈빛을, 다시는 보고 싶지 않다. 주섬 아침을 챙겨먹고 나는 독서를 시작한다. 오늘은 꼼짝 않고 집에서만 머물고 싶다. 진한, 간밤의 안개가 훈제시킨 아까시향이 마루 위로 쏟아진다. 고갤 돌리면 휑한 마루의 한켠을 걸레질하는 젊은 숙모의 모습을 보게 될 듯한 봄날이다. 나는 책장을 넘긴다.

《천로역정》의 2부는 주인공을 찾아 떠난 처와 네 자식의 이야기다. 아내가 있다면 어땠을까? 책장을 덮으며 나는 생각한다. 보다 행복했을까? 혹은 불행했을까? 아이가 있다면 내 삶은 또 어떻게 달라졌을까? 모르겠다. 통증이 시작되었다. 서둘러 약을 먹고, 나는 한동안 이 세상에서 사라진다. 혼미한 의식 속에서 문득 지난 연말과 크리스마스가 떠오른다. 회식을 마치고 돌아가던 어느 밤길과, 문득 길을 막고 껌 한 통을 내밀던 노파가 어른거린다. 가판에서 울려퍼지던 캐롤도 생각난다. 얼맙니까? 2천원. 불과 몇달 전의 일인데 그때의 내 삶은 지금과 전혀 다른 것이었다. 내가 먼저 죽을 수 있다는 사실을 그때의 나는 상상이나 했을까? 노파는 여전히 그곳에서 껌을 팔고 있을까? 출퇴근을 하며 근처를 매일 오간 내 삶의 의미는 무엇일까? 얼맙니까? 2천원. 돌이켜보면 그 껌은 얼마나 사소하면서도 달콤한 것이었던가. 그럼에도 나는... 사라진다, 이대로 사라지면 그만일까?

사는 것보다 서 있는 게 더 힘든 저녁나절이다. 겨우 샤워를 하고 옷을 걸치는데 전화벨이 울렸다. 순임이었다. 안 받아서... 번호 잘못 적었나 생각했어. 별말은 아니었다. 어제 고마웠고, 언제 자기가 밥을 한 끼 사겠다는 내용이었다. 그러자, 하고 통화는 끝이 났다. 얼마 안 있어 호기와 동구의 전화가 걸려왔다. 밥 먹으러 안 오냐? 또 보자... 말하자면 그런 내용의 통화였다. 그리고 막내형수의 전화를 받았다. 형과 형수는 매일 번갈아가며 전화를 한다. 안부의 성격이 반, 확인의 성격이 절반이다. 어떠냐, 힘들지 않냐, 검사일이 언제냐, 혼자 있으면 어떡하냐, 차라리 전문시설을 알아보자, 간병인이라도 있어야지... 한결같은 내용이다. 그리고 꼭, 형수는 기도를 덧붙인다. 전화기를 든 채 어쩔 수 없이 찬송을 따라 부르고, 기도가 끝나면 아멘 한다. 그리고

나는 혼자다. 혼자인 것이다. 찾아 나설 아내도 없다. 설사 네 명의 자식이 있다 해도 나는 혼자일 것이다. 이 얼마나 다행한 일인가... 문득 혼자서, 혼자를 위로하는 순간이다. 삶도 죽음도 간단하고 식상하다. 이 삶이 아무것도 아

니란 걸, 스스로가 아무것도 아니란 걸, 이 세계가 누구의 것도 아니란 걸, 나는 그저 떠돌며 시간을 보냈을 뿐이란 사실을 나는 혼자 느끼고 또 느낀다. 나는 무엇인가? 이쪽은 삶, 이쪽은 죽음... 나는 비로소 흔들림을 멈춘 나침반이다. 나는 누구인가? 나는 평생을

〈나〉의 근처를 배회한 인간일 뿐이다.

그렇게 하루하루가 간다. 잠깐 검사를 받으러 서울을 다녀오고, 종종 호기의 식당에 들러 이런저런 잡담을 나누고, 책을 읽거나 사색을 하고, 을지로입구에서 시청과 서울역을 둘러 명동을 가듯 모북과 모서의 곳곳을 둘러본다. 정말 희귀하다 싶을 만큼 복수가 차지 않았군요. 신의 배려라고 생각하십시오. 아무튼 의사의 위로 아닌 위로도 들었다. 약간 더 나뭇잎은 무성해졌고, 약간 더 고통의 숲도 무성해졌다. 약간 더 하루하루가 빨라진 듯하고 약간 더 내 삶은 짧아진 듯하다. 그리고 약간 더, 나는 가벼워졌다. 살이 많이 빠진 것 같네? 어느 날 순임이 모북의 집을 찾아왔다. 천변을 산책하고 막 집으로 돌아오던 참이었다. 순임이 대문 앞에 서 있었다. 무작정 왔어, 전화를 걸까 하다 갑자기 모북도 한번 둘러보고 싶고 해서... 그랬구나, 라고밖에는 말할 수 없었다. 이 근처에 대추나무가 많았는데 싹 없어졌네? 그러고 보니 그랬다, 이 근처엔 확실히 대추나무들이 있었다.

함께 점심을 먹었다. 그날 고마웠다는 말을 다시 한번 듣고, 이런저런 잡담을 나누었다. 계곡 쪽에 위치한 통나무집 스타일의 레스토랑이었는데 천체망원경이 설치된 작은 전망대가 있었다. 아마도 그것이 가격이 비싼 이유인 듯했다. 예의는 아니지만 화장실을 다녀오는 척 몰래 계산을 해버렸다. 밥값은 원래 남자가 내는 거야, 당황해하는 순임에겐 그런 식으로 얼버무렸다. 그럼 차(茶)라도 사게 해줘. 결국 2층의 바로 자릴 옮겨 주스를 마셔야 했다. 순임은 주로 아이들 얘기를 했고 나는 주로 듣는 편이었다. 그리고 돌아왔다. 나 많이 늙었지? 정류장에서 내리기 전에 순임이 다시 물었다. 잘 모르겠다고, 나는 대답했다. 순임은 버스를 타고 돌아갔다.

하루는 덧없이 짧거나
더없이 길었다.
그리고 자주
순임이 찾아왔다.

마침 모북을 지날 일이 있었거나, 문득 바람을 쐬고 싶었거나, 약밥을 만들었는데 생각이 나서... 였다. 싫지는 않았다, 라기보다는... 의외로 기분이 좋아졌다. 지난번 거기서 우리 별을 못 보고 왔잖니, 실은 별 보려고 간 곳인데... 해서 하루는 가서 별을 보았다. 어디 어디? 어머... 번갈아 망원경을 들여다보고, 또 하늘을 바라보고 돌아왔었다. 거기 서봐, 내가 찍어줄게. 뭐 해 안 웃고... 웃으란 말이야... 치즈... 웃으라니까... 정말 안 웃을 거야? 자 웃는다 하나 둘 셋... 찰칵. 그렇게 활짝 웃는 나 자신을 본 것은 그때가 처음이었다. 작은 액정 속에 마치 행복한 듯한 남자 하나가 팔짱을 낀 채 환하게 웃고 있었다. 순임이 종업원을 불렀다. 같이 사진 한 장만 찍어주세요. 바싹, 자연스레 팔짱을 낀 것은 순임이었다. 순임의 전화기가 울렸다. 응. 그래 엄마 곧 갈 거야. 숙제 하고... 순간 가정을 잠시 이룬 듯했던 그 느낌의 정체는 무엇일까? 순간이지만, 순간인데도

순간이어도

혼자가 아니라는 그 기분이 나는 싫지 않았다. 기울었던 달이 스스로를 살찌우는 밤이었다. 돌아와 그 밤, 나도 스스로를 살찌우듯 깊은 잠을 잤다는 생각이다. 아니 실은 오래 뒤척였고... 해서 더, 깊이 잠든 밤이었다. 흐르는 인도천의 물소리 따라, 물옥잠 같은 조각꿈 여러 편이 둥실 온밤을 떠다녔었다. 이 사진은 꼭 한 장 뽑아주면 좋겠어. 걱정 마, 크게 뽑아줄게. 아니, 그냥 작게. 거봐 웃으니까 잘 나왔지? 그리고 사진을 접어 만든 종이배가 둥실, 물 위를 떠다니는 꿈속이었다. 웃으며 종이배의 갑판에 서 있는 내 모습을 볼 수 있었다. 배는 한 척이 아니었다. 어느 가까운 배 한 척에 아버지와 어머니가 웃고 계셨다. 숙부와 숙모도 웃고 계셨다. 배들은 무릴 이루어 곧 커다란 은하수가 되어 흐르고 또 흘렀다. 나는 하나도 아프지 않았다. 나는 하나도 슬프지 않았다.

이상하리만치 기분 좋은 며칠이었다. 순임이 사진을 뽑아다주었고, 고마워... 참, 좋다... 읽고 있던 《명상록》의 책갈피에 나는 사진을 끼워두었다. 함께 차를 마시고 우리는 산책을 했다. 오솔길을, 그리고 이어진 인도천을 걷다가 문득 순임이 물었다. 넌... 좋아했던 여자 없었니? 웃기만 했을 뿐 나는 아무 대답도 하지 않았다. 손을 잡고 걸어도 좋을 천변을 따라, 5월 끝자락의 숲들이 녹색으로 흐르고 있었다. 완연하고 완연했다. 그리고 완강하게, 순임이 내 손을 잡았다. 인도천이 이리도 긴 강이었던가? 설사 바다에 이른다 해도 나는 이 강의 끝을 볼 수 없을 것 같은 기분이었다.

요즘 왜 이리 뜸하냐? 호기의 전화였다. 별다른 내용은 아니었고 남자들끼리 한번 더 모이자는 것이었다. 별다른 생각 없이, 그러자고 했다. 이상하리만치 몸도 예전보다 좋아진 느낌이었다. 저녁 무렵 식당에 도착하니 셋이 둘러앉아 고스톱을 치고 있었다. 이미 거나하게 술도 몇잔 걸친 얼굴이었다. 오늘 고도리는 못 잡았지만 오리는 한 마리 잡았다. 푸짐한 오리탕을 사이에 두고 본격적으로 술판이 시작되었다. 죽겠네, 힘들어 못살겠네 잡다한 얘기 끝에 말문을 연 것은 호기였다. 너 말이다... 요즘 순임이 만나냐? 맥주 한 모금을 머금은 채 나는 아무런 말도 하지 않았다. 시골은 보는 눈들이 많거든. 그나저나 다 좋은데 말이다... 또 다들 친구 아니냐, 그래서 나도 자세한 얘기는 못하겠다만... 호연아, 내가 말하고픈 건 말이다... 순임이도 니가 알던 옛날의 그 순임이는 아니다... 이 얘기다. 그것만 알고 있어라, 나도 거기까지만 얘기할게. 호기의 말뜻을 잘 알 수 있었다. 나, 나도 얘기 좀 해, 해줄까? 도형이가 나서자 동구가 가로막았다. 임마, 호연이는 세상 공짜로 살았냐? 됐으니 술이나 마시자.

　겨우 한 모금 넘긴 맥주의 맛이 더없이 쓰다. 습관인지 폭음을 한 호기와 동구가 일찌감치 뻗고 또, 또 집에는 다다, 다 갔네. 시간도 채 10시가 되지 않았는데 도형이와 독대를 하게 되었다. 도형의 말투 때문에 시간이 더, 더더, 더뎌진 느낌이었다. 나는, 그저 그런 기분이었다. 말없이 손을 쥐던 순임의 손, 그 검지나 약지의 느낌이 떠올랐지만... 그럴 수도 있고 아닐 수도 있다고 생각했다. 간단하고, 식상하고, 간단하고, 식상하다... 나, 나도 뭐 거, 걱정은 안한다. 니, 니가 똑똑하니까! 그, 그거 아냐 호연아? 니, 니니, 니는 우리한테 여, 영웅이었다. 심하게 취한 건 도형이도 마찬가지였다. 지금의 처지를 알면 도형이는 어떤 표정이 될까, 나는 웃음이 나왔다. 기기, 기억하냐 그그, 그거! 갑자기 버럭 도형이 외쳤다. 뭐? 타, 타임캡슐! 유, 육학년 때 우, 우리 같이 무무, 묻었잖냐. 오, 하고 나는 고개를 끄덕였다. 도형이는 상자를 기억하고 있었다. 알고 말고, 암. 나도 모르게 회심의 미소가 입가로 번져나왔다. 니, 니들은 다다 잊었겠지만... 나나, 나는 수첩에 저, 적어놓고 있었다. 그, 그때는 서, 서로 연락도 안되고 내, 내가 혼자 파파, 파봤잖냐 큭큭. 그럼... 그걸 다시 묻은 거냐? 다다, 다시 왜 묻어. 우, 우리집 어, 어디 굴러다니지. 그럴 리가... 갑자기 주변이 고요해지는 느낌이었다. 여, 역시 저저, 정호연이는 그걸 넣었드만. 뭘? 하고 내가 물었다.

프프, 플루타아크 영웅전.

집에 돌아오자마자 다락으로 뛰어올라갔다. 그 자리 그대로, 상자는 어둠속에 놓여 있었다. 스탠드를 켜고 나는 상자의 뚜껑을 열어젖혔다. 그 모습 그대로, 고스란히 내용물들도 담겨 있었다. 어떻게 된 일일까, 먼지 자욱한 책상에 앉아 나는 골똘히 상자의 심연을 바라보고 바라본다. 도형의 말이 사실이라면 지금 눈앞의 이 상자는 무엇이란 말인가. 아니다, 나는 확실히 나침반을 넣었을 것이다. 하지만 나는,《플루타아크 영웅전》을 넣을까도 생각했었다. 막내형의 책꽂이에 꽂혀 있던, 아끼고 아끼던 책이었다. 그렇다, 나는… 도형이 말한 친구들의 내용물도 눈앞의 것들과는 전혀 다른 것이었다. 스탠드를 껐다. 어둠속에서, 나는 이 사실을 어떻게 받아들여야 할지 알 수 없었다. 캄캄한 상자의 미로를 나서듯 나는 불 꺼진 다락의 문을 열고 계단을 내려온다. 문득 현기증이 인다. 일직선인 계단의 난간이 오른쪽으로 심하게 휘어진다. 그 난간을, 나는 꽉 붙잡는다.

아주 아팠고, 비가 왔다.

나는 꿈을 꾸었다. 아무도 타고 있지 않은 종이배 한 척이 인도천의 바닥에 가라앉아 있었다. 깊은 물속이다. 하지만 이 물은 어린시절 내 무릎을 간질였던 얕은 물이다. 그 장소다. 나는 보이지 않고, 나는 움직일 수 없다. 그러나 분명 나는 어딘가에 있었다. 침몰한 배의 근처에, 바닥에, 혹 녹색의 햇무리 어려 있는 저 수면에, 아니 그 위로 뻗어오른 어린 허벅지와 어린 육체에, 연결된 팔로 물장구를 치는 저… 꺅, 와아… 함성소리에… 들리지만 보이지 않는 그 근처에…

달력을 넘긴다. 머리를 감고 나와 막내형과 통화를 하고, 통화를 끝내고, 달력을 넘긴다. 성큼, 죽음이 다가온 느낌이다 성큼, 들이친 비가 마루의 일부를 적시고 또 적신다. 그 비를 걸레로 닦는다. 이틀 격심한 통증을 겪었지만 병원엘 가고 싶은 생각은 추호도 들지 않았다. 와라, 언제나 문은 열어두고 있었다. 형이나 형수… 혹은 신고를 받은 누군가가 저 문을 열고 들어와야 할 것이다. 언젠가 신평을 지나오다 본 119의 불 켜진 창이 떠오른다. 나를 발견할 누군가가 그때 그 속에 있었는지는 알 수 없다. 그는 어떻게 나를 일으키고, 그는 어떻게 나를 옮길까? 그 모습을 나는 그 근처에서 보고 있을까? 볼 수… 있을까? 비가 또 들이친다. 나는 더이상 비를 닦지 않는다.

찾아와 미음을 끓여준 것은 순임이었다. 맙소사. 전화를 건 것은 순임이지만 와달라는 부탁을 한 것은 나였었다. 감기몸살이야. 맙소사, 라고 하는 순임에게 나는 근근이 그렇게 얘기했다. 잠깐 잠깐 세상으로 돌아오면 순임이 곁에 앉아 있었다. 애들은 어쩌고? 잘 아는 언니에게 며칠 맡겼어. 눈을 뜨진 않았지만 가만히 이마를 쓰다듬던 순임의 손, 그 느낌을 나는 기억한다. 이틀 진통이 지나가자 마치 거짓말처럼 몸이 멀쩡해졌다. *괜찮아, 이제 살 것 같아.* 요즘 감기가 사람 잡는다고 하더라. 저녁을 먹고 나서도 순임은 돌아가지 않았다. 함께 티브이를 보며 차를 마시기도 했고, 그리고 스르륵 나는 잠이 들었다. 눈을 뜬 것은 언제였을까. 선명한 빗소리가 못내 귓속으로 흘러들었고 곁에는 순임이 누워 있었다. *일어났니?* 어둠속에서 순임이 속삭였다. 왜 그랬을까? 우리는 말없이 서로를 부둥켜안았다.

    짧은 시간이었다. 단지 숨소리와 *괜찮아, 안에 해도 돼.* 순임의 목소리를 기억할 따름이다. 허무를 채우는 빗소리 속에서 순임이 가만히 내 가슴을 쓰다듬었다. *그거 아니?* 순임이 속삭였다. *뭐? 나 어렸을 때 너 좋아했다는 거.* 설마... *바보 정말루...* 기억나? *왜 그때 우리 같이 묻었던 상자 말이야.* 상자, 하고 나는 속으로 중얼거렸다. *거기 내가 뭐 넣었는지 알아?* 고개를 사로저있다. 가로, 저어야만 할 것 같았다. *나 그때 너한테 쓴 편지 넣었는데... 너 좋아한다고... 웃기지? 지금 보면 얼마나 유치할까?* 그저 말없이 미소를 지었다. 도형의 얘기가 없었다면 아마도 순임의 말을 거짓이라 믿었을 것이다. 그러고 보니 까맣게 잊어먹고 있었네. *아직도 거기 있을 텐데... 우리 내일 운동장에나 가볼까?* 라고 순임이 물었지만 나는 답하지 않았다. 언젠가 순임은 또 그곳에서 자신의 상자를 찾을 수 있을 것이다. 그때 갑자기 *어머,* 몸을 일으킨 순임이 화장실로 달려갔다. 물소리가 들리고... *별일이네,* 다시 돌아와 순임이 누운 것은 한참의 시간이 지나서였다. 나 작년에 그게 사라졌는데... 갑자기 다시 시작된 거 있지. 후둑 빗줄기가 두들기는 지붕과 처마의 진동이, 문득 이 집을 밤의 어둠에 묻힌 작은 상자처럼 느껴지게 한다. 그 상자의 심연 속에서 그리고 조용히 순임이 속삭였다. 그런데 호연아... 나 말이야... 한 가지만 부탁 좀 해도 될까? 뭐? 하고 내가 물었다. 있잖아... 그러니까...

나 돈 좀 빌려줘.

걸레를 개켜두고 나는 지긋이 마루를 적시는 빗줄기를 바라본다. 저 문은 열려 있고, 나는 혼자다. 다만 바람이 있다면 여름을... 무더운 여름날을 꼭 한 번 보았으면 좋겠다. 그저 그런 생각이고... 그저 그런 소망이다. 그건 아무도 모릅니다, 겨울을 볼 수 있을지도. 그저 그런 의사의 위로를 듣기도 했지만 순간 잠시 귀에 담았을 뿐이었다. 전화벨이 울린다. 순임이었다. 돈은 잘 찾았고? 내가 물었다. 신평에 작은 김밥집 하나 차렸으면 하는데... 정말 좋은 자리가 났거든. 얼마쯤? 3천 정도... 내가 꼭 갚아줄게. 어둠속의 목소리와는 다른, 순임의 목소리가 전화기 너머에서 흘러온다. 뭘... 괜찮아, 그래그래. 전화를 끊고도 나는 한동안 자세를 유지한다. 개켜둔 걸레처럼 말없이, 꼼짝 않고 마당을 지켜본다.

아무 일 없는 순간이
아무런 일 없는 공간 위에 머물러 있다.

언뜻, 그렇다. 나도 언뜻 이곳에 머물렀지 않았던가. 지긋이 책을 집어들면서도 마치 죽은 이처럼 나는 속으로 중얼거린다. 빗줄기가 그리는 크고 작은 동심원이 무수한 연잎이 되어 어디론가 흘러간다. 기쁜 일도... 슬픈 일도 아니다. 아우렐리우스는 또 뭐라고 얘길 했을까. 책을 펼치자 한 장의 사진이 깃들어 있다. 환하게 웃고 있는 낯선 얼굴을 바라보며 나는 오오래 그 남자의 삶에 대해 생각해본다. 그는 어디 있었을까. 그리고 그는 어디로 가는 걸까. 아마도 이

근처(近處)일 것이다.

누런 강 배 한 척

열흘 뒤 꽃 진 자리

잘 왔다.

그래도 늦지 않은 건 택시를 탔기 때문이다. 집사람을 아들네에 맡기고, 서두른다는 것이 그만 약을 주머니에 넣고 나왔다. 전철역까지 두 번 걸음, 결국 택시를 잡았다. 하오(下午)의 뒷좌석엔 취객 같은 봄볕이 합승해 있었다. 흔들릴 때마다 서너 사람, 같은 느낌의 봄볕들이 나긋한 어깨를 부딪쳐오곤 했다. 택시를 탄 게 얼마만인가. 물끄러미 미터기를 바라보다 잠이 들었다. 무진, 요즘은 졸립다. 지난해 봄만 해도 이렇진 않았다. 다 왔습니다 손님. 요금을 건네고 내리는 순간, 내린 인간의 부피만큼 또 봄볕이 자리를 차지한다. 미터기의 액정이 0으로 환원된다. 얇아진 지갑을 품속에 넣으며 그러나 잘 왔다고, 나는 자위한다. 약속시간까지는 제법 여유가 있었다. 전철을, 탈 걸 그랬나?

삼정(三亭)빌딩이다. 지금 선 육교에선 마주 사층을 볼 뿐이지만, 지대가 낮은 뒷길에선 버젓한 칠층을 볼 수 있다. 그런, 건물이다. 정문이 이편의 대로(大路)로 나 있지만 아마도 거의가 뒷길로 난 후문을 사용할 것이다. 전철역도, 이런저런 상점과 정류장도 뒷길로 이어진 로터리에 위치하기 때문이다. 어쨌거나 그래서, 엘리베이터가 없다. 그런, 건물이다.

저기 사층에 인주물산(引舟物産)이 있다. 이십, 구년을 다닌 회사다. 신혼이던 스물일곱에 입사를 했으니 인생의 대부분을 저곳에서 보낸 셈이다. 이른봄이었다. 양복을 입고, 사층 건물 속의 칠층 계단을 처음으로 뛰어오르던 기억이 아직도 생생하다. 건물 왼편에 목재소가 있을 때였고, 그 뜰의 목련이 조금씩 꽃을 틔우던 날이었다. 하마 삼십삼년 전의 일이다. 목련도 목재소도, 그날 아침의 신입사원도 연기처럼 사라졌다. 제일 먼저 목련이, 어느새 목재소가, 어느덧, 한 인간이. 황사(黃沙)가 스민 바람에서 심하게 톱밥 냄새가 느껴진다. 문득, 그렇다.

보자, 저 얼굴은 김인호다. 새파란 신입이었는데 지금쯤 과장이 됐을지도 모르겠다. 창가에서 담배 피우는 버릇은 여전하군, 육교를 내려서며 나는 중얼거렸다. 눈을 마주친 것 같긴 한데 나를 알아본 것 같진 않다. 분명 시력이 좋은 편은 아니었다. 아니 그보다도, 내가 많이 변한 거겠지. 이어진 사무실의 창을 둘러보며 나는 생각했다. 먼지 낀 반투명의 창들이 언뜻 0으로 환원된 미터기의 액정 같다.

　다 왔습니다 부장님, 이를테면 그런 느낌으로 퇴직을 했다. 사년 전의 일이다. 이십구년이란 세월의 느낌에 비해, 퇴임식은 지극히 간소하고 간략했다. 십분도 지나지 않아 식을 마치고, 서둘러 택시에서 내리는 사람처럼 저 문을 빠져나왔다. 수고 많으셨습니다. 습관처럼 택시를 잡아탄 후에도 젊은 사장의 인사말이 귀에서 떠나지 않았다. 어디로 모실까요 손님? 기사의 물음에 멍하니 대답을 못한 기억도 생생하다. 어디로 가야 할지, 얼른 생각이 떠오르지 않은 것이다. 답십리로 갑시다. 가야 할 곳은 집이었다.

　육교 옆 가판에서 신문을 샀다. 신문을 사는 일도 택시를 탄 것만큼이나 오랜만의 일이다. 그리고 두 개의 골목, 눈을 감고도 찾을 전신주를 끼고 돌아 바지다방의 계단을 오른다. 마치, 옛날 같다. 돌아온 기분 같은 것, 상호와 인테리어가 바뀌었지만 그러하다. 그런데 계단의 경사가 이토록 가팔랐던가? 잠시 숨을 고른 후 다방의 문을 열었다. 어서 오세요. 낯선, 얼굴이다. 정선배의 모습도 보이지 않았다.

근사한 상호가 있긴 했지만, 이곳을 바지다방이라 불렀다. 별다른 이유는 아니고, 언제나 바지 차림인 마담이 있었기 때문이다. 치마 좀 입지그래? 다리가 못생겨서요. 곱상했던 마담의 다리가, 그러나 썩 괜찮다는 사실을 안 것은 아마 나뿐일 것이다. 두어 번, 남녀관계를 가진 적이 있었다. 멋진 다린데 왜? 배시시 웃으면서도 마담은 끝내 이유를 말하지 않았다. 두어 번 물어보고는, 나도 더이상 이유를 묻지 않았다. 다, 옛날 일이다.

다방은 영업부의 아지트였다. 업무의 특성이랄까, 아무튼 여러가지 이유로 실질적인 회의가 매일 이곳에서 이뤄지는 셈이었다. 뒷돈이 오가고, 접대가 많은 직종이었다. 자연스레 영업부만의 공간이 필요했다. 오른쪽 창가의 가장 자리, 말하자면 이곳이 내 자리였다. 그 시절의 어느날처럼 나는 자리에 앉아 신문을 펼친다. 심한, 신문 냄새가 풍겨왔다. 이십년 전에도 십년 전에도, 신문에서는 이같은 냄새가 났었다. 때로 늙었다는 사실이 믿기지 않는 순간이 있다. 바로 이런 순간이다. 이 냄새를 맡으며 얼마 전까지도 실적을 체크하고 영업전략을 짜고는 했다. 그런, 기분이다. 나는 담배를 꺼내 문다.

정선배가 온 것은 이십분 정도가 지나서였다. 늦어서 정말 미안하네, 아닙니다 선배님. 그런 인사를 굳이 나눌 사이가 아닌데도 굳이 그런 인사를 나누었다. 어떻게 지내셨습니까? 말을 건네고 생각해보니 그런 인사를 굳이 나눠야 할 만큼 우리는 서로 연락이 없었다. 나야 뭐, 하고 정선배는 말을 흐렸다.

자네는 어떤가? 제수씨가 몸이 안 좋단 소릴 들었는데. 뭐... 그렇습니다. 큰놈 이름이 동현이지? 그놈은 뭐 하나? 작은 사업을 하나 하고 있습니다. 둘째 녀석은? 아직 시집은 안 간 게지? 동현이 식 때는 내가 갔었고... 예, 뭐 공부를 계속하고 싶어해서요, 지금은 몇군데 시간강사를 나가는 모양입니다. 그것참 대단한 일일세, 어쩜 그렇게 잘 키웠나. 그렇고 그런 대화들을 한참이나 나누었다.

아무렇지도 않은 듯

말이다. 정선배와는 깊은 인연이 있다. 학창시절엔 유도부의 대선배였고, 그 인연을 끈으로 나를 회사로 불러주었다. 낙법(落法)을 가르쳐준 것도, 영업을 가르쳐준 것도 그였다. 책상이 고작 네 개였던 회사를 지금의 번듯한 중소기업으로 만들어놓았다. 이 회사는 앞으로 자네들 걸세. 입버릇처럼 사장은 얘기했다. 십오 프로, 이십 프로의 주식을 나눠주기도 했었다. 십만불 달성의 신화를 창출한 적도 있다. 돌이켜보면 정신없이 뛰고 열정을 토하던 시절이었다. 경제가 활황이던 때의 얘기지만, 누구나 그렇게 할 수 있는 건 아니었다. 모두가 정선배를 인주물산의 차기 사장이라 믿어 의심치 않았다.

사장이 뇌졸중으로 죽고 나자, 정작 사장이 된 것은 새파란 사장의 아들이었다. 죽기 전에, 이미 사장은 모든 절차와 수순을 마련해놓은 상태였다. 인간

의 마음은 법적으로 사층인 건물 속의 칠층 계단과 같은 것이었다. 이십, 구년
을 오르내렸음에도 불구하고 도무지 알 길이 없다. 정선배도 나도, 무렵엔 그
사실을 견딜 수 없었다.

정선배는 자신의 회사를 차렸는데, 내가 이직을 준비하기도 전에 망해버렸
다. 선박 사고와, 불어닥친 불황에 직격을 맞은 것이다. 나는 눌러앉았고, 오십
오세를 정년으로 사회생활을 마감했다. OB 모임인 인우회(引友會)에서 그래
도 꾸준히 만남을 가졌는데 이년 전부터 소식이 끊어졌다. 연락처를 모르는
바 아니지만, 연락을 할 수 없는 사정이 있었다. 정선배의 장남이 도박에 빠져
큰 사고를 쳤다는 소문이었다. 도움을 줄 수 없다면, 연락을 않는 게 도리라
생각했다. 학생부에서 메달을 딴 유도인이었다. 십만불 실적을 올린 신화의
주인공이었다. 내심 선배의 저력을 믿었으므로, 한순간도 선배의 재기를 의심
치 않았다. 말하자면, 그리고 그저께 선배의 전화를 받은 것이다. 목소리를 듣
는 것만으로도

그 시절로

돌아간 느낌이었다. 그래서 선배님, 하고 나는 말문을 열었다. 미주 지역에
첫 오더를 발주한 때의 일화라든지, 얽히고설킨 그 시절의 에피소드가 그래서
줄줄이 튀어나왔다. 리필한 커피가 바닥날 때까지 선배도 희미한 미소를 잃

지 않았다. 담배 한 대 얻어도 되겠나? 그럼요 선배님. 두 손으로 잘 감싼 불을 나는 선배의 면전에 내밀었다. 파직, 하는 낮은 소리와 함께 순간 바스라진 재〔灰〕 몇점이 목련처럼 떨어졌다. 희고

희고

눈부셨다. 이것 말일세... 선배가 잠깐 몸을 뒤돌렸다. 그리고 보자기에 싸인 커다란 박스를 테이블 위에 올려놓았다. 이게 뭡니까? 의자 뒤로 쌓인 여러 개의 박스들이 그제서야 한눈에 들어왔다. 혹시나 해서 말일세... 자네 건강이 좋다는 건 잘 알지만... 이게 가시오가피란 건데 말이야, 흔한 중국산이 아니라 백 프로 토종이고 해서... 혹시나 말일세. 그리고 멍하니 선배는 창밖을 바라보았다. 이를테면 먼 산 같은 곳, 황사가 없다면 보였을 북한산이나... 그런 곳, 어쩌면 황사가 비롯된 머나먼 이국(異國)의 어딘가를

바라보았다. 눈길을 따라, 언뜻 그 어딘가의 눈 덮인 봉우리 같은 것을 나도 바라본 느낌이다. 그러니까 선배님... 어휴... 편하게 말씀을 하셔야죠. 제가 누굽니까? 불편한 말을 하면서도 머릿속으론 박스의 개수를 세고 있었다. 한 손에 들 수 있는 양이 세 개가 한계라면, 도합 여섯 개... 박스가 다섯 개란 건 회사에서 고작 한 개를 팔았다는 얘기... 그걸 산 사람이 누군지도 대충은 알 것 같았다. 총무부의 한성수였겠지, 말고는 없었겠지.

면목이 없네.

그리고 고맙네. 대답 대신 악수를 나누고 선배의 손을, 학생부 메달을 움켜쥐던 그 손을, 나는 힘주어 마주잡았다. 어디로 가십니까? 아, 또 들를 곳이 있어서 말이지. 담배를 한 대씩 나눠 피우고 우리는 육교 앞에서 헤어졌다. 굳이 이렇게 좋아야 할까 생각이 들 만큼이나 화사하고, 화사한 날씨였다. 네 개의 가시오가피 박스가, 그것을 든 한 사내의 뒷모습이 화사한 봄 속으로 사라져 간다. 황사가 걷힌 하늘을 올려보며, 그래서 잘 왔다고 나는 생각을 한 것이다. 더없이 가벼이

화단에선가, 가로수에선가

꽃잎 몇장 떨어

진다, 떨어졌다. 왜 인생에선 낙법이 통하지 않는 것인가.

공무도하(公無渡河), 공경도하(公竟渡河)

실은 덥석, 이런 걸 살 처지가 아니다. 물끄러미 사십만원이 찍힌 지로를 응시하다 절로 한숨을 쉬었다. 지출이 많은 하루였다. 덜컹덜컹, 커브를 도는 전철이 텅 빈 느낌의 소리를 낸다. 이토록 사람들이 차 있건만, 그렇다. 덜컹덜컹, 그런 소리를 요즘은 스스로의 삶 속에서 듣는다. 이십구년을 가득 땀 흘렸건만, 그렇다. 과연 내 인생은 무엇이었나?

사장의 배신이 없었다면 달라졌을까? 그랬을지도 모른다. 정선배는 회사를 더 키웠을 테고, 적어도 나는 상무나 전무가 되었을 것이다. 이상한 일이지만, 그러나 큰 불만은 없다. 세상은 참 많은 일들이 있는 곳이고, 어떻게든 나도 그 속에서 밥을 먹고 살았다, 살아, 온 것이다. 미워할 것도, 원망할 일도 없는 그런 인생이다. 월급을 받았고 정해진 액수의 퇴직금을 받았다. 그걸로 된 거라고, 나는 생각한다. 한 가족을 책임지는 것은 말처럼 간단한 일이 아니었다. 예컨대 다행히도, 살아왔다 할 수 있는 인생이다. 터벅터벅, 전철역에서 아들네로 이어진 이 골목이 오늘따라 좁고, 아득하다.

동현인 들어왔냐?

늦을 것 같다네요. 참, 저녁 드셔야죠 아버님. 별말은 안했지만, 당연히 먹고 가야 하는 것 아니냐, 말하고 싶었다. 이상한 반응이지만, 그렇다. 며느리의 싹싹함에도 거리감을 느낀 지 오래다. 미워하거나 원망할 일은 아니지만, 그렇다. 에미 때문에 고생 많았지? 어휴, 낮엔 어찌나 집 밖으로 나가려 하시던지. 약은 먹였고? 그럼요.

아내는 안방에서 드라마를 보고 있었다. 혼잣말을 중얼거리다 아, 하고 나를 쳐다본다. 치매다. 아직 초기라고 의사는 말했는데, 날이 갈수록 그 말을 믿지 못하겠다. 다녀왔소, 말을 건네자 고모님은 뭐라 하시던가요? 라고 대꾸한다. 고모님이라니, 가시오가피를 내려놓고 나는 넥타이의 매듭을 느슨하게 풀었다. 느슨하게, 아 하는 한숨이 새나온다. 식사하세요. 며느리의 음성이 들려왔다. 말은 안하지만, 말하자면 여태껏 진지 드세요, 란 소리를 들어본 적이 없다. 식사를 하기 위해 나는 아내를 일으켜세운다. 갑시다.

조기를 구웠어요. 며느리는 셈이 빠른 아이다. 셈이 둔한 아들놈을 생각하면 천만다행이란 생각도 든다. 혼수랍시고 이 집을 얻어줄 때 아버님, 연립은 사주셔도 짐만 되니 차라리 전세로 얻어주세요. 그리고 차액을 현금으로 주세요. 아파트는 저희가 장만하겠습니다, 라고 했다. 말을 한 건 아들 녀석의 입이었지만, 녀석의 대사가 아니란 걸 직감으로 알 수 있었다. 이래저래, 그때 오천을 쳤다. 나로선 할 만큼 했다 생각했는데, 늘 며느리의 표정에서 서운함을 볼 수 있었다. 영업을 오래 한 인간은 이래서 탈이다.

이건 조기가 아니다. 대형 할인점에서 두름으로 산 부세다. 스무 마리를 만 팔천원에 산 적도 있다. 중국산이다. 찬이 너무 많구나 말을 하면서도, 나는 이 것이 식사란 사실을 잊지 않는다. 아니 오히려 이렇게 살아야 한다 생각했다. 아들 녀석이 망한 건 이년 전이다. 덜컥, 작은 프랜차이즈 분점을 열었다가 주 저앉았다. 사천만원의 은행빚을 결국 내가 갚아주었다. 조기를 구웠어요, 며 느리의 서운함이 그래서 이나마 줄어든 거라 말할 수 있다. 지금의 옷가게는 그런대로 유지가 되는 모양이다. 조기든 부세든, 열심히만 살아주면 나로선 그만이다.

평생을 모은 돈 대부분이 그렇게 사라졌다. 나로선 대단한 도움을 준 느낌인 데, 왠지 아들놈은 당연한 도움을 받았다는 눈치다. 미리 유산을 받은 셈 치는 걸까? 그럴 수도 있겠지, 라고 생각한다. 어쨌거나 지난 일이다. 문제는 나다. 나와, 지금 허둥대며 조기를 먹고 있는 아내다. 아내의 치매를 알게 된 것도 이년 전이다. 은행빚으로 프랜차이즈 분점을 열었다가 주저앉은 기분이었다.

치매가 어떤 병인지에 대해선 그동안 공부를 할 만큼 했다. 부세의, 그러니 까 조기의 흰 살을 발라 아내의 수저 위에 차곡차곡 얹어준다. 부쩍, 아내는 젓가락질이 서툴러졌다. 결국 언젠가는 떠먹여줘야 할 지경에 이를 것이다. 납득하긴 힘들지만 당연한 운명일 수도 있다. 치매를 앓는 수많은 인간들이 있다. 그중 한 사람이 나의 아내란 생각을 하면 더없이 당연하다는 기분도 든다. 암이든 중풍이든, 결국 인간은 죽게 마련이다. 참, 아버님 검진결과는 어떠셨어요? 물끄러미 아내를 쳐다보던 며느리가 진지한 표정으로 물어왔다.

백살까지 살겠다더구나. 아닌게아니라 의사의 말 그대로를 옮긴 것이다. 담배 때문인지 심폐기능이 떨어진 걸 제외하곤 아무런 이상이 없는 검진결과였다. 근력과 간기능은 젊은 사람 못지않네요. 팔씨름을 하면 손목을 잡아줘야 할 것 같은 의사가 그렇게 얘기했다. 한 조각의 암세포도, 이상이 생긴 장기나 혈관도 발견되지 않았다. 어머, 그럼요 아버님... 오래오래 사셔야죠. 며느리의 이 말만큼은, 누가 뭐래도 진심이라 생각한다.

종합검진을 받은 건 아들의 권유 때문이다. 아버지, 건강은 건강할 때 지켜야 하는 거라구요. 싫다는데도 며칠을 졸라댔다. 결국 검진을 받았다. 이것이 실은 며느리의 권유로구나 생각이 들어서였다. 만만치 않은 검진비용을 턱 하니 아들이, 아니 며느리가 부담했다. 효도의 문제라기보다는, 불안해하는 며느리의 심기가 느껴졌다. 별탈 없이, 내가 끝까지 아내를 책임져주길 아이들은 바라고 또 바랄 것이다. 아들은... 말을 말자. 때로 아내가 치매인 게 얼마나 다행인가 생각이 들 때도 있다. 아들은... 아내의 전부였기 때문이다.

아내는 특히 아들에게 집착했다. 내게도 원인은 있었다. 나는 종종 외도를 했다. 접대가 많은 일이라 대개는 직업여성과 나눈 하룻밤이지만, 그렇지 않은 사랑도 두어 번 있었다. 한번은 회사의 젊은 여직원 S와, 다른 한번은 고교 동창인 Y와. S와는 반년 정도 딴살림을 차린 적이 있고, Y는 둘 다 가정이 있는 신분이어서 꽤나 심각한 일이 일어날 뻔도 했다. 당연한 일이겠지만, 아내는 큰 상처를 받았다.

아들이, 그래서 아내의 전부가 되었다. 절로 이기적이고 의타심이 강한 인간으로 자라왔고, 지금도 그러하다. 내 책임이다. 아니, 누구의 책임인지 알 수 없다. 이제 더 줄 것도 없지만, 아니, 그래도 겨우 집 한 채가 남았지만, 더는 주지 않겠다고 나는 결심했다. 나에게도, 내 인생이란 게 있는 것이다. 치매를 앓는 아내에게도 아내의 인생이 있다. 집은 우리의 노년을 위해 쓰여야 한다. 잘 먹었다. 자리를 일어선 나는 주섬주섬 양복을 챙겨 입었다. 여보, 갑시다. 아버님 과일이라도 좀 드시고 가셔야죠. 연립의 계단을 내려올 때까지 한사코 며느리가 따라붙는다. 아니다, 늦기 전에 가야지.

좁고 아득한 골목을 아내의 손을 잡고 걸어간다. 주절주절 딴에는 재밌는 농을 늘어놓지만 아무런 대꾸가 없다. 절반이 저버린 개나리 숲을 지나는데 난데없이 핸드폰이 울렸다. 며느리였다. 아버님, 뭘 두고 가신 거 같아서요. 큰 박슨데... 아차 싶었지만 되돌아가기가 싫었다. 가지고 좀 와주렴... 하려다 귀찮았다. 이상한 반응이다. 다, 귀찮다. 그거 아주 좋은 건데... 가시오가피라고... 동현이 좀 먹여라, 너도 같이 먹고. 그래, 부부가 같이 건강해야지. 전화를 끊었다. 그만, 또 주고 말았다. 전화를 거는 사이 아내는 쪼그린 채 이런저런 꽃들을 매만지고 있었다. 아내를 일으켜 다시 걸음을 재촉한다. 바삭하고 허무한 아내의 손이 홀씨를 다 털어낸 민들레 같은 느낌이다. 그 손을, 나는 꼭 쥐었다.

집으로 돌아온 것은 아홉시 무렵이었다. 오는 도중 아내가 길을 새려 해 싸우고 달래고 곡절이 많았다. 이유는 언제나 '집에 가기' 위해서다. 집이 어딘데? 묻는 자체가 무의미한데도 그만 집이 어딘데? 벌컥 화를 내버리고 말았다. 반성한다. 약을 먹이고 양치를 해주고, 이부자리를 깔아주자 곧 잠이 들었다. 쌔근쌔근, 잠든 아내의 얼굴을 확인한 후 나는 거실로 나와 담배를 피웠다. 또, 하루를 살았다. 주섬주섬 나는 펜이니 돋보기니, 그런 것들을 챙기기 시작한다. 가계부를 쓸 시간이다.

일년 전부터 가사는 전적으로 내 책임이 되었다. 그 무렵이 가장 힘들었다. 생전 해보지 않은 빨래며 청소, 밥을 짓고 설거지를 하는 일이 삶의 전부가 된 것이다. 그나마 지금은 가사만 해결하면 그만이라 말할 수 있다. 점점 아내에 대한 간호와 수발이 삶의 대부분을 차지해갈 것이다. 가계부를 쓰기 시작한 것도 그때부터다. 지갑서 꺼낸 지로를 철하고, 지출 사십만원, 분납 8회, 라고 또박또박 기입한다. 정선배의 얼굴이 눈앞에 떠오른다. 앞으로 여덟 번 더, 선배의 얼굴이 떠오를 것이다. 간이 안 좋다고 들었는데... 지로의 1회분을 뜯어 나는 신발장의 왼쪽 서랍에 넣어둔다. 납부를 앞둔 지로나 고지서는 모두 이곳에 보관한다. 따릉. 벨이 울렸다.

이 시간에, 전화를 한 것은 딸이었다. 그래 잘 지냈냐? 학기를 시작해선지 거의 두 달 만의 전화다. 엄마는 좀 어떠세요? 뭐, 좋아질 일이 있겠니. 이런저런 얘기들을 한참이나 나누었다. 딸의 목소릴 들으면 기분이 좋아진다. 아들 녀석보다는, 확실히 그렇다. 쌍둥이로 태어났지만 여러 면에서 차이가 났다. 엄벙덤벙한 아들놈에 비해 딸은 꽤나 성적이 좋은 편이었다. 속을 썩이지도 않았다. 착실히 학교를 가고, 대학원을 나와 강단에 서고 있다. 융통성이 없는 게 흠이라면 흠이지만, 그래도 여러 면에서 보람을 느끼게 해주었다. 지나가는 소리지만, 또 넌지시 사귀는 사람은 없냐고 채근해보았다. 순간 아빠... 하고 딸의 목이 멘다. 괜한 소릴 했나 후회했는데 그게 아니었다.

나 돈이 좀 필요해요. 돈이라니, 무슨 일이 생긴 거냐? 이런 부탁 해서 정말 미안해요... 그런데... 저도 너무 힘들어요. 딸은 울고 있었다. 마음속에 가시 오가피 숲이 자란 듯 기우가 치밀었다. 얘길 해야 돈이든 뭐든 마련할 것 아니냐... 힘들고 힘들게 딸이 꺼낸 얘기는 교수직에 관한 것이었다. 지방의 한 대학에 자리가 났는데 요는 돈이 필요하다는 것이다. 이유도, 사용처도 묻지 않았다. 다만 액수만을 나는 물어보았다. 아빠가 삼천 정도 해주시면 어떻게든 될 거 같아요. 그러냐? 한번 고민해보마. 아무튼 방법이 있을 테니 너무 염려 하지 말고... 뭐니 해도 객진데... 늘 건강 챙겨야 한다. 미안해요, 편히 주무세요. 딸은 울면서 전화를 끊었다. 결코 화가 나거나 세상이 썩었다느니 생각은 들지 않았다. 늦게나마 이런 융통성이라도 생겨난 딸이 오히려 대견할 따름이다. 세상에 지식인(知識人)이 어딨겠는가, 지식인(知食人)이 있을 뿐이지. 편히 잘 수가 없어 나는 담배를 꺼내 물었다.

달이 밝다.

거실의 불을 끄고 나니 오히려 모든 것이 선명해진다. 달과, 그로 인해 보이는 어둠과, 고요, 그리고 한 사내의 육신이 선명하게 느껴진다. 환갑을 넘겨도 지극히 건강한 늙은 사내의 심장이 두근, 한다. 길게 연기를 한 모금 내뱉었다. 병원에서 검진결과를 들었을 때의 절망감이 푸른 달빛처럼 사내의 심장에 스며든다. 적어도 아흔까지는 사시겠습니다. 요즘은 일흔이 기본이구요, 흔하디 흔한 게 팔순인 세상입니다. 의사의 목소리가 환청처럼 들려온다. 앞으로... 삼십년을 더 살아야 하는가? 지극히, 나는 절망한다.

앞으로의 인생에 대해선 많은 생각을 했었다. 아내의 병에 대해서도 알 만큼 알았고, 말하자면 큰 어려움은 없을 거란 생각이다. 소득이 없고, 몇푼의 연금으로 생활은 궁핍하겠지만 그런 어려움 따위는 우습지도 않다. 단칸방에서 시작한 인생이다. 철(鐵)로 치면 주철의 근성으로 세상을 헤쳐왔다. 차차 대소변도 못 가릴 아내가 무거운 짐이라서가 아니다. 오히려 아내에겐 그래서 감사한 심정이다. 젊었을 때의 잘못을 보상할 기회라고도 생각한다. 그러나 더는 살고 싶지 않다.

더는

살고 싶지 않은 것이다. 견디기 힘든 것은 고통이나 불편함이 아니다. 자식에게서 받는 소외감이나 배신감도 아니다. 이제 인생에 대해 아무것도 궁금하지 않은데, 이런 하루하루를 보내며 삼십년을 살아야 한다는 것이다. 소소하고 뻔한, 괴롭고 슬픈 하루하루를 똑같은 속도로 더디게 견뎌야 하는 것이다. 인생을 알고 나면, 인생을 살아갈 힘을 잃게 된다. 몰라서 고생을 견디고, 몰라서 사랑을 하고, 몰라서 자식에 연연하고, 몰라서 열심히 살아가는 것이다. 그리고 어디로 가는 걸까?

인간이란

천국에 들어서기엔 너무 민망하고 지옥에 떨어지기엔 너무 억울한 존재들이다. 실은 누구라도, 갈 곳이 없다는 얘기다. 연명(延命)의 불을 끄고 나면 모든 것이 선명해진다.

창을 열고, 나는 베란다로 나간다. 긴 하루의 늦은 밤이다. 흐르고 흐르고 흐르는 차들의 불빛들로, 언뜻 저 멀리 도로가 길고 긴 강물처럼 느껴진다. 아득하고, 멀다. 이제 그만

건너고 싶다.

저 누런 강, 나는 한 척의 배처럼

갈 봄 여름 없이

수면제를 모은 것은 육개월 전부터다. 조금씩, 노를 젓듯 규칙적으로 모아왔다. 왜 이럴까, 하면서도 행동을 멈추지 않았다. 죽고 싶다는 생각을 한 것은 훨씬 더 오래전이다. 그러니까 작년의 봄이었나 여름이었나, 어쩌면 재작년의 가을이었나.

집은 곧 매각되었다. 전세로 전환하며 판매하는 조건이라 보름 만에 사겠다는 이가 나타났다. 평생에 걸쳐 마련한 집이었다. 그러나 무슨 의미가 있는가.

양도서에 도장을 찍으면서도 아무런 감정의 동요가 없었다. 우선 세금을 내고, 딸의 통장으로 삼천을 입금시켰다. 더 필요한 건 아니니? 나머진 제가 어떻게든 할 거예요. 정말 고마워요 아빠. 문득 그 '어떻게든'이 마음에 걸리기도 했지만... 어쨌거나 딸의 인생이다. 그리고 더는 전화가 걸려오지 않았다. 전화가 없어선지, 인생이 더 홀가분해진 느낌이었다.

그리고 돈이 남았다. 삼십년을 생각하면 차마 이년을 버티기 힘든 금액이지만, 남은 인생을 한 달이라 생각하면 넘치고 또 넘치는 돈이었다. 그 돈으로, 인생의 마지막 한 달을 아내와 보내리라 결심했다. 우선 가시오가피 대금을 미리 완납하고, 차의 상태를 점검했다. 생각하기에 따라 길고 긴 여행이 될 것이다. 고장이나 그런 이유로 귀한 시간을 낭비하고 싶지는 않았다. 그리고 옷을 샀다. 아내의 손을 잡고 백화점을 찾은 것은 처음이었다. 무작정 아내는 기뻐했고, 분별없이 일곱 벌의 옷을 닥치는 대로 골랐다. 모두가, 강렬한 원색의 옷이었다. 피처럼 빨간 화려한 원피스가 있었는데, 예전의 아내라면 공짜로 줘도 입지 못할 옷이었다. 그 옷을 입고, 아내는 소녀처럼 기뻐했다. 소년처럼, 나는 눈물이 나왔다.

단 한번이라도 삶을 즐긴 후 나는 아내와 함께 죽고 싶었다. 하마 아내가 여행을 할 수 있을 때, 차마 아내의 영혼이 그것을 기억하지 못한다 하더라도. 출발하기 전날밤의 달은 인생에서 본 가장 크고, 둥글고, 눈부신 달이었다. 잠든 아내의 얼굴이, 그래서 부시고 환하게 다가왔다. 아내의 인생은 어떤 것이었을까. 미안하고 미안하고 미안한 마음이 달의 인력에 끌린 물결처럼 꿈틀거렸다. 젖은 모래를 쓸고 가는 밤의 물결처럼, 나는 말없이 아내의 머릿결을 쓰다듬었다. 꿈인 듯, 혹 아직은 삶 속인 듯.

집 안을 잘 정돈하고 필요한 짐을 모두 실었다. 달칵, 문을 잠그던 그 순간 지나온 삶의 모든 것을 밀봉하는 기분이었다. 유서 같은 것은 쓰지 않았다. 이 집의 전세금은 알아서 아이들이 나눠가질 것이다. 그리고 근처의 미장원에서 아내의 머리를 새로 했다. 예쁘게 해주세요. 원색의 옷을 입고 앉아 머리를 하는 아내의 모습이 낯설고 낯설었다. 아니 단 한번, 이와 비슷한 아내의 모습을 본 적이 있다. 결혼식을 할 때였다.

특별한 계획은 없었다. 그저 한껏, 바다를 둘러볼 생각이었다. 수면제를 모을 때만 해도 해외의 근사한 휴양지를 생각했는데, 확실히 아내에겐 무리가 따르는 일이었다. 우선 차를 몰아 가까운 서해를 둘러본 후, 동해의 라인을 거슬러 무작정 이동할 생각이었다. 생각이 곧 길이고, 그것은 강과 같은 것이었다. 말하자면 지나온 수십년과는 다른, 한 달이었다.

한 달

나는 아내와 함께 갯벌을 걸었고, 놀랍도록 아름다운 노을을 보거나, 정말 훌륭한 공간에서 식사를 하고, 우연히 발견한 놀이동산에서 기구를 타기도 했다. 그렇다고 특별한 여행은 아니었다. 그저 좋은 곳에서 자고, 원없이 바다를 감상하고, 온천을 하며 피로를 풀거나, 다시 피로해지거나, 했다. 소소히 즐겁고 기쁜 순간이 있었나 하면, 때로 다가올 죽음의 허무에 짓눌려 괴롭거나 슬프곤, 했다. 어찌 보면 지나온 수십 년과 다를 바 없는 하루하루였다. 지난 수십 년의 가을처럼, 또 어느 해의 봄처럼, 문득 잊고 있던 여름 같은 한 달이었다. 그리고 그사이 다섯 통의 전화를 받았다.

한 통은 딸에게서 온 것이었고, 세 통은 보험 가입이나 대출을 권유하는 전화였으며, 나머지 한 통은 잘못 걸려온 전화였다.

그리고 바로, 오늘이 왔다. 새벽에 잠깐 보슬비가 왔고, 곧 비가 개면서 밝아오는 아침해를 볼 수 있었다. 여느 때와 다름없는 아침을 보내고 다시 인근의 휴양지를 찾아 차를 몰았다. 이것이 마지막 운전이 될 것이다. 핸들의 촉감을 새삼스레 느끼며 한산한 도로 위를 달리고 또 달렸다. 자꾸만, 눈물이 나왔다. 걷잡을 수 없이 터지는 눈물을 참고 또 참다가 결국 차를 세우고 펑펑 울고 말았다. 콧물까지 흘리는 내 몰골이 우스웠는지 아내는 배를 잡고 웃음을 터뜨렸다. 마음이 진정되기까지는 오랜 시간이 필요했다.

호텔은 바다가 잘 보이는 언덕 위에 있었다. 주차를 하고, 우선 아내와 함께 산책로를 걸었다. 새소리와 바람소리, 그리고 파도소리가 뒤섞인 풍광 앞에서 나도 아내도 모두가 침묵했다. 죽음도 기나긴 강 끝에 펼쳐진 저 바다와 같은 걸까? 나는 말없이 담배를 피워 물었다. 추워. 양팔을 매만지며 아내가 얘기했다. 추울 리 없는 초여름의 날씬데도 아내는 한사코 춥다며 몸을 떨었다. 결국 발길을 돌려야 했다. 여보, 갑시다.

예약하셨습니까?

그건 아니라고 답을 하자, 전혀 예상치 못한 답변이 들려왔다. 죄송합니다, 지금 빈 객실이 없어서요... 예약이 다 찬 상탭니다. 놀라웠다. 제법 이름이 난 휴양지긴 해도 평일이다. 평일에 이토록 호텔을 찾는 사람들이 많다니... 나는 적잖이 당황스러웠다. 그러고 보니 로비 한켠에는 오후에 있을 결혼식의 안내 판까지 설치되어 있었다. 그것참, 할 수 없이 로비를 나서려는데 안내판의 이름 석 자가 한눈에 들어왔다. 김수연. 아내의 이름이다. 아니, 아내와 이름이 같은 신부의 이름이었다. 물끄러미 곁에 선 아내에게 그래서 누구냐고 물어보았다. 김, 수, 연. 김수연이 누구지? 멍한 눈빛으로 아내는 고개를 가로저었다. 손님, 하고 그때 프런트의 여직원이 달려왔다. 객실이 하나 났습니다. 방금 어떤 분이 갑자기 전화로 예약을 취소하셔서요. 아, 그렇습니까? 상냥한 얼굴의 여직원이 고개를 끄덕였다.

방은 칠층의 맨 끝쪽에 위치해 있었다. 커튼을 열자 오전의 잔잔한 햇살이 누런 강물처럼 방 안으로 흘러들었다. 그 강물 속에서, 나는 이상하리만치 마음이 편안해졌다. 개폐가 가능한 창이 있어 한결 마음에 드는 방이었다. 짐을 잘 정리한 후 벗은 옷들을 옷장 속에 넣었다. 반듯하게, 바지와 원피스의 주름을 펴 나는 모양새를 갖춰주었다. 옷걸이에 걸린 어둠속의 옷들이, 문득 지나온 삶 같다. 그리고 인생의 마지막 목욕을 했다. 아내의 몸을, 더불어 스스로의 몸을 스스로의 손으로 씻겨주었다. 가운을 걸치고 침대에 걸터앉자, 작은 산새의 울음소리가 희미하게 들려왔다.

가방을 열어 수면제를 모아둔 봉투를 조심스레 꺼냈다. 한 달을 기다려온 깊은 잠이 봉투 속에서 우리를 기다리고 있었다. 창밖을 바라보았다. 그리고 잘 왔다, 여기까지... 잘 왔다고 나는 생각했다. 아내의 얼굴을 쳐다볼 순 없었지만, 아내의 손을 잡을 수는 있었다. 더듬더듬 잡은 그 손을, 나는 여느 때보다 꼭 움켜쥐었다. 문득 마지막으로 아들과 딸의 목소리를 듣고 싶었다. 핸드폰의 폴더가 마치 바위처럼 무거웠다. 딩동. 벨이 울린 것은 그때였다. 누구지? 찾아올 사람이 없는데도 어느새 몸이 문 앞에 서 있었다. 누, 누구십니까?

벌입니다.

귀를 의심했지만 거듭 벌입니다, 하는 남자의 목소리가 문의 저편에서 들려왔다. 이상한 반응이었다. 나는 문을 열고 사내의 얼굴을 대면했다. 갓 마흔을 넘긴 듯한 평범한 인상의 사내였다. 벌이라니요? 내가 묻자 오히려 사내가 당황하는 눈치였다. 사내는 재차 방의 호수를 확인하더니 뉴질랜드님 부부 아니십니까? 라고 빠르게 속삭였다. 뉴질랜드라니... 도대체 무슨 얘기요. 그게 아니라... 그러니까... 마사지를 원하신 거 아닙니까? 당신 마사지사요? 사내가 고개를 끄덕였다.

그랬군요. 이상한 반응이지만, 나는 사내를 방으로 들어오게 했다. 복도에서 얘길 나누는 것도, 또 아내가 자꾸 방을 나가려는 것도 어쩐지 신경이 쓰여서였다. 나는 사내에게 방을 잡게 된 경위를 간단히 설명했다. 그랬군요. 고개를 끄덕이며 사내가 얘기했다. 아마도 절 부른 부부님이 갑자기 마음이 바뀐 건가봅니다. 뭐... 가끔 있는 일이긴 하지만. 아니 약속을 하고 그렇게 일방적으로 취소를 한단 말이오? 마사지란 게... 그렇습니다.

나쁜 인상은 아니었다. 그리고 문득 죽기 전에 마사지를 받는 것도 좋겠다는 생각이 머리를 스쳤다. 어떠신가? 하고 나는 사내에게 제안했다. 아... 사내는 뭔가 난감하다는 눈치였다. 방 안을 서성이며 보이는 아내의 이상행동이 아마도 마음에 걸리는 모양이었다. 약간 치매가 있네, 하지만 마사지를 하는 데는 별 지장이 없을 게야. 그런 건 아니고... 사내는 몇번을 머뭇거리다 그렇다면, 하고 고개를 끄덕였다.

바닥에 얇은 이불을 깔고 사내는 나를 엎드리게 했다. 차근차근 손가락과 발끝에서부터 사내는 마사지를 시작했다. 그 광경이 무료했는지 아내는 금세 침대에서 잠이 들었다. 두 분이 함께 여행하시는 겁니까? 그렇다네. 무척 보기가 좋습니다. 그런데 저렇게 편찮으셔서... 많이 힘드실 텐데. 예전엔 내가 저 사람을 힘들게 했소. 부부란 게 다... 그렇겠지만... 그런데 요즘엔 이렇게 마사지사를 호텔로 부르나보오? 그런 건 아니구요... 실은... 제가 하는 게 부부 마사지란 겁니다. 부부 마사지? 평범한 마사지가 아니라... 뭐랄까, 일종의 성(性)적인 서비스 같은 겁니다. 어르신과는 거리가 먼 얘길 거 같아... 오히려 말씀드리기도 편합니다만.

퍼뜩, 사내의 말뜻이 뭔지 감을 잡을 수 있었다. 오래전 일본 출장을 다녀온 직원에게서 비슷한 얘기를 들은 적이 있다. 아니, 그런 걸 하는 사람들이 여기도 있단 말이오? 수는 제법 되지만 실질적으론 그렇게 많지 않습니다. 호기심을 가졌다가도 막상 오늘처럼 유턴하는 경우도 있고, 동의를 해놓고도 정작 여성분이 거부를 하는 경우도 많고... 해서 대개는 마사지를 전제로 하고, 여성의 결심에 따라 서비스를 하거나 생략하거나 합니다. 요금도 거기에 따라 정하구요.

산새 소리가 들려왔다. 힘들게 살아가는 인간들의 모습이 그래서 더 선명하게 느껴졌다. 나는 내리고 이들은 남겠지만, 결국 모두가 이 강을 건널 것이다. 마사지의 나른함 때문인지 나는 자꾸 눈이 감겨왔다. 그토록 힘을 들여 이토록 힘들게 살아온 한 인간이 사내의 손끝에서 나른하게 녹고 있었다. 벌이란 건 뭔가? 그건 아이디란 겁니다. 아, 그렇군. 역력히 역력히 산새가 울고 울었다.

사모님은... 받기가 좀 그러시죠? 담배를 나눠 피운 후 사내가 웃으며 물었다. 무슨... 아닐세. 그런 나이도 아니고... 나보다 더 힘들게 살아온 사람이야, 대신 그런 서비스 말고 평범한 안마로 해줘야지. 나도 웃으며 사내에게 얘기했다. 깨우면 힘들어서... 그냥 침대에서 하는 게 낫지 않을까 싶네. 조심조심 사내는 마사지를 시작했다. 망종(芒種) 햇살 속에, 그 누런 강물 속에 아내의 몸이 나른히 잠겨들고 있었다. 사내의 손끝이 두어 마리 소금쟁이처럼 잔잔한 파문을 그리고 또 그렸다. 한 척의 배처럼 침대는 흔들리고 있었다.

아

아내가 신음을 지른 것은 한참의 시간이 지난 후였다. 하마터면, 들고 있던 담배를 나는 떨어뜨릴 뻔했다. 수십년 만에 들어보는, 그런 성격의 신음이었다. 아... 낮은 신음이 또다시 아내의 입에서 새나왔다. 그만 마음이 역력히 우는 산새 소리인 양 어지럽고 아찔했는데, 침대 위의 사내와 눈이 마주쳤다. 멍하니 입을 벌린 채, 사내도 역력히 어찌할 바를 몰라하고 있었다. 우리는 한동안 그렇게 굳어버렸다.

산에

산에

피는 꽃은

저만치 혼자서 피어 있네

산에서 우는 적은 새요

꽃이 좋아

산에서

사노라네

산에는 꽃 지네

꽃이 지네

갈 봄 여름 없이

꽃이 지네

호텔 광장의 어딘가에 스피커가 있는 듯했다. 분수대 근처가 아닐까 싶었다. 결혼식 하객을 대상으로 한 안내방송이 나오면서, 연이어 몇곡의 가곡이 흘러나왔다. 소월의 산유화였던가? 창가에 앉아 노래를 감상하며 나는 새 담배를 꺼내 물었다. 샤워를 마친 사내가 가운을 입고 걸어나왔다. 눈을 마주치기가 뭣해서 나는 엄벙 냉장고의 문을 열었다. 맥주 한잔 할 텐가? 아, 감사합니다. 머리를 말리고 선 사내에게 나는 캔맥주를 내밀었다.

결혼식을 했나보죠? 창밖을 내려다보며 사내가 얘기했다. 그런 모양이야. 광장의 중심에서 울긋불긋 색지를 붙인 자동차 한 대가 서서히 출발하고 있다. 재배(再拜), 삼배(三拜), 차는 원형의 분수대를 세 바퀴 돌았고, 잠시 멈춰선 후 노끈으로 매단 여러 개의 깡통을 끊고서는 서서히 세상을 향해 나아갔다. 짧게, 우리는 건배를 했다. 수십 알의 수면제라도 삼킨 듯 아내는 곤히 잠들어 있었다. 역력히, 맥주가 달다고 나는 생각했다.

냉장고에는 아직 한 캔의 맥주가 남아 있었다.

굿바이, 제플린

가면라이더 파이즈

아시겠죠? 어린이 여러분. 정의는 언제나 승리한다는 사실을. 언제나 꿈과 희망을 잃지 말고 공부 열심히 하세요! 우린 여러분의 친구니까. 자자, 가면라이더 파이즈와 사진을 찍을 어린이들은 이쪽으로 줄을 서주세요. 어머님들은 사진을 받을 수 있는 이메일 주소를 적어주시구요. 하아, 그래서 찍었다. 서른아홉 명의 코찔찔이들 옆에서 서른아홉 번 승리포즈를 잡아준 것이다. 아저씨 가짜죠? 마지막 코찔찔이가 당돌하게 물었다. 움찔, 하기보다는 화가 났다. 진짜라면… 여기서 이러고 있겠니? 말은 못하고 하하 웃었다. 허벅지가 따끔거렸다. 진짜 파이즈의 허벅지에도 땀띠가 있을까?

즐거운 쇼핑으로 행복 꽃 피고

엄마 아빠 손잡고

함께 가요 우리 가족

꿈의 쇼핑 드림마트

해피 해피 드림마트

비상계단에 걸터앉아 우유를 마셨다. 우유는, 기획실 직원이 주고 간 것이다. 그래서 마신다. 우유를 좋아할 리 없지만 그래서 마시는 것이다. 나 아까 발차기할 때 각이 좀 나오지 않디? 제이슨이 물었다. 환장하겠네, 말은 못하고 나오던데요, 했다. 씨익. 제이슨이 웃었다. 뭐야 이 인간... 진짜로... 좋아하는 거냐? 내가 미친다. 옆에 앉은 이 인간은 제이슨이다. 발차기니 각이니 하지만 나이가 마흔이다. 꼴에 미국에서 오퍼상을 했단다. 언제요? 십오년 전에. 얼마나요? 일년 반. 그래서 제이슨이다. 본명을 밝히지 않아 할 수 없이 제이슨... 형, 하고 부른다. 결혼 같은 걸 했을 리 없다. 선을 볼 때도 발차기 각 같은 걸 큰 소리로 떠들 인간이다. 아무튼 그래서 형이라고 부른다. 매일 그렇게 부르는데도 형이란 목소리에 각이 잡히지 않는다. 뚝 뚝 땀이 떨어진다. 한여름에 고무옷을 입은 인간만이 흘릴 수 있는 땀이다. 계단을 올라가던 코찔찔이 하나가 엄마 손을 흔들며 소리친다. 엄마 가면라이더들이 딸기우유 마시고 있어. 그래 그래, 라고 엄마라는 인간이 말한다.

기획실에 딸린 창고에서 옷을 갈아입었다. 날아갈 것 같았다. 한 오분 에어컨 앞에서 아아아아아 했다. 오늘 일 마무리. 사장에게 전화를 걸어 사실을 알렸다. 수고했다고 사장이 말했다. 이따 저녁에 보자. 예, 라고 답한 후 전화를 끊었다. 이제 도우미들을 기다리는 일만 남았다. 형은 여기 있을래? 으응. 담배를 꺼내 물며 제이슨... 형이 말했다. 죄송하지만 저희 사무실 금연인데요. 딸기우유를 줬던 여직원이 웃으며 말했다. 할 수 없이 함께 기획실을 나왔다. 저 여자 나한테 관심있는 거 같지 않디? 확 발차기라도 하고 싶었지만, 참았다. 바깥의 공기가 후끈했다. 또다시 허벅지가 가려웠다.

누나누나예, 누나누나누나예. 지금 열심히, 춤을 추는 저 아이가 미려다. 거의 비키니다. 미니를 하나 걸치긴 했지만, 비키니라 보기에 어떤 지장도 주지 않는 미니다. 좀전엔 엉덩이가 팬티를 씹었다. 저렇게, 자주 씹어줘야 손님을 확 끈다고 일전의 가전제품 대리점 사장은 희희덕거렸다. 죽이고 싶었지만, 참았다. 미려와 나는 동거중이다. 그 사실을 아무도 모른다. 사무실에서도 절대 쉬쉬다. 착한 아이다. 자, 오늘 저희 드림마트로 오시면 오픈 기념으로 갖가지 사은행사가 고객 여러분을 기다리고 있습니다. 마이크를 놓고 다시 미려와 동작을 맞추는 아이는 정혜다. 목소리가 좋아 주로 멘트는 정혜의 몫이다. 나는 하루종일 몸으로만 때운다니까. 발바닥의 굳은살을 뜯으며 종종 미려가 푸념을 늘어놓기도 한다. 미려와는 이렇게 저렇게 알게 된 언니동생 사이다. 정혜는 완전 나이트 중독이다. 심하다. 반년 정도 이런저런 무대에서 백댄서를 했다고 들었다. 어쨌거나 춤 하나는 끝장이다. 물론 미려가 더 예쁘고 착하다. 미려, 우리 미려.

알는지 모르겠다. 이런 내 심정을. 십수명의 중늙은이들이 지금도 우우 하고 주위에 서 있다. 주머니에 푹 손을 찌른 채, 흘끔흘끔 해삼 두 마리 말미잘 세 마리가 살고 있을 듯한 눈탱이로 미려를 훑어본다. 어따메, 라고 늙은이 하나가 중얼거렸다. 죽이고 싶었지만, 어따메가 무슨 말인지 몰라 참았다. 가슴은 오른쪽이 크네. 담배를 문 금복주 하나가 들릴락 말락 누군가에게 속삭였다. 지금 또 미려의 엉덩이가 팬티를 씹었다. 휘유 하고 누군가 한숨을 쉰다. 나는 담배를 꺼내 문다. 불 좀 얻어도 될까? 옆에 선 중늙은이 하나가 굽실 하며 속삭였다. 불을, 나는 붙여준다. 순간 고마우이 하는 늙은이의 왼손이 바지 속에서 꿈틀거린다. 아아 이 인간... 뭘 만지고 있는 거야.

지금 눈앞의, 풍선을 잔뜩 매단 이 건물이 드림마트다. 대기업의 할인마트보다는 확실히 작지만, 중소도시인 이곳의 규모를 생각하면 어마어마한 건물이다. 사장은 이곳의 토박이 유진데 지역문화발전을 위해 자신의 전부를 걸었다, 했다. 성질이 불처럼 급한 인물이다. 오늘 행사만 봐도 됨됨이를 알 수 있다. 일층 매장 오픈 기념. 그리고 정식 오픈은 보름 후에 있을 예정이다. 말리지 않으면 지하주차장 오픈 기념행사라도 벌였을 인간이다. 어쨌거나 그런 이유로, 한 달 내내 이벤트가 꼬릴 물고 이어져 있다. 우리 사무실로선 대박이 아닐 수 없다. 가면라이더가 아니라 뭐라도 되어야 한다. 따끔, 다시금 허벅지가 가렵기 시작한다. 꿈의 쇼핑 드림마트 해피 해피 드림마트. 누나누나누나예.

꿈. 나에게도 꿈은 있다. 지금은 비록 미려의 원룸에 얹혀사는 신세지만, 아무에게도 말 못한 꿈이 있는 것이다. 말해도 될는지 모르겠다. 일단 서른까지는 지금의 직장에 뼈를 묻는다. 삼년 만에 직원 넷의 사무실을 번듯한, 한 서른 명 정도가 일하는 회사로 만들겠다면 나만의 오산일까? 그렇지 않다고 나는 생각한다. 말하자면 부사장, 혹은 이사란 직함을 달고 미려에게 웨딩드레스를 입혀주는 것이다. 신혼은 물론 아파트에서 시작한다. 그리고 이년 정도 주식투자로 돈을 불린다. 틈틈이 그 와중에 몰래 공부를 시작한다면 모두가 놀라 나자빠질 일일까? 그렇지 않다고 나는 생각한다. 자, 이제 사표를 던진다. 모두가 만류하겠지만 죄송합니다, 저에겐 꿈이 있습니다, 라고 당당히 말하는 것이다. 사장은 운다. 안타까워서. 물론 미려도 울 것이다. 너무 멋져서. 그리고 삼년, 두문불출의 공부가 시작된다. 단 한번 던지는 내 인생의 승부수. 나는 결국 변리사 시험에 합격한다. 미려는 아예 넋이 나간다. 마구 축하전화가 걸려온다. 그리고 펑펑 우는 미려를 꼭 안아주는 것이다. 얼마나 따뜻할까. 아마도 그럴 거라고, 나는 생각한다.

드림마트를 뜬 것은 여덟시였다. 사무실까지는 십분 거린데 차가 막혀 십오분을 더 잡아먹었다. 수고했어, 많이 힘들었지? 웃으며 직원들 손을 일일이 잡아주는 이 사람이 우리의 천(千)사장이다. 근본적으로 괜찮은 사람이다. 사람을 다룰 줄 알고, 무엇보다 인심의 소중함을 안다. 아아 배고파 죽겠어. 정혜가 팍 짜증을 내는 순간 밥이 도착했다. 너들 도착할 때까지 기다린 거야. 해서 여태 저녁을 먹지 않은, 그런 사람이다. 푸짐한 제육볶음과 김치찌개가 그래서 더 뜨끈하게 느껴진다. 먼저들 들어. 그리고 천사장이 맥주를 들고 올라왔다. 아무리 슈퍼가 일층에 있다지만, 다리들 아플 텐데 하며 손수 맥주를 내려놓는다. 이런 사람이다. 정혜도 미려도 그래서 무척이나 사장을 따른다. 맥주를 두어 잔 기울이자 피로가 싹 씻기는 기분이다. 얼마나 힘들까, 내가 여자면 다리라도 주물러줄 텐데. 정혜의 잔을 채워주며 천사장이 말했다. 괜찮아 오빠 주물러줘, 주물러줘. 소파의 팔걸이에 다리를 뻗으며 정혜가 깔깔거렸다. 나도 나도. 덩달아 미려도 응석을 부린다. 응석을 부릴 때의 미려는, 귀엽다. 정혜는 조금, 징그럽다.

김실장은 나 좀 보지. 내일 일정을 의논한 후 천사장이 말했다. 다들 퇴근을 하고, 그래서 나와 천사장만 사무실에 남았다. 큰일났어. 뭐가요? 천사장이 담배를 물었다. 이게 호잰지 악잰지는 모르겠어. 오늘 드림마트 회장님 모시고 사우나에 갔는데 말이야, 걱정을 많이 하시더라고. 또 무슨 걱정을요. 아, 이번 건 문제가 달라. 저쪽 아파트단지 방향으로 말이야, 대기업이 시장조사를 하고 있나봐. 그 정보를 빼내셨더라구. 시장조사요? 아마도 할인마트 진출이 목표인가봐. 네? 이런 작은 도시까지 먹겠다구요? 그런가봐. 아무튼 사실이라면 정말 보통 일이 아니지. 너무하네요 정말. 들어와도 괜찮다, 여긴 내 텃밭이다, 뭐 말씀은 그렇게 하시는데 스스로도 타격이 크신가봐. 자꾸 천사장 뭐 좋은 이벤트 없나? 우리 시민들 뇌리에 드림마트 네 글자를 콱, 새길 수 있는 그런 거 말이야 물으시는데 정말 진땀이 나더라고. 그래서 연구해보겠습니다, 하고 등을 밀어드리는데 갑자기 딱 손가락을 튀기며 그러시는 거야. 천사장, 비행선을 띄우자! 비행선이라구요? 그래 비행선. 그래서 뭐라고 하셨습니까? 알았다고... 그랬지. 그리고 잠시 우리는 말이 없었다. 텅 빈, 크고 작은 말풍선들이 두둥실, 크고 작은 비행선처럼 사무실의 허공을 배회하고 있었다.

어떡하실 겁니까? 그게 문젠데 말이야, 곧장 수소문을 해보니까 국내엔 업체도 몇 없고... 그나마 전부 예약이 찼더라구. 웃돈을 줘도 안된다, 게다가 사이즈도 작은 것뿐이고. 해서 회장님께 전화를 드렸지 이러저러하다고. 그러니 뭐라시던가요? 내가 언제 자네더러 경비 걱정 하라고 했나, 하고는 딸각 전화를 끊으셨어. 그게 뭔 말이죠? 모르긴 해도 무조건 하라는 얘기가 아닐까? 따끔, 허벅지가 마구 가렵기 시작했다. 커다란 말풍선 하나가 땀띠처럼 귀찮게 내 주위를 맴도는 기분이었다.

제플린 날다

제형, 줄 잘 잡아. 천사장이 소리쳤다. 예도 아니고 에도 아닌 이상한 예가 바람결에 실려 돌아온다. 왜 연결이 안되지? 매뉴얼을 또 한번 훑으며 천사장이 고개를 갸웃했다. 들풀이 무성한 천변에는 명주잠자리들이 수도 없이 날고 있었다.

지금 보이는 저 푸대가 제플린이다. 길게, 천변에 펼쳐진 저 푸대에 가스가 차면 길이 십오 미터의 비행선이 탄생한다. 매뉴얼을 탐독한 천사장이 다시 한번 밸브의 연결을 시도한다. 배울 때는 쉽게 했는데 말이야. 천사장이 전화를 건다. 그사이 제플린을 연결한 로프와 고리들을 나는 다시 점검한다. 큰소리 탕탕 치면서 매듭은 제이슨... 형이 묶었다. 보이스카웃 매듭이라고 들어봤나? 제형 대단하십니다. 다섯 살 어린 천사장의 말에 저 인간 스마일을 두 번이나 날렸다. 지금은 이 인간 어디서 뭘 하나, 둘러보니 담배를 물고 있다. 내가 미친다. 제... 형 담배 꺼요. 아도 아니고 예도 아닌 이상한 아가 날개가 찢긴 잠자리처럼 비실거리며 들려왔다. 이름을 부르기도 이젠 귀찮다. 나도 이제 제... 형이다.

제플린이 도착한 것은 어제였다. 지금도 내 정신이 내 정신이 아니다. 지난 열흘이 어떻게 지나갔는지 모르겠다. 우리로선 정말이지 방법이 없었다. 결국 천사장은 선배에게 매달렸다. 서울에서 큰 이벤트사를 운영하는 대선배였다. 한번만 살려주십시오 선배님. 올라가 무작정 빌었다. 서울과 이곳을 수시로 왕복하며, 그사이 나는 또 정혜와 미려를 이런저런 식당과 떡집에 실어날랐다. 운전면허를 가진 건 천사장과 나뿐이다. 정혜와 미려는 그렇다 쳐도 제... 저 인간은 도무지 용서가 안된다. 아니면 입이라도 닥치든가. 미국 면허는 있단다, 미국 면허는. 저 인간과 함께라면 부처님도 그저 그런 인간에 머물렀겠지. 정말이지 어떻게 해탈이 가능하겠느냐 이 말이다.

비행선은 결국 일본의 전문업체에서 렌트를 했다. 보증이나 그런 절차가 워낙 까다로워 결국 계약서엔 서울의 대선배가 도장을 찍었다. 대리계약인 셈이다. 기술자가 한 사람 따라온다는데 괜찮다고 했다. 사정을 들키면 여러가지로 복잡해질 거 같아서. 우리 애들 중에도 풍선 해본 애들이 있으니까 걔들한테 배워 알겠지? 감사합니다. 고맙습니다. 감사합니다. 감사합니다. 디스크가 걸릴 정도로 천사장은 허리를 숙였다. 모든 게 진심인 천사장이다. 사무실에서 세 번, 문밖에서 한 번. 본받을 자세라고 나는 생각했다. 대선배의 눈길도 그런 것이었다. 뭐랄까, 잘 익은 벼를 바라보는 농부의 눈길. 세상은 스스로 고개 숙인 자를 돕는다. 내가 보기엔 확실히 그렇다. 열심히 살자. 기다려, 미려야!

동민아. 내 꿈이 뭔지 아니? 돌아오는 차 안에서 천사장이 물었다. 사적인 얘길 할 때엔 언제나 이름을 부른다. 그래서 정말 사장이 친형처럼 느껴지는 것이다. 언제 어디서 형이라 불러도, 미려의 〈오빠〉처럼 각 잡힌 목소릴 낼 자신이 있다. 뭔데요? 아차차, 뭡니까? 라고 할 걸 그랬나? 후회가 들었다. 나는 아직 멀었다. 말 한마디 동작 하나에도 배워야 할 게 너무 많다. 뭡니까? 라고 나는 다시 물었다.

드림마트가 번창하면 우리도 꽤나 안정적인 회사가 될 거야. 급여도 어느 회사 부럽지 않게 줄 자신이 있어. 하지만 내 꿈은 더 큰 거란다. 회장님이 드림마트를 세운 이유는 실은 정계진출을 위한 거야. 문화공간, 문화공간 떠드는 이유도 실은 그래서지. 난 회장님이 국회의원이든 시장이든 이 지역에선 모든 게 가능한 분이라 믿고 있어. 그래서 평생을 모실 생각이다. 동민아... 그땐 니가 이 회사를 맡아줘야 해. 알겠니? 그리고 언젠가는 말이다, 너가 날 도와야 할 때가 반드시 올 거야. 우린 평생 같이 가는 거다. 알겠니? 입술을 질끈 깨물며 나는 네, 라고 대답했다. 이상하게 자꾸만 눈물이 나려는 것이었다. 애꿎은 사이드미러를 흘기며 나는 눈물을 참았다. 뭐... 무슨 놈의 이런... 딸기우유처럼 달콤한 꿈이 다 있단 말인가.

정식 오픈이 닷새 앞으로 다가왔다. 제플린의 시험비행을 위해, 그래서 우린 이 천변을 선택했다. 도시에서 오십 킬로나 떨어진 시골이다. 여기까지 온 이유는 간단했다. 드림마트의 관계자들 몰래 실습을 해야 했기 때문이다. 큰소릴 치긴 했지만 실은 비행선을 날려나 봤어야지, 행여 착오가 있다면 오늘이 자리에서 원인을 밝혀야 했다. 부랴부랴, 바쁜 아침이었다. 노래방 개업식이 한 군데 있어 미려를 태워줬고, 풍선 아치니 플랜카드니 장비 일체를 혼자서 설치했다. 도우미가 두 명이라 했는데? 하마처럼 생긴 노래방 사장에게 그럼요, 그럼요 할 즈음에 정혜가 도착했다. 흐암, 택시에서 내린 정혜는 하품부터 했다. 또 나이트 뛰었구나, 속으로 중얼대며 자리를 떴다. 다시 사무실로, 제... 그러니까 저 인간을 태워 이곳으로. 한편 천사장은 트럭을 가진 후배와 함께 영차영차 제플린을 공수했다. 서울에서 도착한 컨테이너를 연 것도 바로 이 천변에서였다. 잠자리가 이상하리만치 많은 허허벌판이었다.

됐어. 천사장의 얼굴에 희색이 돌았다. 곧 밸브가 연결되고 우리는 함께 배터리를 점검했다. 이제 된 건가? 이마의 땀을 닦으며 천사장이 중얼거렸다. 쿵쿵 가슴이 뛰었다. 쿵쿵 벌판을 울릴 정도로, 그런 느낌으로. 제형, 로프에 발 감기지 않게 주의해요! 천사장이 소리쳤다. 예도 아니고 에도 아닌 이상한 대답 대신, 제... 형은 폴짝 옆으로 뛰었다. 폴짝이라니... 하여간에 할 줄 아는 것도 많은 인간이다. 딸칵. 스위치가 올라갔다. 우웅 하고 가스주입기가 진동하기 시작했다. 말하는 사람은 아무도 없었지만, 이미 수많은 말풍선이 늦여름의 창공을 둥실 떠다니고 있었다.

뭉게뭉게, 작은 구름처럼 제플린이 부풀어올랐다. 그리고 곧 매끈한 유선형의 선체가 윤곽을 드러내기 시작했다. 그 광경을, 나는 폰으로 찍었다. 미려에게 보여주고 싶었기 때문이다. 지금쯤 미려는 열심히 일하고 있겠지. 하루빨리 미려를 편하게 해주고 싶었다. 드디어 제플린이 본연의 모습을 드러냈다. 거대한 고래처럼, 그리고 그것은 마치 〈꿈〉과 같은 느낌이었다. 누구라도 쳐다보지 않을 수 없는 어떤 무엇, 변리사가 된 나의 인생이 한껏 부푼 모습으로 창공에 투영된 기분이었다. 밸브를 차단한 후 우리는 튜브를 정리했다. 곧 날아오를 듯한 제플린을 사방의 로프들이 팽팽하게 묶고 있었다. 이제 체공만하면 성공이겠지? 천사장이 중얼거렸다. 잠시 넋을 잃은 내가 겨우겨우 네, 라고 대답했다. 탯줄과도 같은 중앙의 메인 로프를 남겨두고 우리는 각 코너의 체인들을 하나하나 풀어주었다. 그리고

제플린이 날아올랐다.

모두가 비명을 질러야 할 만큼 대단한 장관이었다. 그러나 누구도 입을 열 수가 없었다. 부상하는 꿈의 박력에, 초현실과 현실이 섞인 장엄한 풍경에 모두가 압도된 느낌이었다. 제... 형조차 멍하니 그것을 바라볼 뿐이었다. 왜, 또 폴짝 해보시지. 저 인간은 저런 꿈 같은 걸 한번이라도 가져본 적이 있을까?

어어. 누군가의 입에서 신음이 터져나왔다. 어어. 어어. 그리고 전염처럼 모두의 입을 통해 새어나왔다. 선체를 따라 수직으로 올라가던 메인 로프가 스르륵 풀리며 땅으로 곤두박질쳤다. 순간 머릿속의 퓨즈 같은 게 타버리는 느

낌이었다. 어어. 어. 상황을 정리할 의식 따위가 있을 리 없는데 천사장의 절규가 두 귀를 때렸다. 잡아~ 잡으라구. 폴짝 폴짝 뛴 것은 제이슨뿐이었다.

대항해시대(大航海時代)

국도를 타고 있습니다. 예, 예. 기름부터 만땅 채웠구요. 예, 예. 내비게이션이요? 없다는 거 아시지 않습니까. 예. 신고는 했습니다. 고속도로는 유턴이 안되니까요. 예. 바람이 바뀌면 어쩔 도리가 없죠. 예, 알겠습니다. 그리고 끊을까 하다 걱정 마십시오, 절대 안 놓칠 겁니다, 라고 했다. 동민아, 고맙다... 너만 믿는다. 천사장의 목소리엔 힘이 하나도 없었다. 순간 나도 기분이 울컥해졌다. 왜 그래? 제... 형이 물었다. 사장 목소리가 너무 안 좋아서요. 잠시 골똘히 생각에 잠기더니 제형이 물었다. 너 그거 아니? 뭐요. 저기 채워넣은 가스 말이야... 그거 사람이 들이켜면 어케 되는지 아냐? 죽겠죠 뭐. 이런 바보, 음성이 변조되는 거 몰라? 큭큭 이런 목소리가 된다구. 저한테 그런 일이 생길 줄은 정말 꿈에도 몰랐어요, 지금도 그 생각만 하면 온몸이 떨리고. 아 씨, 차를 세울 뻔했다가 참았다. 너 정말... 어떻게 된 인간이냐. 형은 무슨 놈의 형, 이제 그냥 제이슨이라 불러주마. 액셀을 밟은 오른발에, 그래서 더 힘이 들어가버렸다. 국도는 한적했다.

천변에서, 정신을 수습한 것은 몇분 뒤였다. 그때까지도 날아오른 제플린을 멍하니 바라볼 뿐, 우리는 아무것도 할 수 없었다. 바람이 불어왔다. 그리고 서서히 제플린은 흘러가기 시작했다. 일단 내가 쫓기로 했다. 천사장은 회장과 약속이 있었고, 후배가 장비를 정리해 트럭에 보관키로 했다. 갖고 가. 지갑의 돈을 모두 털어 천사장이 건네주었다. 이것도 가져가. 신용카드도 한 장 건네주었다. 제형도 같이 가지. 한 사람이라도 더 있는 게... 하고 사장은 말끝을 흐렸다. 폴짝 제이슨이 올라탔다. 시간이 흐르면 땅으로 내려오겠죠. 담배를 물고 말은 뱉었지만, 난감하고 초조한 심정은 누구나 같았다. 제플린이 내려오면 후배가 또 한번 수고를 해주기로 약속했다. 이런저런 의논을 하는 사이 제플린은 벌써 잠자리의 유충만큼이나 작아져 있었다. 일단 나는 차를 몰았다.

비행선의 뒤를 쫓아본 인산은 안다. 하늘의 길과 땅의 길이 얼마나 다른 것인가를. 나는 세 번이나 막다른 산길에서 돌아서야 했고, 수해로 무너진 다리 때문에 야산을 하나 돌아야 했으며, 국도에선 무려 일곱 번의 불법 유턴을 해야만 했다. 양파를 가득 실은 트럭 하나가 끼익, 차를 세우고 소리쳤다. 죽으려고 환장했냐? 죄송합니다, 죄송합니다. 땀 흘린 엉덩이에 씹힌 팬티처럼 답답하고 답답한 심정이었다. 바람이 가는 대로, 눈부신 빨래처럼 펄럭이며 갈 수 있는 건 제플린뿐이었다.

국도를 얼마나 달렸을까. 나는 마음을 고쳐먹기로 했다. 어차피 잡을 수 있는 대상이 아니다, 느긋하게 뒤를 따르자 마음먹은 것이다. 전화가 울렸다. 경찰이었다. 좀전에 신고하신 건 때문에요. 그게 풍선입니까? 그렇다고도 볼 수 있습니다. 지금 어디십니까? 정확히는 알 수 없고 충청북도 표지판을 조금 전에 봤습니다. 충청북도라구요? 네. 아, 죄송하지만... 그럼 그쪽 관할로 신고를 하셔야겠는데요. 여보, 여보세요? 전화는 끊어졌다. 바람도 끊긴 듯 제플린은 한동안 꼼짝하지 않았다. 그러고 보니 점심도 먹지 못했다. 작은 슈퍼 앞에 차를 세우고, 우리는 빵을 사먹었다. 빵과 우유, 빵과 우유를 번갈아 입에 대며 나는 물끄러미 제플린을 바라보았다. 능청스런 흰고래도 잠시 대기에서 휴식을 취하고 있었다.

오빠? 미려가 전화를 받았다. 많이 힘들지? 미려도 대충 상황을 알고 있었다. 며칠이 될지 모르지만... 보기 힘들겠다. 일은 어때, 안 힘들어? 아니 여기 사장님 엄청 잘해줘. 맘에 든다고 내일 하루 더 해달라는데. 하루 더? 어차피 오픈까지 며칠 남았잖아. 열심히 벌어야지. 미려야, 하고 나는 목소릴 죽여 속삭였다. 실은 나... 꿈이 큰 사람이야. 조금만 참아, 알겠지? 라고는... 못했다. 뜸을 들이는 사이 미려가 속삭였다. 다 알아 오빠, 사랑해. 입속에 고여 있던 흰 우유 한 모금이 순간 딸기우유로 변하는 느낌이었다. 사랑해.

제이슨과는 한마디도 하지 않았다. 담배 있니? 라고 묻긴 했는데 고개만 가로저었다. 천사장은 쉴새없이 전화를 했다. 그때마다 내용도 목소리도 달랐다. 동민아 이번 사건만 잘 수습되면 우리 사는 거다. 동민아 잘못되면 우린다 끝장이야. 좀 내려올 기미는 보이지 않니? 공군에 연락을 해볼까? 그때마다 나는 천사장을 안심시켰다. 잘 따라가고 있어요, 걱정 마세요. 이미 어둑어둑 해가 떨어지고 있었다. 제플린은 서서히 동쪽으로 이동하고 있었다. 이 길로 가야 하지 않을까? 제이슨이 말했다. 작은 산 하나를 두고 Y자로 갈라진 길이었는데 어둠속의 제플린이 느릿느릿 그 산을 넘고 있었다. 니가 된장이라면 그건 똥이야. 이런 인간의 말을 듣다간 평생 똥 같은 인생을 살 듯한 기분이 들었다. 아무 말 없이 나는 반대로 핸들을 꺾었다. 느낌상 분명 저 길이 맞는데... 제이슨이 중얼거렸다. 어두운 산길이었다.

제이슨이 옳았다. 길은 곧장 반대편 방향의 포장도로로 이어졌고, 도로의 중심에는 끝없이 이어진 중앙분리대가 설치되어 있었다. 아아아아아. 눈물이 났다. 갓길에 차를 세우고 내려보니 하늘엔 아무것도 보이지 않았다. 언뜻 드는 생각은 두 가지뿐이었다. 역주행을 하거나, 차를 번쩍 들어 중앙분리대 너머로 넘기는 것. 무시무시한 속도로 트럭 몇대가 지나갔다. 이왕 이렇게 된거... 담배나 한 대 피자. 제이슨이 다가왔다. 꿍쳐둔 담배를 건네주며 이게 다 제이슨 때문이다, 라고 나는 생각했다.

십오분가량을 달린 후에야 인터체인지를 만날 수 있었다. 겨우 반대 차선을 타고 다시 이십분. 문제의 그 산이 오른쪽에 모습을 드러냈다. 제플린은 없었다. 다시 십분을 더 달렸지만 캄캄한 하늘만이 이어질 뿐이었다. 아아아아아. 전화가 울렸다. 천사장이었다. 예, 예. 잘 따라가고 있습니다. 충청북도를 돌다 가요, 지금은 강원도 방향으로 진행하고 있습니다. 이미 넘어온 건지도 모르 겠구요. 거짓말을 했다. 이대로 제플린을 잃어버리면 하나님도 날 용서치 않을 것 같았다. 예, 예. 동민아, 내가 지금 교회에 와 있다. 목사님께 기도 좀 받으려고. 가스를 들이켜고 음성이 변조된 사람처럼, 천사장의 목소리는 떨리고 있었다. 나에게 이런 일이 생길 줄은 꿈에도 몰랐다. 이게 다 제이슨 때문이다.

다리가 떨렸다. 액셀을 밟는 느낌이 전혀 들지 않았다. 차라리 울면 속이 후련할 텐데 울 수도 없었다. 제이슨은 옆에서 콧노래를 흥얼거렸다. 희미한 불빛이 보였다. 차를 좀 세우지, 물어라도 보게. 제이슨이 말했다. 인간아, 그런 건 상식 아니겠니? 하여간에, 라고 생각하며 차를 세웠다. 이런 된장, 군부대였다. 게다가 된장, 미군부대였다. 보초를 서던 미군 하나가 뭐라고 소릴 질렀다. 창문을 내리고 대답을 한 것은 제이슨이었다. 놀랍게도 대화는 한참을 이어졌다. 간간이 웃음도 터져나왔다. 이럴 수가, 손까지 흔들어주다니.

삼십분 전쯤 멀리 지나가는 걸 봤다지 뭐냐. 지가 독도법에 해박한데 자기 생각엔 그렇다는 거야. 오 킬로 전방에서 우회전, 계속 가다보면 산업단지가 있는데 바람의 방향을 볼 때 그쯤 가 있지 않겠냐고. 일단 차를 몰았다. 오 킬로쯤 가자 과연 빠지는 길이 있었고, 지푸라기 같은 그 길은 끊어질 듯 끊어질 듯 이어져 있었다. 작은 시골 마을 두어 개를 지나자 산업단지가 나타났다. 하지만 제플린은 보이지 않았다. 좀더 달리자 또다른 마을이 하나 나타났고 마을의 오른쪽엔 커다란 벌판이 펼쳐져 있었다. 그 벌판에 나는 차를 세웠다. 초승달이 뜬 어둑한 밤이었지만, 가까운 숲을 배경으로 떠 있는 희뿌연 물체를 볼 수 있었다. 제플린이었다. 담배나 한 대 피자. 제이슨이 말했다. 여기 있습니다, 형님 하고 나는 담배를 건네드렸다.

정박한 배처럼 제플린은 꼼짝 않고 떠 있었다. 수십 킬로를 도망쳐와 비로소 쉬고 있는 흰고래처럼, 흔들흔들 자신의 가쁜 숨을 고르고 있었다. 마을 초입의 식당에서, 우리도 겨우 숨을 고를 수 있었다. 시원스레 무가 들어간 소고깃국이 일품인 집이었다. 높으신 연세에도 위장이 튼튼하시어, 제이슨 형님은 두 공기나 밥을 비우셨다. 저녁은 먹었고? 벌판을 거닐며 미려에게 전화를 걸었다. 응, 노래방 사장님이 사줬어. 그 하마가? 얼마나 재밌는 분인데. 자긴 가진 거 돈밖에 없대. 돈? 우씨. 그래서 저녁 먹고 잘 들어왔어. 뭐 먹었는데? 한우 꽃등심. 오빤 뭐 먹었어? 나? 한우... 소고깃국.

모닥불을 피워놓고 제이슨 형은 앉아 있었다. 트렁크에 있던 낚시의자 하나가 형의 맞은편에 펼쳐져 있었다. 털썩, 그곳에 걸터앉았다. 운전한다고 힘들었지? 아뇨... 그래도 뭐, 찾았잖아요. 그러게. 차에 들어가 눈 좀 붙여라. 교대

교대로 자야지. 잠이 오는 것도 같고 오지 않는 것도 같은 이상한 기분이었다. 물끄러미 제플린을 쳐다보다가 문득 그렇게 물었다. 형, 형은 꿈이 뭔가요? 꿈이라... 멍하니, 들고 있던 나뭇가지로 땅바닥에 원을 그리며 제이슨 형이 말했다. 그런 게 있을까? 내게도... 그래도 비슷한 게 있다면... 그래, 돈을 벌어야지. 우선 돈이 좀 모이면... 그걸 불리고... 너 라스베가스 가봤냐? 아뇨. 그래서... 성공하면 딸이랑 같이 살고 싶다. 결혼... 하셨어요? 지금은 아니야. 하지만 딸이 많이 보고 싶어. 뭐 꿈이라고 하긴 너무 소박하지. 형... 제가 한 말씀 드리자면요. 형 그거 좀 그만하세요. 성인오락실 다니는 거... 형은 그거만 안하면 뭐라도 하실 분이에요. 일단 영어가 되시잖아요. 타닥, 하고 모닥불에서 불씨가 튀었다. 물끄러미 그 불빛을 응시하던 형이 타들어가는 목소리로 중얼거렸다. 자... 자야지. 길게 늘어난 달처럼, 제플린도 자고 있었다. 꼼짝 말고 자, 제플린. 좋은 꿈 꿔. 잘 자.

눈을 뜨니 풍경이 달라져 있었다. 엇, 어디예요? 어슴푸레 먼동이 트고 있었다. 응, 밤에 갑자기 바람이 불어서 말야. 오랜만에 무면허로 좀 몰았지 뭐냐. 창문 밖으로 고갤 내밀었다. 아직은 컴컴한 하늘 위에 둥실, 제플린이 떠 있었다. 이상하리만치 눈물겨운 풍경이었다. 이상은 없겠죠? 뭐가? 제플린 말이에요. 어제보다는 확실히 고도가 낮아진 느낌이었다. 가스가 빠져서 그런 거 아니겠냐? 그렇죠? 전화가 울렸다. 천사장이었다. 이런저런 안부를 나는 전했고, 천사장은 계속 할렐루야를 연발했다. 노래방 개업식은요, 이벤트를 하루

더 해달랍니다. 들으셨나요? 예, 예. 지금은 고도가 많이 떨어졌습니다. 더 내려오면 좋겠지만... 아무튼 걱정 마세요. 동민아, 하고 부르는 사장의 목소리가 떨리고 있었다. 나 지금 새벽기도 간다. 아, 예... 조심해서 다녀오세요. 나는 전화를 끊었다.

컵라면으로 아침을 때운 후부터 다시 내가 핸들을 잡았다. 제플린을 따라차는 신도시 분위기의 작은 도시로 접어들었다. 저편엔 개발이 한창이고, 또 저편엔 완공된 아파트들이 서 있는 미적지근한 풍경의 큰 읍이었다. 고압선에 걸릴까 걱정이네요. 아직 한참이나 높은데 뭘. 바람이 멎었다. 축조가 한창인 아파트 공사현장 위에 제플린이 멈춰섰다. 언뜻, 그래서 그것은 아파트를 광고하는 애드벌룬처럼 보였다. 홍보비 받아야겠는데요. 커피를 마시며 우리는 농을 나눴다. 기분이 좋아졌는지 제이슨 형은 노랠 불렀다. 난 차라리 웃고 있는 삐에로가 좋다는, 옛날 노래였다. 형님은 노래도 잘하신다.

아파트다. 아파트를 보면 나는 미려가 생각난다. 실은 미려 몰래, 청약적금을 붓고 있다. 그래도 역시 전세로 신혼을 시작하겠지만, 변리사가 되면 그런 거 다 필요없어 공상에도 빠져보지만, 그래도 역시 붓고 있는 것이다. 평수에 대한 감각은 아직 없다. 다만 남향이 좋겠다는 생각은 가지고 있다. 볕이 잘 드는 마루에서 미려가 젖을 먹이고 있는 광경이랄까, 그런 걸 떠올리면 절로 마음이 흐뭇해진다. 이를테면 그걸 보며 청소도 해주고 설거지도 해주는 남편, 음식물 쓰레기를 버려주는 남편이 되고 싶은 것이다. 두 달 전인가 외근을 나가서였다. 우연히 근처에 지어진 모델하우스를 둘러본 적이 있었다. 어느 책에선가 읽은 그대로, 행복은 먼 곳에 있지 않았다. 아주 가까이, 근처에 있었다.

　오전이 지날 동안, 제플린은 아주 조금 움직였다. 삼사백 미터 정도여서 여전히 눈으로 확인이 가능했다. 안심해도 되겠지? 근처 식당에서 밥을 먹고 나오자 좀더 산 쪽으로 이동한 제플린이 보였다. 어 형, 하고 내가 소릴 질렀다. 아파트 단지와 산의 중간쯤에 제법 높은 언덕이 보였다. 아마도, 그 언덕에서라면 바로 지척에서 제플린을 만날 수 있을 것 같았다. 이쑤시개를 내던지고 우리는 급히 차에 올랐다. 멀리서 보는 거랑 또 다를걸? 형의 말에도 일리는 있었지만, 희망을 버릴 수는 없는 일이었다. 천사장에게 상황보고를 했다. 천사장도 나도 가슴이 부풀어오르는 통화였다.

　걸렸다, 라는 느낌이 들 정도로 제플린을 가까이서 볼 수 있었다. 하지만 정작 언덕 위에 올라서자, 그것이 장대나 밧줄이 닿을 만큼의 거리가 아니란 걸 알 수 있었다. 아아, 절로 한숨이 나왔다. 지능적이고 교활한 흰고래처럼, 제플린은 우뚝 그 자리에 서 있었다. 조롱을 당한 느낌이었다. 하지만 확실히 가까이 있었다. 미려의 원룸과, 외근을 나갔다 발견한 모델하우스 정도의 거리랄까. 아무튼 그때였다. 와아, 하는 함성과 함께 한 무더기의 코찔찔이들이 언덕길을 올라왔다. 대략 사오학년 정도 돼 보이는 아이들의 손에는 각기 한 정씩의 총이 들려 있었다. 저거 총 아니냐? 제이슨 형이 외쳤지만 진짜 총일 리 없었다. 형 저거 비비탄 넣고 쏘는 가짜예요. 야, 잘 만들었네 하는 사이 아이들이 총을 쏘기 시작했다. 목표는 바로 우리들의 제플린이었다. 야, 쏘지 마! 고함이 절로 터져나왔다. 에이 장난감인데 뭘 그래? 제이슨 형이 어깨를 쳤다. 형, 저거 장난 아니에요. 눈에 맞으면 그대로 실명할 정도라니까요. 야, 쏘지 말라니까! 정말이지 더럽게 말 안 듣는 애새끼들이었다.

팔을 걷고 나는 코찔찔이들의 무리 속으로 뛰어들었다. 총을 빼앗고 야단을 칠 생각이었는데 아저씨 뭐예요? 하는 소리만 여기저기서 튀어나왔다. 한 놈의 머릴 쥐어박자 갑자기 어디선가 총알이 날아왔다. 악. 이마를 감싸고 나는 주저앉았다. 더럽게 아팠다. 고삼 때 당한 똥침 이후로 이렇게 아픈 적이 또 있었던가. 아악. 제이슨 형도 어딘가를 맞은 듯 비명을 질렀다. 때가 왔다. 한 사람의 어른으로서, 애새끼들에게 세상의 무서움을 가르쳐야 할 때가 왔다고 나는 생각했다. 말하자면, 이것은 교육이다. 사랑의 매.

비비탄이란 게 그렇다. 처음엔 눈물이 날 정도로 아프지만, 자꾸 맞다보면 감응이 없어진다. 여기저기서 울부짖음이 터져나왔다. 정신이 들자 두 명의 코찔찔이가 눈앞에서 오열하고 있었다. 나머지들은 우루루 언덕을 뛰어 도망치고 있었다. 엄마한테 말하자, 신고할 거야, 차번호 외웠지 등의 목소리가 먼지와 함께 바람에 실려 돌아왔다. 오열하던 두 명의 코찔찔이도 터벅터벅 걸음을 옮기기 시작했다. 뿌연 먼지가 걷히고 나자 언덕 위엔 푸른 창공과 제플린과 우리 둘만이 남아 있었다. 서서히 제플린도 움직이고 있었다. 신고... 하는 거 아닐까? 점(點) 점, 이마에 빨간 멍이 든 채 제이슨 형이 중얼거렸다.

돌아와주오, 제플린

경치 한번 좋은데요. 이런 데서 살았음 원이 없겠다. 다시 산길로 접어든 채 한참을 달렸다. 큰 산은 아니었지만 길고 길게 이어진 산의 행렬이 한 폭의 그림처럼 눈앞에 펼쳐졌다. 끊임없이 제플린은 가다 서다를 반복해서 우리는 차디찬 개울물에 발을 담그거나, 휴게소에서 느긋하게 커피를 마시거나, 했다. 저녁엔 매운탕을 먹었다. 어두워질 때까지 천사장은 세 통의 전화를 걸었고, 나는 역시나 걱정 말라는 대답을 해주었다. 아니 실제로 제플린의 고도는 눈에 띄게 떨어져 있었다. 매운탕집에서 뉴스를 보고 나오자 부슬부슬 비가 오고 있었다. 비를 맞으며, 제플린은 꼼짝 않고 어둠속에 붙박여 있었다. 흰색이라서 참 다행이에요. 그러게. 결국 수면 위로 올라온 고래처럼 제플린은 지쳐 보였다. 모든 걸 포기한 채 인간의 포획을 기다리는 흰고래가 눈앞에서 울고 있었다. 제플린의 선체를 타고 내린 빗물이 다시금 우리가 쓴 우산을 후두둑 후두둑 스치며 떨어졌다. 오늘은 여기서 자도 좋겠는데? 매운탕집에 나붙은 민박 표지를 가리키며 제이슨 형이 말했다.

어디야? 미려에게 전화를 걸었다. 응, 오빠 여기 노래방. 아직 안 끝났어? 아니, 끝나고 여기 사장님이 수고했다고... 그래서 같이 저녁 먹고 오는 길이야. 장비는 사장님이 와서 다 실어갔으니까 걱정 마. 거기 비 와? 아니. 그럼 조심해서 들어가. 그런데 오빠, 여기 사장님이 공짜로 노래 부르고 가라고 해서... 응, 정혜도 조금만 놀다 가자고 하고... 진짜 진심으로 감사하는 거 있잖아, 그런 거야. 응, 걱정 마. 나도 피곤하긴 한데... 왜 있잖아, 자기 직업을 누군가 인정해주면 기분 좋은 거... 그래서... 정혜도 같이 있으니까. 그래, 너무 늦지는 마. 할 수 없이 그렇게 말하고 말았다.

간헐적으로 비는 내렸다 그쳤다를 반복하고 있었다. 간헐적으로 창밖의 제플린을 확인하며 우리는 물끄러미 티브이를 보고 있었다. 잠깐 화장실을 다녀오다가 미려에게 전화를 걸었다. 받지 않았다. 집으로 전화를 걸었지만 마찬가지였다. 열한시였다. 아직도 노랠 부르나, 생각했다. 하긴 정혜가 분위길 타면 누구도 말릴 수 없다. 불렀다 하면 메들리고 내가 아는 십팔번만도 스무 곡이 넘는다. 티브이에선 영화가 시작되었고 형은 쿨쿨 코를 골며 자고 있었다. 자동차도 한 대 부서지지 않는 길고 지루한 영화였다. 그래서 잠깐 나도 졸았다. 눈을 떴다. 새벽 두시였다. 창밖을 한번 확인한 후 미려에게 전화를 걸었다. 받지 않았다. 집전화도 마찬가지, 결국 정혜에게 전화를 걸었다. 받았다. 어, 옵바 이 찌간에 왠 이디야? 혀가 꼬부라진 목소리로 정혜가 중얼거렸다. 정신 좀 차리고... 어디야? 음음 하며 목을 다듬는 소리가 크게 들렸다. 택시 안인데. 미려는? 언니도... 가고 있을걸. 전화 안 받던데? 엄청 취했거든, 그래서 못 받나보지 뭐. 그럼 집엔 어떻게 가나? 아, 노래방 사장님이 데려다준댔어. 뭐? 난 방향이 반대잖아. 휘청휘청해도 아까까진 서 있고 그랬는데. 그 사람 전화번호는 아냐? 몰라, 왜? 야, 너 혼자 가면 어쩌냐? 그럼 어떡해, 나도 자야지.

우선 담배를 물었다. 그리고 다시 미려에게 전화를 했다. 안 받았다. 메시지라도 남겨야지, 버튼을 누르는데 신호가 끊어졌다. 다시 걸자 전화기가 꺼져 있다는 안내가 나오는 것이었다. 길게, 담배를 빨았다. 자동차라도 서너 대 부숴야 기분이 풀릴 만큼 화가 치밀어올랐다. 바보처럼 필터가 타들어가는 꽁초를 들고 서 있다 새 담배를 피워 물었다. 개울이 흘러가는 소리가 사람을 더욱 미치게 만들었다. 한 삼십분, 그렇게 물가를 배회했다.

잠을 잘 수가 없었다. 새벽 세시, 새벽 네시... 한쪽의 전화는 계속 꺼져 있었고, 한쪽의 전화는 계속 응답이 없었다. 머릿속이 하얗게 타버린 느낌이었다. 별일 없겠지... 다시 담배를 피워 물었다. 길고 긴 시간이 그러나 짧은 보폭으로 시계 위를 걸어가고 있었다. 미려의 전화를 받은 것은 새벽 여섯시였다. 어디야? 어... 여기 어디지? 두려움에 떠는 목소리가 전화기의 저편에서 두리번거렸다. 더듬더듬 스위치를 찾아 불을 켜는 소리가 들렸다. 혼자 있니? 으응. 아무래도 혼자인 목소리가 힘들게 고막의 벽을 타고 넘어왔다. 순간 조금은 안심이 되었다. 미려는 거짓말을 하지 않으니까. 오빠... 하고 미려의 목소리가 다시 들렸다. 그리고 더는 아무 말도 하지 않았다. 끝없이, 그리고 끝없이 미려는 울기만 했다. 얼마를 울었을까, 목이 메어 더는 울 수도 없는 목소리가 황망한 바람처럼 먼 곳에서 불어왔다. 버럭, 그 새끼... 콘돔이나 쓰고 했냐? 소릴 지를 뻔했지만 나는 아무 말도 하지 않았다. 다시 미려의 울음이 들리기 시작했다. 길고 긴 훌쩍임이었다. 미려야... 나는 미려를 불렀다. 미려는 대답을 안했지만, 나는 짧게 말을 이었다. 사랑해. 와락, 큰 소리로 미려가 다시 울음을 터뜨렸다.

형, 산다는 건 뭘까요? 창밖을 바라보며 내가 물었다. 사이드미러를 이리저리 조절하며 제이슨 형이 말했다. 별거 있냐? 먹고 자고 싸면서 시간을 보내는 거지. 그럴지도, 라고 나는 생각했다. 잠은 오지 않았지만 운전은 도무지 할 수 없었다. 포장이 안된 산길을, 그래서 오전 내내 형이 핸들을 잡아야만 했다. 둥실, 고도가 더 낮아진 제플린을 보고 있자니 이상하리만치 마음이 잔잔해졌다. 다친 데 없으면 일단 가서 잠을 자라고 나는 미려에게 얘기했다. 아침은 꼭 챙겨먹으라고도 얘기했다. 너가 괜찮아야 나도 괜찮다고도 얘기했다. 집에 도착하면 문자를 보내라고도 얘기했다. 미려는 아무 말 안했지만, 나중에 〈미안해 오빠〉라는 메시지를 보내왔다. 그제야 찔끔 눈물이 났다. 열심히 먹고 자고 싸다보면 시간도 가겠지... 라디오를 들으며 나는 눈물을 참았다. 천사장의 전화는 모두 제이슨 형이 받아주었다. 애간장이 다 녹았단다, 끌끌. 제이슨 형이 혀를 차지 않아도 이제는 급박한 시간의 문제였다. 어떻게든 오늘은 제플린을 찾아야 한다. 기우뚱 또 고도가 떨어진 제플린을 보며 나는 다짐했다. 제플린을 찾으면 좋아지겠지, 변리사가 되면 모든 게 좋아지겠지.

어라, 하고 사이드미러를 보며 형이 중얼거렸다. 왜요? 디립다 차를 갖다붙이네. 클락션을 울리진 않았지만, 커다란 밴 한 대가 정말이지 바짝 차를 디밀고 있었다. 히익, 하고 소리친 형이 갑자기 얼른 차를 비켜세웠다. 지나가기가 미안했던지 창문을 내린 조수석의 중년 하나가 싱글벙글 웃으며 인사를 건넸다. 죄송합니다, 좀 급해서리. 밴에 탄 여러 명의 중년은 한결같이 모자를 쓰고 있었다. 그리고 두어 명은 헝겊으로 열심히 엽총의 총신을 닦고 있었다. 육중한 소릴 내며 밴은 곧 눈앞에서 사라졌다. 사냥하러 가나보죠? 생수를 마시며 내가 물었다. 사냥이고 뭐고 큰일날 뻔했어야. 왜요? 외제차더라구, 긁히기만 해도 얼만지 아냐? 왠지 기분이 그렇고 그래서 우리는 함께 담배를 피웠다. 저기...

어디로 가시나요?

깜짝 놀라 돌아보니 웬 할머니가 서 있었다. 잡목의 그늘에 몸을 숨긴 자그마한 키의 할머니였다. 사람이라기보다는... 이건 뭐지? 의 느낌이 강하게 드는 할머니였다. 우물쭈물 대답을 미루는 사이 다시 할머니가 말했다. 혹시 서울 가시면요... 좀 태워주시면 안될까요? 우선 귀찮았지만, 또 주름진 얼굴과 그 위의 검은 점... 그런 것들을 보고 있자니 도무지 거절을 할 수 없었다. 게다가 할머니는 병원복 같은 걸 입고 있었다. 지금은 볼일이 있구요, 또 서울까지 가는 건 아니에요 할머니. 또박또박 큰 소리로 제이슨 형이 소리쳤다. 저기... 근처라도 좋아요. 제발 좀... 절실한 눈빛이었다. 할 수 없이 우리는 할머니를 차에 태웠다. 감사합니다, 고맙습니다, 복 많이 받으세요. 연신 눈물을 훔치며 할머니는 허리를 굽혔다. 느릿느릿, 제플린은 이제 상공을 배회하는 수준이 되어 있었다. 가스가 빠져나간 기체의 옆면이 노인의 옆구리처럼 주름지고 움푹했다.

그럼 저 풍선을 잡아야 가는 거네요, 호호호. 이런저런 사정을 듣고 나더니 할머니는 정말이지 입을 가리고 호호호 하고 웃었다. 호호호 라니, 왠지 모르게 기분이 이상했다. 잠자코 내색은 안했지만 그 순간 이상하게 미려가 떠올랐다. 호호호 하고 웃는 다 늙은 미려가, 그래서 등 뒤에 앉아 있는 느낌이었다. 열심히 먹고 자고 싸다보면... 언젠가 미려도 이런 모습이 되겠지, 나는 문득 미려가 보고 싶어졌다. 그리고 미려를, 안아주고 싶었다. 미려, 우리 미려. 할머니는 양로원에서 도망을 쳤다고 했다. 이대로 내 삶을 양로원에서 끝내고 싶진 않아요. 서울에 혼자 사는 친구가 하나 있는데, 그래서 그 친구에게 갈려고. 자식들은 안 계신가요? 자식들도 서울 살아요, 라고 할머니는 말했다. 그래서 더는 아무것도 묻지 않았다.

탕 하는 소리가 산을 울렸다. 밴의 중년들이 어디선가 사냥을 시작한 모양이었다. 뭔 소리예요? 눈을 동그랗게 뜨고 할머니가 물었다. 누가 사냥을 하는 거라고 말을 하는 사이 또다시 몇발의 총성이 울려퍼졌다. 그리고 나는 보았다. 제플린이 주춤, 하는 모습을. 그리고 급격히 고도가 떨어지는 모습을. 정신을 잃은 고래처럼 제플린은 산의 중턱을 향해 추락하고 있었다. 뭐야, 하고 제이슨 형이 소리쳤다. 그 새끼들... 분명 일부러 쏜 걸 거야, 이놈들을... 그렇게 화내는 형의 모습을 본 것은 처음이었다. 정신을 차릴 겨를도 없이 우리는 차를 몰아야 했다. 산 중턱의 커다란 건물을 향해 제플린은 사선으로 빠르게 하강하고 있었다. 저긴, 하고 할머니가 소리쳤다. 저긴 가기 싫어요, 돌아가고 싶지 않아요. 할머니가 소리쳤지만 형은 속도를 늦추지 않았다. 내가 말했다. 할머니, 그 뒤쪽에 담요 보이시죠? 그걸 덮고 누워 계세요. 뒷자린 안 보이니까 걱정 안하서도 돼요. 불안한 눈빛으로 주섬주섬 할머니는 담요를 덮어썼다. 겨울이면 늘, 미려가 덮던 담요였다.

제플린은 양로원의 마당인지, 운동장인지의 한켠에 떨어져 있었다. 담과 벽, 건물 전체가 낡은 양로원은 말하자면 그 정도의 공간이었다. 야트막한 담의 한끝에 건물과 전혀 어울리지 않는 분홍색 철문이 굳게 잠겨 있었다. 해변에 떠밀려온 고래의 시체처럼 제플린은 누워 있었다. 그리고 그 주위를 수십 명의 노인들이 에워싸고 있었다. 이상하리만치 눈시울이 시큰해지는 풍경이었다. 벨을 눌러도 아무 응답이 없었다. 까치발을 하고 보니 수위로 보이는 남자가 열심히 노인들을 건물 안으로 몰아넣고 있었다. 느릿느릿, 노인들이 하나둘 건물 속으로 사라져갔다. 다시 벨을 눌렀다. 그제야 달려온 수위에게 우리는 상황을 설명했다. 그래요? 하고 희색을 띠며 수위가 얼른 문을 열어주었다.

언제 치우실 겁니까? 수위는 당장 그것부터 물었다. 트럭이 올 겁니다. 보시다시피 부피가 상당해서요, 승합차로는 어림도 없습니다. 여하튼 빨리 가져가세요. 우리도 얼마나 놀랐는지... 예, 예. 우선 나는 천사장에게 전화를 걸었다. 그때까지도 정신이 하나도 없었다. 기체에 남은 가스를 빼고 나서야 비로소 우리는 숨을 돌릴 수 있었다. 멍하니 담배를 피워 문 채 나는 제플린을 바라보았다. 먼지가 얼룩진 옆구리 상단에 깨알처럼 작은 구멍 하나가 뚫려 있었다. 죽어가는 고래의 눈동자처럼, 그것은 깜박이고 있었다.

후유, 고개를 들었다. 순간 나는 주춤하지 않을 수 없었다. 빼곡히 창마다 얼굴을 내민 노인들이 동시에 나를 바라보고 있었기 때문이다. 계면쩍게 웃으며 나는 꾸벅 인사를 올렸다. 노인들은 미동도 하지 않았다. 이봐 김실장. 수건을 가지러 갔던 형이 조심조심 다가와 속삭였다. 예? 이쪽으로. 텅 빈 승합차의 뒷좌석에는 깔끔하게 정돈된 담요가 놓여 있었다. 가셨나봐... 담요도 참 곱게도 개놓으셨네. 담요의 끝을 들썩이며 형이 웃었다. 두리번 나는 주위를 둘러보았다. 다만 흰 구름 하나가 제플린처럼 어딘가로 흘러갈 뿐이었다. 크고 텅빈 말풍선 하나가 둥실 떠 있는 느낌이었다. 트럭은 언제 온대냐? 제이슨 형이 물었다. 벌써 출발했을걸요. 꽁초를 내던지며 내가 대답했다. 그나저나... 주변을 한번 크게 둘러본 후 형이 중얼거렸다.

어디로 가신 걸까?

—19251

거북의 등이 열린 지 이틀이 지났다. 깊은 잠에서 제일 먼저 눈을 뜬 것은 드미트리였다. 별다른 이상은 느껴지지 않았다. 구토가 심했던 지난번과는 확실히 다른 느낌이었다. 가만히 눈을 감고 그는 벨을 눌렀다. 저벅저벅 연구원들이 걸어오는 소리가 들렸다. 눈을 떠보세요. 침수액 속으로 연결된 이어폰을 통해 희미한 목소리가 전해져왔다. 서서히, 눈앞이 밝아지기 시작했다. 동공을 확인한 것은 마담 얀이었다. 지루한 체크가 사십분가량 이어졌다. 다이빙 준비하세요. 괜찮으면 오케이 사인을. 얀의 지시를 들으며 드미트리는 스스로를 체크했다. 스스로의 신체를, 그 느낌을. 괜찮을까, 아마도 괜찮다고, 그는 생각했다. 벨을 눌렀다. 연결된 모든 장치들이 하나둘 몸에서 떨어져나가기 시작했다. 조금씩 그는 마음의 준비를 시작했다. 가장 위험한 순간이 다가오고 있었다. 체크가 완벽한 상태에서도 사고는 빈번히 일어났다. 사고란 곧 죽음을 의미했고, 그래서 다들 다이빙을 두려워했다. 말하자면 침수액에 잠긴 몸을 밖으로 꺼내는 과정인데, 모두가 그것을 다이빙이라 불렀다. 일으켜지는 신체와는 달리, 의식이 까마득한 절벽 아래로 추락하는 느낌이 들어서였다. 카운트다운이 시작되었다. 다섯 번이나 다이빙을 경험했지만, 그는 늘 이 순간이 두려웠다. 눈을 감았다. 잠겨 있던 몸이, 완만한 각도를 유지하며 서서히 일으켜졌다. 일렁이는 수면의 마찰을 피부로 느끼며 드미트리는 크게 심호흡을 했다.

폽

룸에는 다섯 명의 디퍼(deeper)가 모여 있었다. 거북의 등이 열린 지 일주일이 지나서였다. 테이블과 연결된 나선형 소파에 크리스와 소피, 샘케가 차례로 앉았고 삼사 미터 떨어진 쿠션을 벤 채 공(孔)과 드미트리가 비스듬히 누워 있었다. 지루한, 아시안 크리에잇의 뉴스가 삼십분째 이어지고 있었다. 샘케와 크리스는 뉴스를 싫어했지만, 테이블에 놓인 리모컨에 단 한번도 손을 뻗지 않았다. 세 명의 다른 디퍼들도 실은 무감한 표정이었다. 소피는 아예 눈을 감았고, 드미트리는 자주 쿠션에 얼굴을 묻고는 했다. 후안과 파블로가 왜 안 보이지, 라고는 누구도 말하지 않았다. 아시안 크리에잇의 지루한 뉴스는 바로 이런 순간을 위해 제작된 것처럼 느껴졌다. 방압복을 입고 들어선 마담 얀도 그 사실을 알고 있었다. 후안과 파블로의 소식을 제외한 전달사항을—얀은 뉴스만큼이나 지루하게 늘어놓았다. 이 순간의 임무란 그런 것이라고, 디퍼들과 오년을 함께해온 그녀는 생각했다.

오늘로 꼭 오년이 지났어. 크리스가 입을 연 것은 마담 얀이 룸을 나간 직후였다. 오년이라… 다섯 명의 디퍼들은 약속이라도 한 듯 오년 전의 그날을 떠올렸다. 이곳, 큐브에 처음 발을 들인 것은 소피였다. 디퍼 지원자의 퍼스트 클래스 중 이제 남은 것은 그녀뿐이었다. 세컨드 그룹에서는 세 명이 살아남았다. 크리스와 샘케, 그리고 드미트리였다. 공은 특이 유전자를 지녔다는 이유로 특채된 지원자였다. 여섯 차례의 주입을 거치면서 이들의 R-71 밸런스는 거의 같은 수준에 도달해 있었다. 기적과도 같은 일이었다. 룸의 입구에 설치된 압력계의 수치도 두 단계가 상승해 있었다. 이제 우리… 거의 디퍼가 된 건가? 몽롱한 표정으로 샘케가 중얼거렸다. 아직 주입이 한 차례 더 남았잖아. 드미트리가 속삭였다. 한번만 더 살아남는다면 말이야. 그리고 샘케는 입을 다물었다. 샘케의 표정에서 파블로의 그림자를 보았으므로, 나머지 넷은 다시 한번 침묵을 지켜주었다. 말없이, 크리스의 두툼한 손이 샘케의 어깨를 감싸주었다. 샘케의 눈에서 눈물이 흘러나왔다. 이조칠천억 겔론*이 투자된, 지구에서 가장 값비싼 눈물이었다.

* 연합으로 통일된 미래 지구의 화폐단위.

백년 전의 지진에서 모든 것은 시작되었다. 서기 2387년의 일이었다. 지표에 큰 피해를 끼친 것은 아니었지만, 사상 최고의 지진이 해저에서 발생했다. 그해를, 수중지질학자들은 〈지구가 틈을 보인 해〉라고 명명했다. 19251미터 깊이의 새로운 해구가 코코스 판과 나스카 판 사이에 생겨났기 때문이었다. 최초로 발견한 탐사선의 이름을 따, 해구에는 유터러스란 이름이 붙게 되었다. 지구가 보인 틈을 인류는 놓치려 하지 않았다. 지구 전체가 하나의 연합국가로 결성된 지도 칠십이년, 은하계의 각 행성에 연구기지가 들어선 지도 삼십년이 지났을 무렵이었다. 돌연, 모든 이들의 관심이 지구의 틈을 향해 쏟아지기 시작했다. 가까운, 그러나 한번도 가보지 못한 침묵의 우주가 그곳에 존재했다.

갈라파고스에서 수천 킬로 떨어진 해상에 연합은 해구연구소를 건립했다. 천문학적인 예산이 집행된 아름다운 건물이었다. 이곳은 인간이 신을 향해 던지는 최초의 주사위가 될 것이다. 총통의 발표를 뒷받침이라도 하듯, 수면 위에 부상한 정육면체의 거대한 건축물이 탄생했다. 사람들은 그것을 〈큐브〉라 불렀다. 11034미터, 비티아스 해연에 머물러 있던 심해 연구가 수백년 만에 획기적인 발판을 마련한 셈이었다. 금성에서 채취한 광물을 토대로 티모 합금을 얻은 것도 커다란 계기가 되었다. 끝없는 해연을 향해, 수많은 무인잠수정이 주사위처럼 던져지고 던져졌다. 19251미터, 유터러스의 밑바닥에 결국 인류는 닻을 내릴 수 있었다. 의지와 탐구라는 양 갈래 고리가 달린 스스로의 닻을.

남은 문제는 인간이었다. 티모의 갑옷을 입는다 해서, 인간의 신체가 유터러스의 바닥에 닿을 수는 없었다. 가설은 전혀 엉뚱한 곳에서 수립되었다. 유터러스의 제2해연에서 잡힌 심해 해삼이 최초의 단서가 된 것이었다. 해삼의 돌기라 여겨진 한 부분이 나중에 가서야 별종의 생명체란 사실이 밝혀졌다. 두 생물은 이른바 공생관계로 심해의 삶을 유지해가고 있었다. 돌기라 여겨진 그 작은 생물을 마담 얀은 심해 거머리라고 불렀다. 숙주인 해삼의 체액을 빨아먹고, 다시 리필해주는 특이한 생물이었다. 얀은 그 생물의 체액을 연구하기 시작했다. 대체 체액 R-71은 그렇게 해서 탄생되었다.

실험의 성공은 커다란 반향을 불러일으켰다. 981미터, R-71로 체액을 대체한 지원자가 스쿠버다이빙만으로 일 킬로 정도의 잠수에 성공한 것이었다. 빌이란 이름의 그 지원자는 빌 아틀란티스란 애칭을 얻으며 단번에 월드 스타가 되었다. 물론 육개월 후 부작용으로 숨을 거두기 전까지의 일이었다. 얀의 실수는 아니었다. 잘못이 있다면 룸을 뛰쳐나간 빌의 몫이었다. 룸의 일상은 참혹할 정도로 지루한 것이지만, 그 지루함을 견디지 못한 빌의 시신은 훨씬 더 참혹한 것이었다. 갑자기 물 밖으로 던져진 심해어를 생각하면 쉽게 이해가 갈 것이다. 물론 빌은, 심해어보다 훨씬 복잡한 장기와 신체구조를 가지고 있었다. 수세에 몰린 얀을 구해준 것은 총통이었다. 표면적으론 해양연구학회가 나서 얀의 연구를 지켜주었지만 그 뒤에는 총통의 비호가 있었다. 연합의 지원으로 포세이돈 아카데미가 신설되었고, 얀은 단체의 수장이 되었다. 연합의 아카데미는 곧 치외법권지대로 인식되었고, 이제 누구도 얀의 연구를 가로막지 못했다. 절반의 성공을 거둔 얀은 새로운 가설을 수립했다. 신체의 내부를 정복한다면, 유터러스의 밑바닥까지 인간이 갈 수 있다, 였다. R-71의 대체영역을 그녀는 끊임없이 넓혀나갔다. 체액에서 장기로, 또 혈액과 뇌의 전해질까지. 그것은 새로운 종의 〈인간〉을 만들어가는 작업이었다.

R-71의 투여는 곧, 두 번 다시 원래의 세계로 돌아올 수 없음을 뜻했다. 그럼에도 불구하고 수많은 지원자들이 몰려들었다. 연합의 협조가 있던 것도, 언론이 붐을 조성한 것도 아니었다. 그것은 자발적인 움직임이었다. 지구의 틈은 인류의 어떤 성분을 자극했고, 그들은 본능적으로 틈을 향해 스며들고 싶어했다. 갈 수민 있다면 가야만 하는 속성을 지닌 게 인류라고, 얀은 고개를 끄덕이며 생각했다. 그것은 물론 얀 자신에게도 해당되는 말이었다. 지원자의 선별은 예상보다 힘든 일이었다. 무엇보다 R-71의 부작용 자체가 일정한 패턴을 가진 게 아니었다. 혈액과 혈청, 전해질의 대체조건이 완벽해도 사고는 빈번하게 일어났다. 결국, 그것은 신의 뜻이었다.

살아남은 자들만이 〈코쿤〉 속으로 들어갔다. 코쿤은 큐브 속에 마련된 알 형태의 거대한 가압장치였다. 조절하기에 따라 십 킬로까지의 해저수압을 완벽하게 유지해주었다. 그리고 그 중심에 〈룸〉이 있었다. 룸은 거대한 티모의 덩어리라고도 볼 수 있었다. 이 기적의 합금이 19251미터의 수압에서 인간을 지켜주리라 얀은 믿었다. 나머지는 인체의 몫이었다. 깊이, 더 깊이 들어가기 위해서는 외압에 비례하는 내부의 압력이 필요했다. 얀은 그것을 진화라고 생각했다. 신이 인간을 만들었다면, 이제 자신이 디퍼를 창조할 때라고 그녀는 확신했다. 여섯 차례의 주입이 끝났다. 일, 이, 삼, 사, 오, 륙. 주사위는 이미 던져졌고, 그녀는 던져진 주사위의 여섯 면을 한 번씩은 지켜본 셈이었다. 코쿤에서 나와 감압복을 벗는 그녀에게 자문역인 바흐첸이 다가와 컵을 건넸다. 따뜻한, 허브음료였다. 코쿤은... 감압복을 입는다 해도... 전달사항 같은 건 아무래도... 모니터를 이용하심이 좋을 듯합니다. 유럽 4구역 출신의 과묵한 이 남자에겐 얀을 상사 이상으로 생각하는 진심이 있었다. 그의 진심을, 얀도 잘 알고 있었다. 걱정은 고마워요 바흐첸, 하지만 전 그들의 〈어머니〉인걸요. 단호한 얼굴로 얀이 답했다. 바흐첸의 표정에는 아무런 변화가 없었다.

주사위뼈〔骰子骨〕

손에 감각이 없어. 가느다란 손가락을 폈다 오므리며 샘케가 속삭였다. 얀에게 말해야 하지 않을까? 걱정스런 눈빛으로 크리스가 쳐다보았다. 아니, 그런 건 아니고... 문득 그런 생각이 드는 거야. 이 손이 정말 나의 것일까, 하는. 말하자면 그런 감각이 없다는 거야. 나, 라고 하는 감각... 인간으로서의 감각 말이야. 샘케가 태어난 곳은 아프리카 7구역의 사막지대였다. 지역 연합의 각료인 어머니 덕분에 유복한 어린시절을 보냈다. 체육과 음원학을 전공한 그녀는 야생동물의 울음소리에 관심을 갖게 되었다. 5구역의 애니멀 팩토리*에서 줄곧 일해오다 어느날 문득 디퍼에 지원했다. 체육이라니, 오래된 것들에 관심이 많군요. 면접에서 얀은 그렇게 얘기했다. 아니요, 그런 것은 아닙니다, 라고, 샘케는 대답했다. 얀이 고개를 갸웃했다. 하지만 샘케는 더이상 자신을 설명할 수 없었다. 대신 뜨거운 무언가가 내부에서 끓어올랐다. 크게, 그녀는 울음을 터뜨렸다. 이것은 우리에서 나가고 싶어하는 코끼리의 울음입니다. 빛나는 눈으로, 큰 숨을 몰아쉬며 샘케가 얘기했다. 그런가요? 단정한 단발을 귀 뒤로 넘기며 얀이 웃었다.

나도 그래. 드미트리가 끼어들었다. 다들... 조금씩은 같은 기분이 아닐까? 마지막 주입이 끝나면 이 피부... 어쩌면 뇌란 것마저 R—71의 혼합물 같은 게 된다고도 볼 수 있겠지. 디퍼란 건... 말하자면 정확한 인간은 아니겠지만, 그래서 어쩌면 정확한 인간이 아닐까, 라고도 느껴지는 거야. 움직임, 신체의 그런 작동... 샘케와 같은 느낌을 받은 건 이미 오래전이야. 뭐랄까, 그래서 지금

---

* 애니멀 팩토리: 23세기에 건립된 야생동물 보호시설. 보호와 감찰, 유전자 보존과 복각 등의 전반적인 업무를 수행하고 있다.

은 의지와 생각만이 남아 있는 기분이지. 그 기분 역시 다들 느끼고 있을 거야. 경이롭지 않아? 이 압력 속에서... 나란 인간의 생각만이 남아 있다는 사실이. 유터러스에 인간은 내려갈 수 없어. 정확히 말하자면 인간의 생각이 도달할 뿐이지. 겨우 어떻게든 형질을 유지한 채 말이야. 그런데 이상하지 않아? 생각은 대체 어디에 있는 걸까. 신체 속이라면 R—71과 어떻게든 혼합이 되어야 하는 게 아닐까? 하지만 생각만큼은 전혀 그런 느낌이 들지 않는단 말이야. 멍하니, 모니터의 바다 풍경을 바라보며 드미트리가 말했다. 유럽 11구역에서 태어난 그는 철학과 환경건축을 전공했다. 유니언 베이의 본사에서 일하다 목성의 스테이션 건설 소식에 크게 고무되었다. 적극적인 성격이었다. 하지만 그 성격이, 도리어 그의 삶에 큰 타격을 가져왔다. 예기치 못한 탈락을 맛본 것이었다. 유니언 베이를 그만두고 실어증과 공황장애에 시달렸다. 오년간 심리치료를 받아오다 디퍼에 지원했다. 우주에 가고 싶었나요? 얀의 물음에 대한 드미트리의 답변은 이런 것이었다. 어디에든, 가고 싶습니다.

심장은 여기 있어. 가슴 아래를 지그시 누르며 소피가 얘기했다. 그녀는 지구에서 태어나지 않은 유일한 지원자였다. 달에서 태어나 줄곧 달에서 성장했다. 토양학자인 아버지의 영향으로 식물재배를 전공했다. 그녀의 신체가 지닌 경이로움은 언제나 얀을 놀라게 했다. 달에서 태어난 2세대였다. 보편적인 지구의 기압에도 상당한 적응 기간이 필요했다. 테스트를 통과할 때까지도 그런 그녀에게 기대를 거는 사람은 아무도 없었다. 최고 점수, 그리고 퍼스트 클래스, 디퍼 프로젝트 최초의 R-71 주입. 생존자는 소피뿐이었다. 이 기계 말이죠... 마치 커다란 거북이 같아요. R-71의 주입장치를 가리키며 그녀가 얘기했다. 소피가 아니었다면 그 덮개가 〈거북의 등〉으로 불릴 일은 없었을 것이다. 우린 저걸 관뚜껑이라 불렀을 거야, 너가 없었다면 말이지. 얀에게 그녀는 가장 빛나는 희망의 별이었다. 단 한번의 부작용도 일으키지 않은 유일한 디퍼, 경이로운 인류였다.

뇌는 여기 있고... 머리를 지그시 누르며 다시 소피가 얘기했다. 하지만 생각이란 건 전체 속에 있는 거야. 나라는 전체, 세포 하나하나에 말이지. 달에서 자란 인간이라면 대개 그 사실을 알고 있어. 그걸 어떻게 증명할 수 있지? 드미트리가 물었다. 달의 생활이란 건 그래... 스테이션에서 지구와 같은 조건으로 살아간다 해도, 결국 유영(游泳)으로 많은 시간을 보내야 하는 거야. 캄캄한 공간에서 몇시간씩 유영을 하다보면 그게 느껴져. 이를테면 뇌만이 생각을 하는 게 아니란 사실을. 손, 손도 손의 생각을 하고 있는 거야. 눈과 귀도, 그리고 실은 세포 하나하나가 작고 무수한 생각을 하고 있는 거야. 하지만 소피... 고개를 뉘며 샘케가 말했다. 인간이 늘 작고 무수한 혼란을 겪는다고는 생각지 않아. 혼란이라고? 혼란은 일어나지 않아. 그 순간 세포들이 지닌 가장 공통된 생각만을 인간이 자신의 생각으로 인식하기 때문이야. 달에서 자란 인간은 그 사실을 알 수 있어. 실은 〈나〉라고 하는 전체가 얼마나 무수한 생각들을 하고 있는지 말이야. 결국 그건 입증할 수 있는 문제가 아니잖아. 드미트리가 다시 물었다. 또 어쩌면 오랜 달 생활에서 생기는 신체의 부작용일 수도 있고. 글쎄 그럴까, 한숨을 쉬며 소피는 중얼거렸다. 그럴... 수도 있다 생각해. 결국 생각만으론 어쩔 수 없는 거니까.

굳게, 소피는 입을 닫았다. 역시 중요한 건 입증이라고 생각해. 유터러스까지 우리가 가는 이유도 결국엔 입증하기 위해서가 아닐까. 크리스 네 생각은 어때? 드미트리의 시선을 피하며 크리스가 입을 열었다. 입증이란 건... 팽창의 문제가 아닐까 싶어. 실은 우리가 계속 팽창하기 때문이지. 인류는 늘 그래 왔어. 우선 생각이, 의식이 확장되는 거야. 그리고 결국엔 신체를 도달시키는 거지. 자신의 몸으로... 물질로서 말이야. 즉 입증이란 건... 팽창을 완결해온 수단이 아닐까? 우주로 우주로, 인식이 미친 곳까지 우린 지금도 팽창하고 있어. 유터러스의 문제도 마찬가지라 볼 수 있겠지. 인식은 이미 심연에 도달해 있어. 물질로서의 기계도 발을 내린 지 오래야. 이제 남은 건 인류가 가진 가장 원초적인 물질, 즉 인체인 셈이지. 하지만 이번의 팽창은 지금까지와 다른 문제일 수 있다고 나는 생각해. 내가 디퍼를 지원한 이유도 실은 그 때문이지. 아무튼 이렇게 팽창하고 있지만, 인류는 자신에 대해선 아무것도 모르고 있어. 자신의 내부에 대해선, 결국 이 별에 대해선 말이야. 소피의 느낌과 유터러스의 문제는 그래서 입증과는 다른 차원의 문제가 아닐까, 라고 나는 생각해. 그렇지, 지금 이것이 나라는 전체가 가진 가장 많은 표의 생각이야. 세포들의 선거 결과랄까, 즉 〈나〉라고 하는 무수한 의견 속에서 말이야. 그런 면에서 소피, 달과 지구의 황야는 무척 닮은 곳이겠구나, 라고도 나는 느꼈어. 말하자면 우리도 닮은 셈이지.

크리스는 아메리카 17구역에서 태어났다. 철학자인 부모를 따라 아시아와 남극에서 유년기를 보냈고, 자신의 지원으로 와일디빙 존에서 청년기를 보냈다. 문명을 거부한 인간들이 모여든, 아메리카 4구역의 드넓은 자치구였다. 크리스는 확실히 특별한 지원자였다. 눈에 띄는 강인한 신체와 문명에서 제외된 주술과 마법을 알고 있었다. 인류의 60퍼센트가 과학과 공학을, 나머지 30퍼센트가 철학을 전공하는 시대였다. 스포츠가 사라지고, 모든 노역을 기계가 대신하는 세계에서 그는 전적으로 보편적인 인간의 길을 벗어난 존재였다. 디퍼란 건 절대 내추럴한 존재가 아닙니다. 정색을 하고 마담 안이 말했을 때 그는 17세기의 인간이나 낼 수 있을 법한 너털웃음을 지었다. 결국 다 자연이란 걸 아직도 모르겠소? 지극히 인위적인 미소를 지으면서도 안은 왠지 이 지원자가 싫지 않았다.

그럴 수도, 라고 소피는 중얼거렸다. 내가 이곳을 바라보듯 넌 우리(달)를 바라볼 수 있었으니까. 바라본다는 것... 룸에 오고부터 까마득한 기억이 돼버렸지만 실은 그것이 내가 디퍼가 된 가장 큰 계기였어. 난 늘 지구를 보며 자라왔어. 너희가, 너희들의 하늘에서 언제나 달을 봐온 것처럼. 나에게 지구는 늘 동경의 대상이었어. 말을 걸고 소원을 빌고, 가고 싶지만 갈 수 없었던. 그러니까 지구에 대해, 나는 풍부한 감정을 가지고 있어. 그건 자신의 내부로 내려간다, 와는 전혀 다른 느낌인 거야. 달에서 보면 지구의 지층이니 심해 같은 건 느껴지지 않아. 이렇게 상대를 마주하면서 내장이나 뼈를 떠올리지 않는 것처럼 말이야. 나에게 지구의 내부는 마음과 같은 것이야. 그 사람의 내장이나 뼈가 아닌 그 사람의 마음, 그 마음에 대한 확인. 늘 궁금했어. 생각과는 달리 마음의 위치란 건 도무지 느껴지지가 않거든. 마음은 대체 어디 있는 걸까? 마음은 나의 신체에도 〈나〉라는 전체에도 존재하지 않아. 아무리 느끼려 애를 써도 그 위치가 느껴지지 않아. 결국 줄곧 바라보고 느끼던 대상의 마음에 나는 닿기를 원한 거야.

모니터를 지켜보던 얀은 잠시 바흐첸의 보고를 받아야 했다. 일상적인 보고였다. 점검은 잘 마쳤나요? 심해체험은... 오늘부터 목표지점 −19251의 시뮬이 적용됩니다. 시뮬레이션이긴 해도 디퍼들이 체감할 압력은... 의학부에선 지난번 주입한 R−71의 신경안정성분에 기대를 거는 모양이지만... 어쩌면 얀, 당신의 주사위뼈가 또 한번 깎여나갈지도 모르겠습니다. 마음의 준비를 미리 해두시기 바랍니다. 고마워요, 라고만 말한 후 얀은 바흐첸과의 연결을 끊었다. 얀의 주위가 다시 디퍼들의 목소리로 소곤대기 시작했다. 그동안 수많은 난관을 헤쳐온 그녀였다. 그녀의 주사위뼈가 서슴없이 깎여나가는 광경을 언제나 자신의 눈으로 지켜봐야만 했다. 어머니로서, 그것은 지극히 고통스런 일이었다. 얀은 다시 모니터를 지켜보았다. 여전히, 룸의 귀퉁이에 말없이 기대선 공(孔)의 모습이 들어왔다.

공의 아버지는 오십년 전 세계를 떠들썩하게 만든 인물이었다. 부안 리, 인류 역사의 한 페이지를 장식한 최초의 우주 자살자였다. 자신의 사설 우주선에 가족을 싣고, 태양을 향해 날아갔다. 수십 차례의 경고를 무시하고 그는 끝끝내 항로를 바꾸지 않았다. 코로나 속으로 사라진 그의 일가족은 많은 이들에게 자살 어드벤처의 붐을 일으켰다. 고전적 방식의 자살이 유행한 것은 이백년 전의 일이다. 노역을 기계로 대신한 인류가 얻은 최초의 부산물이었다. 연합의 전신이었던 연맹은 결국 자살을 합법화시켰다. 백칠십년 전 안락사가 일반적인 죽음의 툴로 정착되면서 고전적인 자살은 곧 자취를 감춰버렸다.

결국 관건은 팽창이었다. 우주 개척의 붐이 일면서부터 한없이 치솟던 안락사의 증가율이 급격하게 낮아지기 시작했다. 인류에겐 끊임없이 가야 할 곳이 필요하네. 아카데미 설립 직후 얀과 가진 만찬에서 총통이 한 얘기였다. 저 역시 가야만 하는 인간입니다. 기계에 둘러싸인 단둘의 대화였으므로, 얀도 자신의 속마음을 털어놓을 수 있었다. 협조를 좀 해줘야겠는데... 훗날 총통의 부탁을 수락한 것은 그런 이유에서였다. 어떤 문제입니까? 공이란 친구를 디퍼로 만들 수 있을까? 역시나 기계에 둘러싸인 단둘의 만남에서 총통이 나지막이 중얼거렸다. 면밀히 검토해보겠습니다. 주변을 한번 둘러본 후 얀이 고개를 끄덕였다.

부안 리의 아들 공이 돌아온 것은 오년 전의 일이었다. 비상탈출용으로 쓰이던 냉동캡슐에 갇힌 채, 사십오년간 수성의 주변을 맴돌고 있었다. 흔해빠진 데브리*로 여겨져온 사설 우주선의 캡슐은, 결국 수성 스테이션의 데브리 수거선에 의해 우연히 발견되었다. 공은 곧 자신의 부친만큼이나 유명해졌다. 남은 것은 공의 행로였다. 인류에게 다시 한번 몰아닥친 자살 붐의 열쇠를 쥔 것은 분명 공이었다. 이미 논쟁은 분분한 상태였다. 캡슐을 발사한 것은 부안 리였을까, 아니면 삶을 택한 아들의 자발적 선택이었을까. 공은 끝끝내 입을 열지 않았다. 기억을 상실한 그는 실어증에 걸려 있었다.

공의 참여는 은밀하고 조용하게 이루어졌다. 얀은 총통의 바람을 쉽게 짐작할 수 있었다. 유터러스의 해연에서 생환한 부안 리의 아들, 그것은 인류에게 또 당분간 삶의 의지를 불러일으키기에 충분한 사건이리라. 얀에게 그것은 돌이킬 수 없는 결정이자 숙제였다. 디퍼 프로젝트의 우선 목표가 도달에서 생환으로 바뀌는 순간이었다. 혈액 내 질소 공급과 저압순산소 공급이 연구의 새로운 핵심으로 부상했고, 연합은 아카데미에 더 많은 지원을 약속해주었다. 그래서 공은 타의에 의해 디퍼가 된 유일한 지원자였다. 공이 자신의 의사를 표현한 것은 단 한번뿐이었다. 꾸준히, 그래도 공과의 면담을 이어오던 얀과의 대화에서였다. 두 차례의 주입이 끝나면 이제 곧 도달할 수 있을 거야.

---

* 데브리: 우주공간에서 역할을 해내지 못한 인공물의 총칭. 우주쓰레기.

어머니로서, 공의 머리를 쓰다듬으며 안이 얘기했다. 멍하니 허공을 응시하던 공이 펜을 잡은 것은 그때였다. 또박또박, 공은 아시아권의 고유문자로 안의 메모지에 글을 남겼다. 바흐첸을 시켜 알아낸 낱말의 뜻은 〈어디로?〉였다. 공의 의사표시는 그것이 마지막이었다.

심해체험은 늘 행해온 프로그램의 하나일 뿐이었다. 거북의 등을 열고 나올 때처럼 위험하지도, 부작용의 공포에서 며칠을 배회하며 겪는 공포의 시간도 아니었다. 자신의 캡슐에 들어가 심해의 시뮬 속에서 시간을 보내는 훈련이었다. 해류의 흐름에 따라 룸의 방향을 조종하고, 상황에 따른 통신을 하고, 어둠과 고요 속에서 지루한 시간을 견디는 말 그대로의 체험이다. 예정시간에 맞춰 다섯 명의 디퍼들은 캡슐로 들어갔고, 룸의 입수(入水)에서 잠수에 따른 여러 절차들을 무리 없이 수행했다. 그리고 끝없는 잠수의 시뮬이 이어지는 것이다. 빛은 곧 사라지고 밑 없는 어둠과 고요가 시간을 지배하기 시작한다. 키보드를 두드리며 농담을 나누는 것도 샘케와 크리스 둘뿐이었다. 하지만 곧 농담도 끝이 났다. 결국 모두가 심해의 일부분이 된다. 누구도 그것을 피할 수는 없었다.

시뮬레이션 캡슐은 일인용이다. 실제상황처럼 티모 섬유의 보호복을 입었다는 가정을 따른 것이지만 보다 큰 이유는 따로 있었다. 디퍼의 임무는 결국 기나긴 외로움과의 싸움이기 때문이었다. 결국 외로울 뿐이다, 결국 외로운 것인가, 결국 외로워서인가. 심해의 일부로서 디퍼들이 한결같이 부딪히는 벽이 있다면 그것이었다. 공을 제외한 나머지는 모두 외로움의 고충을 얀에게 호소하고는 했다. 가야만 답을 얻을 수 있겠지. 어머니 얀은 늘 디퍼들을 안아주었다. 최초로 19251미터까지의 시뮬이 적용될 거야, 잘 견뎌내리라 믿어. 따스히 안아줄 때의 얼굴 그대로 얀은 일일이 디퍼들의 손을 잡아주었다.

눈앞의 어둠을 소피는 응시하고 있었다. 이미 길고 긴 시간이 흐른 후였다. 심해의 시뮬에 익숙해진 소피였지만, 오늘은 여느 때와 다른 느낌이었다. ―17653. 인간이 가보지 못한, 그러나 인간이 창출해낸 심해에 자신이란 전체가 들어와 있었다. 그녀는 눈을 감았다. 눈을 감고 뜨는 것이 무의미한 심연이지만, 소피는 눈을 감고 유터러스, 유터러스를 중얼거렸다. 눈을 뜨고 있을 땐 보이지 않던 둥근 원구가 눈을 감은 그녀의 동공 속에 어렴풋이 떠올라왔다. 지구, 달에서 보던 지구였다. 오랜만이야, 라고 소피는 속삭였다. 시뮬의 심해에서 떠올린 지구의 시뮬은 지구의 역사라 느껴질 만큼 긴 시간이 흐른 후에야 소피의 동공에서 소멸되었다. 눈을 떴다. ―18102. 무심코 키보드의 수심계 측기를 확인한 직후였다. 자신이란 전체의 일부가, 그러나 강렬히 무언가를 인식하고 있음을 소피는 알아차렸다. 누군가 있다! 그것은 시뮬이 아닌 실존의 감각이었다. 누군가 캡슐에 들어와 있다... 그리고 그것은 결코 낯설지 않은 느낌이었다. 주위를 둘러보았다. 아무도 보이지 않았으나, 분명 누군가 곁에 있다는 사실을 〈자신〉이란 전체의 대부분이 인식하고 있었다. 그것은 곧 소피의 생각이 되었다. 익히 알고 있는 누군가라고 그녀는 생각을 더듬기 시작했다. 어둠을 향해, 떨리는 목소리로 소피가 물었다. 공... 당신이야? 심해는 여전히 고요할 뿐이었다.

옴

얀은 자신의 삶에서 가장 바쁜 시기를 보내고 있었다. 얀뿐만 아니라 코쿤의 연구원 전체가 그랬다. 세 명의 디퍼들은 마지막 주입을 무사히 통과했고, 이제 남은 건 룸의 본격적인 개조였다. 마치... 다프네 같군요. 얀도 고개를 끄덕였다. 지금은 행방을 알 수 없는, 다만 가장 먼 우주를 떠돌 거라 예상되는 무인우주선이었다. 지금쯤 월계수로 변해 있지 않을까? 자신의 잔에 허브를 채우며 얀이 웃었다. 오로지 멀리, 더 멀리를 위해서만 설계된 기형적인 설계의 우주선이었다. 그런 면에서 룸은 다프네를 닮아 있었다.

코쿤의 기계들이 룸의 내부를 차지했던 많은 시설들을 외부로 꺼내고 있었다. 디퍼들은 룸의 상단에 위치한 협소한 조종실에 꼼짝없이 갇혀 있었다. 이제 룸은 인류가 던지는 주사위, 한 대의 잠수정으로 개조될 것이었다. 기형적으로 거대한 밸러스트 탱크와 향유고래의 잠수원리에서 터득한 오일 탱크가,

두개골 속의 뇌처럼 룸의 대부분을 차지하고 있었다. 거대한 오일 탱크는 룸의 밀도를 높여줄 네레이드 오일로 채워질 것이었다. 화성에서 얻은 이 인류의 보유(寶油)가 룸을 해연으로 이끄는 여신의 손길이 될 것이라 얀은 믿었다.

통제실의 모니터를 통해 얀은 샘케와 드미트리, 크리스의 얼굴을 찬찬히 바라보았다. 세 명의 아이들이 이제 자신이 지닌 주사위뼈의 전부였다. 태아처럼 잠들어 있는 디퍼들의 얼굴을 지켜보다 결국 그녀는 흐느끼고 말았다. 물론 얀의 흐느낌을 눈치챈 이는 아무도 없었다. 얀은 울먹이지도 눈물을 쏟지도 않았고, 오히려 희미한 미소를 입가에 그리고 있었다. 단지 그녀라는 전체의 어느 일부가, 어디선가 흐느끼는 느낌이었다. 심해체험 트레이닝에서 공과 소피를 잃었을 때도 흐느끼지 않은 그녀였다. 아직 아이들이 남아 있는 한, 그녀는 자신이 〈어머니〉라는 생각을 잃지 않았다. 소피의 신체에 대해 의학부에서 사망판결을 통보해왔습니다. 근심 어린 표정으로 바흐첸이 얘기했다. 그런가요? 라고 얀이 대답했다.

공의 시신은 처참한 것이었다. 다른 디퍼들이 그 광경을 볼 수 없도록 얀은 시뮬레이션의 시간을 예정보다 늘려야 했다. 코쿤의 기계들이 캡슐 속의 장기와 뼈, 쏟아진 체액과 신체 부스러기들을 아무런 감정 없이 신속하게 수거했다. 의견은 분분했다. 의학부는 R−71의 부작용이란 견해를 전해왔고, 과학부의 몇몇은 해동된 신체의 밸런스 문제를 조심스레 거론해왔다. 총통은 굳게 입을 다물었다. 객관적인 보고문만 작성한 채 얀도 굳게 입을 다물었다. 문제는 소피였다. 동공이 열린 채로 그녀의 몸은 경직되어 있었다. 조직의 어떤 분열도 부작용도 없었지만 의식 자체가 소멸된 상태였다. 수많은 노력에도 끝끝내 그녀의 의식은 돌아오지 않았다. 생각이 사라진 그녀의 몸은 시간이 흐를수록 차가워져갔다.

네레이드 오일의 응고 테스트가 끝난 것은 오일이 지난 다음이었다. 남은 건 뭐죠? 얀이 물었다. 뭔가 적확한 어휘를 찾으려는지 바흐첸의 미간이 잠깐 동안 일그러졌다. 저 아래에... 〈닿는 것〉입니다. 룸의 침수는 칠일째인 다음날로 잡혀 있었다. 시간은 아침이었다. 잠시라도 빛을 보고 싶어요. 샘케의 요청을 수락한 것은 얀이었다. 불과 수십 미터를 스밀 물속의 빛을 위해, 얀은 그날밤 기도를 드렸다. 물론 고전적인 형식의 기도는 아니었지만, 수십 미터 밖에 볼 수 없는 자신의 연구에도 신의 빛이 스며주길 얀은 바랐다. 주사위가 닿기까지는, 아직 그녀는 인간의 어머니였다.

좋은 아침입니다. 먼저 입을 연 것은 드미트리였다. 컨디션은 어때? 얀이 물었다. 샘케도 크리스도 웃으며 고개를 끄덕였다. 에어튜브가 불편하진 않고? 그 점에 대해선... 모두가 유감입니다, 크리스가 미소를 지었다. 통제실의 몇몇도 크리스의 말에 웃음을 터뜨렸다. 디퍼들의 흉곽으로 여러 다발의 튜브가 엉키듯 삽입되어 있었다. 가장 취약한 폐가 기능을 잃었을 때 즉시 인공 폐의 역할을 해줄 생명유지장치였다. 준비한 대로 통제실의 전 직원이 도열을 했다. 보고 계십니까? 모니터를 향해 바흐첸이 물었다. 잘 보여요. 샘케가 대답했다. 20세기의 방식으로 우리의 마음을 전하고자 합니다. 바흐첸의 말이 끝나기 무섭게 도열한 직원들이 길고 커다란 천을 이어서 펼쳐들었다. 누군가의 손으로 쓴 〈꼭 돌아오세요〉가 커다란 글씨로 모니터를 향해 출렁거렸다. 오오, 하고 샘케는 입을 막았다. 얀, 하고 크리스가 말했다. 난 꼭 돌아와서 당신과 결혼할 거야. 고갤 끄덕이지 않으면 안 돌아올 거라구. 모두가 폭소를 터뜨렸다. 세 명의 디퍼 모두를 향해 어머니 얀은 고개를 끄덕였다. 침수가 시작되었다. 이제 곧 사라질 얼굴들을 향해, 그러나 누구도 인사를 할 수 없었다. 늙고 주름진 손을 들어, 다만 얀이 손을 흔들었다. 천천히, 그리고 주사위가 던져졌다.

폽

룸은 바닷속으로 스며들었다. 그것은 전적으로 인간의 의지였다. 신의 뜻은 오로지 샘케가 보았을 물속의 빛과, 지금 출렁이는 물결이 전부였다. 인간의 체액을 받아들인 후에도 바다는 여전히 아무런 반응이 없었다. 저 검푸른 지구의 체액이, 불가해한 신의 체액이 인간을 거부하지 않기만을 얀은 바라고 바랄 뿐이었다. 통제실은 다시 분주해졌다. 때론 느슨하게 때론 팽팽하게, 룸의 진행을 좇는 인간의 눈길이 테세우스의 실타래처럼 모니터를 향해 풀어져갔다. 어떤 문제도 없이, 완벽하게 룸은 가라앉고 있었다. 지구라는 미궁의 중심을 향해 티모라는 갑옷을 입은 테세우스처럼.

길고 긴 시간이 흘렀다.

압력이 느껴져? 드미트리가 말했다. 크리스와 샘케는 별다른 반응을 보이지 않았다. 티모의 룸과 티모의 조종실, 다시 티모 섬유의 삼중막 속에서 어쩌면 그것은 당연한 일일지도 몰랐다. 세계는 말이야, 압력에 의해 이뤄진 것 같아. 다시 드미트리가 중얼거렸다. 압력으로 이쪽 세계와 저쪽 세계를 구분한거지. 마지막 수중위성을 통과한 후로 드미트리는 끊임없이 중얼거리기 시작했다. ―11034. 비티아스 해연을 기념하는 수치가 계측기의 전광판을 통해 깜박이기 시작했다. 신기록이군. 크리스가 중얼거렸다. 바깥의 암흑을 증명이라도 하듯 모니터의 화면이 빛을 잃었다. 수중위성의 전송을 너는 받을 수 없다는 뜻이었다. 이제 남은 것은 극초음파뿐이었다. 자궁 속에서 탯줄이 끊어진 태아 같은 기분으로, 샘케는 키보드에 한 손을 올려놓았다. 무사해요 맘, 천천히 그녀는 키보드를 두드렸다. 한참 후 고마워, 라는 신호가 파장으로 재생되어 나타났다. 얀이었다. 룸은 계속 심연을 향해 나아가고 있었다.

심해에 왔다는 사실을 비로소 샘케는 실감했다. 모든 건 티모라는 갑옷의 공로겠지만, 지금까지는 시뮬과 흡사한 체험의 반복 같은 느낌이었다.

—13452. 계측기의 수치를 확인했을 때였다. 압력이 느껴져? 다시 드미트리가 속삭였다. 압력이 느껴졌다. 샘케도 크리스도 그 사실을 알 수 있었다. 흠. 그런 소리가 룸이라는 단단한 종에서 크게 울려나오는 기분이었다. 흠. 다시 한 번 룸이 울리자 그 소리에 자신의 체액이 반응한다는 사실을 크리스도 알 수 있었다. R—71의 반응이었다. 진지해져야겠어. 드미트리가 속삭였다. 시뮬에선 없었던 소리잖아. 샘케의 목소리는 흥분으로 떨고 있었다. 룸은 또다시 고요해졌다.

나, 지구의 울음소릴 듣고 싶었어. 이어지는 고요 속에서 샘케가 중얼거렸다. 이렇게, 꼭 한번은 말이야. 하지만 실은 인간의 울음소리가 아닐까? 드미트리가 속삭였다. 룸도 인체의 확장일 뿐이야, 조금 전의 소리도 그 인체가 낸 울음이고. 룸은 더이상 울지 않았다. 얀의 계획은 완벽했고, 무서우리만치 아무 일 없이 룸은 내려가고 또 내려갔다. 걱정 마 샘케, 결국엔 지구의 울음소릴 들을 수 있을 거야. 네레이드 오일의 응고를 가속시키며 크리스가 중얼거렸다. —15873. —16429. 길고 긴 고요와 더불어 길고 긴 침잠이 이어졌다. 정확한 간격으로, 변환하는 계측기의 수치들을 샘케는 계속해서 전송했다.

정말 아무것도 없는 거야?

샘케가 중얼거렸다. —19251. 계측기의 수치는 분명 이곳이 유터러스의 바닥임을 뜻하고 있었다. 티모란 거... 정말 엄청나군. R—71이 엄청난 거지. 크리스와 드미트리가 연달아 속삭였다. 아니... 인간이 엄청난 거야. 고개를 저으며 샘케가 말했다. 샘케의 기분은 결코 현실적이지 않았다. 시뮬 때보다도 쉽게 유터러스에 도착했다. 아무 일도 없었고 아무것도 없었다. 오로지 캄캄하고 고요한 세계, 지구의 울음 같은 건 들리지도 않았다. 크리스는 순간 담배를 태우고 싶었다. 황야에서 배운 고대 인디언들이 피던 야생초를 말린 것이었다. 드미트리는 의아했다. 언제나 부작용을 겪어온 자신이었다. 하지만 이곳에서 그는 편안함을 느끼고 있었다. 그럴 수만 있다면, 차라리 거주지를 유터러스로 옮기고 싶은 심정이었다. 그리고 셋은 자신을 자각할 수 있었다. 이제 자신들이 인간이기보다는 디퍼란 사실을. 그들의 세계는 뭍이 아니라 바로 이, 깊은 물속이었다.

위치를 점검해주세요. 오차가 없나요? 룸이 점검한 주변 상황을 토대로 샘케가 신호를 찍어 보냈다. 오차범위 안이란 신호가 한참 후 돌아왔다. 그렇다면, 하고 샘케는 신호를 찍었다. —19251. 어떤 신호도 없었지만 코쿤의 함성이 두 귀를 두드리는 기분이었다. 브. 라. 보. 띄엄띄엄 얀의 메시지가 전해져왔다. 모두가 무사하다는 뜻의 신호를 샘케는 짧게 찍었다. 그리고 세 사람은 우두커니 앉아 있었다. 네레이드 오일은 채 삼분의 일이 굳지 않았고, 룸은 어떤 잔고장도 없이 완벽한 상태였다. 이제 시뮬대로 돌아갈 일만 남았다. 몇년 후면 인류는 서슴없이 유터러스의 해구를 걸어다닐지도 모를 일이었다. 그래서? 라고 샘케는 생각했다.

이것 봐, 하고 크리스가 말했다. 룸이 계속 파악하는 주변부의 지형도를 크리스의 손이 가리키고 있었다. 그 손끝을 바라보다 샘케와 드미트리는 낮은 탄성을 질렀다. 이곳은 바닥이 아니었다. 해연의 협곡이 이어진 한 부분에 우물처럼 뚫려 있는 또다른 지형이 있었다. 분화구일 수도 있다고 생각하며 크리스는 룸을 이동시켰다. 룸의 정밀한 탐지기가 끊임없이 우물의 내부를 스캔했다. 그것은 끝없는 구멍이었다.

더 갈 수 있을까?

드미트리가 중얼거렸다. 그것은 유혹이었다. 심연의 유혹, 그 깊은 어둠의 유혹이 디퍼들의 체액 속으로 스며들기 시작했다. R-71의 급격한 반응을 몸으로 느끼며 셋은 번갈아 서로의 얼굴을 쳐다보았다. 귀환을 종용하는 얀의 메시지가 들어왔지만 샘케는 응답을 하지 않았다. 네레이드의 삼분의 이가 남아 있어. 눈빛을 발하며 크리스가 속삭였다. 순간 크리스는 뭍의 어떤 것도 바라지 않는 마음이 되었다. 무엇에 홀린 존재들처럼 셋은 계속 서로를 쳐다보았다. 응고된 오일처럼 단단한 의지가 서서히 셋의 눈빛을 하나로 묶기 시작했다. 얀의 메시지가 초조한 파장을 그리며 계속해서 전달되고 있었다. 디퍼들에게 이제 그것은 어머니 인류의 목소리일 뿐이었다. R-71이 또다시 급격하게 반응했다. 이제 디퍼들은 어머니와는 다른 인간이었다. 스스로도 이것은 부작용일지 모른다는 판단을 하면서, 샘케는 통신을 차단했다. 어머니 얀의 잘린 탯줄은 무한한 부력을 얻은 채 심연의 세계에서 순식간에 사라졌다. 대신 유터러스의 탯줄을 움켜쥐듯, 크리스가 웅고 가속기를 힘차게 가동시켰다. 룸은 서서히 끝없는 심연을 향해 침잠하기 시작했다. 깊이가 전혀 계측되지 않아. 고개를 저으며 드미트리가 중얼거렸다. 지구의 중심으로 가는 물길은 그렇게 열려 있었다.

홈. 룸의 내부에 다시 종소리가 울려퍼졌다. 결국 디퍼들은 그 소리의 정체를 알 수 있었다. 심해의 울음도 지구의 울음도 아니었다. 티모의 원자들이 자신들의 고통을 처절히 호소하는 룸의 울음소리였다. 홈. 홈. 홈. 시간이 지날수록 종소리는 잦아졌다. 공명의 폭은 더욱 커졌고, R—71의 반응도 더욱 격렬해짐을 디퍼들은 느낄 수 있었다. 길고 긴 시간이 다시 흘렀다. 인류가 시뮬레이션하지 못한 심연 속으로 룸은 끝없이 끝없이 내려가고 있었다. —25187. 멈춰선 계측기는 더이상 작동하지 않았다. 돌아갈 수도 없어. 크리스가 중얼거렸다. 테세우스의 실은 끊어진 지 오래였고, 영웅의 갑옷도 해진 지 오래였다. 이것은 부작용일까? 아무도, 아무것도 없는 어둠을 응시하며 샘케는 또 한번 중얼거렸다. 여전히 아무것도 없는 세계였지만, 아무것도 바라지 않아, 라고 샘케는 생각했다. 홈. 종소리는 점점 신성한 공포로 각인되기 시작했다. 그것은 몸의 공포였다. 크리스도 드미트리도 이제 자신의 몸을 포기할 때가 다가옴을 느끼고 있었다. 움직일 수 있을 때, 크리스는 미리 네레이드의 응고 수치를 최대로 고정해놓았다. 그리고 희미하게 샘케와 드미트리를 향해 웃었다. 이유는 알 수 없지만 샘케와 드미트리도 똑같은 미소를 지었다.

훔

몸을 찢을 듯한 종소리가 또 한번 울리면서 셋은 잠깐 의식을 잃어야 했다. 희미하게 정신이 돌아왔을 땐 에어튜브가 작동한 지 오래란 사실을 알 수 있었다. 그리고 느낄 수 있었다. 룸이 점점 축소되고 있다는 사실을. 티모의 원자들이, 또 원소들이 급격히 밀도를 높여가고 있음을. 왜 그랬을까? 문득 오렌지가 먹고 싶다는 생각을 샘케는 떠올렸다. 그리고 그것이 마지막이었다.

여긴 어디지?

눈〔眼〕 같은 것을 뜬 기분이었다. 그리고 샘케는 자신이 죽었다는 사실을 알 수 있었다. 눈앞을 부유하는 룸의 전체를 내려볼 수 있어서였다. 룸은 아주 일그러졌고, 그야말로 오렌지만한 크기로 줄어들어 있었다. 저 속에 자신의 육신이 있다는 생각을 하자 묘한 기분이 들었다. 자신은 룸을 떠났고, 룸은 결국 인류사의 가장 값비싼 육체를 응축한 관으로 전락해 있었다. 크리스? 그리고 샘케는 크리스를 느꼈다. 그래 나야. 무언에 대한 무언의 대답을 그녀는 들을 수 있었다. 늦었구나. 소피와 공도 함께 있음을 알 수 있었다. 어, 어떻게... 하고 샘케는 속삭였다. 이곳은 마음이고 우리는 마음이야. 공의 목소릴 들은 것은 처음이었다. 그런데 이상해, 왜 지구가 보이지? 드미트리가 중얼거렸다. 눈을 의심했지만 과연 모두는 눈앞의 지구를 볼 수 있었다. 아무것도 아닌 공간인 채 지구를 보고 있자니, 새로운 눈 같은 것이 다시금 열리는 기분이었다. 소피가 속삭였다. 얀은 또 아이를 낳을 생각을 하고 있어. 그나저나 어쩌지? 드미트리가 중얼거렸다.

룸은 그만 데브리가 되었군.

끝까지 이럴래?

전화 목소리와는 달리

그는 고분고분한 남자였다. 짧고 조심스레 용건을 말했고, 애덤스의 심기를
건드리지 않으려 애써 단어를 고르는 눈치였다. 벌써 며칠째 두 사람은 마찰
을 빚어왔다. 층간소음이 문제였다. 오전에만도 다섯 통의 항의전화를 받아야
했으므로 애덤스는 차라리 속이 후련해지는 기분이었다. 애덤스는 정말이지
아무 소리도 내지 않았던 것이다.

아까도 말씀드렸지만, 하고 애덤스도 최대한 예의를 갖추었다. 아무튼 저희
집에서 나는 소리는 아닙니다. 못 믿겠으면 한번 둘러보세요. 남자는 생각보
다 수줍음이 많았다. 아, 아닙니다. 사양하는 남자의 손을 억지로 잡아끌며 애
덤스는 갓 부임한 침례교 목사처럼 환하게 미소지었다. 괜찮습니다, 이웃간에

오해가 없어야죠. 집 안은 고요했다. 다만 렌지 속에서 아기예수처럼 웅크린 닭 한 마리가 말없이 고분고분 해동되고 있었다.

보시다시피 하고 애덤스는 어깨를 으쓱, 했다. 뛰어다니는 아이들도 농구공도 없습니다. 전 사실 방귀조차 소릴 죽여 뀌는 인간인걸요. 아, 예 하고 남자는 어색한 미소를 지었다. 비대한 몸집의 동양계였고, 바짝 쳐올린 뒤통수에는 크라이슬러 닷지가 차량충돌실험을 해도 좋을 만큼 두툼한 살덩이가 얹혀 있었다. 속 시원히 의심을 풀어주기 위해 애덤스는 활짝 방문까지 열어 보였다. 좁은 거실과 두 칸의 방... 어둑한 집 전체가 늙어가는 남자의 팬티 속처럼 시들하고 볼품없었다. 참, 여기도 있었지. 부엌에서 이어진 복도식 창고의 문을 열고 찰칵, 애덤스는 조명까지 밝혀주었다. 배관일에 쓰이는 공구들이 즐비했지만 농구공이나 아이들과는 한참이나 거리가 멀어 보였다. 혼자 사시나 보군요. 남자가 물었다. 품이 큰 작업복 주머니에 손을 꽂은 채 애덤스는 또 한번 어깨를 으쓱, 했다.

그것 참 이상하네.

혼잣말로 중얼거리며 남자는 이마의 땀을 닦았다. 그리고 생각났다는 듯 이거 정말 실례가 많았습니다, 깍듯이 머릴 굽혀 사과했다. 괜찮습니다, 오해가 풀려 다행인걸요. 악수를 청하며 애덤스가 말했다. 동양인의 퉁퉁한 손이 배관공의 억센 손을 마주잡았다. 비만과 근육질... 체형의 느낌이 다르긴 해도 어쨌거나 두 사내는 어지간한 거구들이었다. 애덤스라 하오. 저는 창(倉)입니다, 에드워드 창. 창(Chang)! 상대의 성을 크게 발음해보며 애덤스는 고개를 끄덕였다. 발음할 때마다 재채기가 나올 듯한 성이로군, 생각했지만 별다른 내색은 하지 않았다. 창밖에서 희미한 폭음이 들려왔다. 멀리 떨어진 도심 어딘가에서 검은 연기가 무럭, 솟구치는 모습을 볼 수 있었다. 모두가

예민할 때죠.

애덤스가 말했다. 그럴 수밖에 없잖습니까? 가느다란 눈을 반짝이며 창이 맞장구를 쳤다. 이젠 군대도 두 손 들었다 하니 시내는 온통 〈파산자〉들 세상이겠군요. 그러게 말입니다. 컴컴한 라커룸에서 동료의 경기를 지켜보는 레슬러들처럼 두 거구는 잠시 연기를 바라보았다. 연기는 결연한 의지라도 지닌 듯 곧게 피어올랐고, 그러다 갑자기 갈 곳을 잃은 쥐떼처럼 뿔뿔이 흩어졌다. 텄어요, 하고 창이 말했다. 이젠 예수가 아니라 예수 할애비가 온다 한들... 말이죠. 그러게요. 팔짱을 낀 애덤스도 눈살을 찌푸렸다. 애덤스 씨는 신앙이 있습니까? 창이 물었다. 글쎄요, 하고 뜸을 들인 애덤스가 잠시 후 고개를 가로저었다.

잘... 모르겠습니다. 창씨는요?
저도 마찬가집니다. 부모님만 해도 불교신자셨는데.

그건 그렇고 예수의 아버지는 알겠는데... 할애비 얘긴 들은 적이 없네요. 대체 누구죠?

뭐, 하고 창은 잠시 고개를 갸우뚱했고

하하하 웃음으로 답변을 대신했다.

허허 하고 애덤스도 웃었다.

내일이죠? 창이 물었다.

그렇다고들 하더군요. 애덤스가 말했다. 내일은

인류의 마지막 날이었다.

†

모두가 그렇게 믿고 있었다. 이미 1년 전부터 정부의 공식성명 따위를 믿는 이는 아무도 없었다. 여전히 혜성이 근소한 차이로 지구를 비켜갈 거라 떠들었지만, 사람들은 바보가 아니었다. 양심적인 과학자들, 또 곳곳의 단체들을 중심으로 〈진실〉은 확산된 지 오래였다. 리퍼리(Rippere)가 관측된 것은 5년 전의 일이다. 달의 ⅙, 조셉 리퍼리란 천문학자가 발견한 이 얼음덩어리가 다가오기까지 인류가 할 수 있는 일은 가사와 출퇴근... 고작해야 투표가 전부였다 말할 수 있다. 물론 그사이 덴버 브롱코스*가 두 차례나 슈퍼볼 우승을 거머쥐기도 했지만, 혜성은 애덤스가 본 어떤 뷰렛 패스**보다도 빠르고 정확했다. 그때가 좋았다고, 뻐근한 목을 좌우로 꺾어주며 애덤스는 생각했다. 쉰을 넘긴 남자의 목에서

우두둑, 소리가 크게 났다. 세계 각국의 정부는 그래도 성공적으로 상황을 통제해왔다. 아니, 어쩌면 대부분의 인간들은 끝끝내 희망이란 극(極)을 바라보는 나침반과도 같은 존재였는지 모른다. 초기엔 충돌로켓을 발사, 혜성의 진로를 바꾼다는 거창한 거짓말을 믿어주었고, 이후엔 달이 방패막이 된다거나 지구를 비켜갈 거라는 달콤한 당근을 뜯어먹었다. 무수한 의혹이 제기되어도 대다수에겐 희망을 향한 근원 모를 자성(磁性)이 내재되어 있었던 것이다. 어쩌면 내내 그 상태로 지내는 편이 나았을 거라 창은 생각했다.

상황은 급격히 나빠지기 시작했다. 사람에 따라 차이가 있겠지만 창은 독일 총리의 자살을 계기로 〈소문〉을 믿게 되었다. 공개방송에서 그는 자신의 머리

---

* Denver Broncos: 콜로라도주 덴버를 연고지로 삼은 프로 미식축구팀.
** bulletpass: 총알처럼 정확하고 강한 패스를 일컫는 미식축구 용어.

에 리볼버를 당겼고, 그전에 다음과 같은 유언을 사람들에게 남겨주었다. 모든 인간에겐 자신의 최후를 알아야 할 권리가 있습니다. 리퍼리의 진로는 바뀌지 않았습니다. 신은 그것을 바꿀 수 있을지 몰라도 인간에겐 아직 그만한 힘이 없습니다. 혜성의 진로를 바꾸진 못했지만, 독일 북부 크레베 출신인 그의 발음은 혜성의 이름을 바꿔놓았다. 대다수의 사람들에 의해 이제 혜성은 레퍼리(referee)란 이름으로 불리고 있었다.

연이은 폭음과 함께 다시 여러 줄기의 연기가 도심에서 피어올랐다. 팔짱을 낀 채 창도 비대한 목을 좌우로 꺾어주었다. 서른을 갓 넘긴 남자의 목에선 별다른 소리가 나지 않았다. 사회 전체가 빠른 속도로 허물어졌다. 무역이 중단되고 정부는 힘을 잃었다. 은행이 문을 닫고 파산자들이 속출했다. 많은 이들은 남아 있는 삶의 의미를 찾으려 노력했지만, 또 많은 이들은 이를 부정하고 파괴하기 시작했다. 들불이 번지듯 정전(停電) 지역이 늘어만 갔다. 부분별한 약탈과 폭동이 일상사가 된 지 오래였다. 방송이 중단되고 공권력도 힘을 잃었다. 세상은 이미 돌이킬 수 없는 곳으로 변해 있었다. 폭동의 시발점은 대규모의 파산자들이었다. 물론 거기에 더 다양한 그룹들이 가세하기 시작했다. 부활한 인종차별자 그룹과 종교집단, 갱들과 실직자... 타락하거나 돌변한 경찰과 군인들... 이루 말할 수 없는 많은 이들이 〈파산자〉의 대열에 합류해 있었다. 인류는 이미 파산(破産)했다고 창은 생각했다. 저래봤자지 뭡니까, 비웃음이 담긴 목소리로 애덤스가 말했다. 그러게요, 뒷덜미의 땀을 닦으며 창은 웃었다. 그래도... 중요한 것은... 음... 그러니까... 하고 창은 뭔가 진지한 문장을 만들어보려 애쓰는 눈치였다. 부지런히 땀을 훔치는 왼손 때문에, 마치 뒷덜미를 쥐어짜 말을 한다는 느낌을 애덤스는 받았다. 저나 선생님 같은 사람들의 수가 훨씬 더 많다는 겁니다. 말없이 힘든 시간을 견디고 있는... 끝끝내 이성(理性)을 잃지 않는 저나 선생님 같은 사람들 말입니다. 창의 말에 애덤스는 흐뭇한 미소를 지었다. 윤활유가 발린 나사처럼 선생님이란 단어가 애덤스의 마음에 쏘옥 스며들었기 때문이다. 창씨... 하고 애덤스는 말을 흐렸다. 하마터면 당신은 참 좋은 사람이로군요, 라고 말할 뻔한 것이다. 해동이 끝난 렌지에서 마침 부저가 울렸으므로 식사는 하셨습니까? 라고 애덤스는 말을 바꿨다. 식사라구요? 층간소음을 따지러 왔던 위층 남자의 눈이 휘둥그레졌다.

†

두 사람은 함께 닭을 뜯었다. 이웃과 식사를 하긴 처음이군요. 발라낸 대부분의 살점을 창에게 덜어주며 애덤스가 말했다. 저도 마찬가집니다. 그런데 더 드시지 않구요? 화색이 도는 얼굴로 창이 말했다. 굳은 빵과 버터로만 일주일을 버텨온 창이었다. 저는 신물이 납니다. 닭고기, 닭고기, 닭고기... 벌써 보름째 닭고기만 먹었으니까요. 뭐, 먹을거리라도 남은 게 다행이긴 하지만... 그런데 그거 아십니까? 애덤스가 물었다.

뭐 말입니까?
그러니까 망할 놈의 이 껍데기 말입니다.
이놈이 얼마나 사람을 구역질나게 만드는지... 말이죠.
젠장.

가슴살에 붙은 껍질을 발라내며 애덤스가 중얼거렸다. 창은 잠시 눈을 깜박거리다 지방은 몸에 해롭죠, 라며 고개를 끄덕였다. 멍하니 누르스름한 닭껍질을 바라보던 애덤스가 실례합니... 리며 급히 몸을 일으켰다. 묵묵히 고기를 씹으며 창은 화장실에서 들려오는 웨엑웩 소리를 들어야 했다. 그리고 물소리, 또 물소리.

죄송합니다. 애덤스가 돌아와 자리에 앉을 때까지 창은 가시방석에 앉아 있는 기분이었다. 모두가 예민할 때죠 – 애덤스가 했던 말이 자꾸만 떠올라서였다. 사흘 전엔 두 통의 전화를, 이틀 전에도... 아무튼 오전에도 다섯 통이나 전화질을 해댄 셈이었다. 선생님, 하고 창은 고개를 떨궜다. 불쑥 내려와 벨을 누른 걸 다시 한번 사과드립니다. 전화로 귀찮게 해드린 것도 역시나. 오오 별말씀을, 하고 애덤스는 정색을 했다. 오해는 모두 풀었잖습니까? 그걸로 된 거죠. 애덤스는 웃었지만 창은 웃을 수 없었다. 저는... 하고 창은 입술을 꿈틀거렸다. 됐습니다 됐어요, 애덤스가 어깨를 짚는 그 순간에도

풍성한 셔츠에 덮힌 창의 뒷주머니엔 짤막한 38구경이 꽂혀 있었다. 정말이지 모두가 예민할 때였던 것이다. 역시 한 마리론 어림도 없겠군요. 냉장고에서 또 닭을 꺼낸 애덤스가 포장을 뜯으며 말했다. 창은 뭔가 복잡한 마음이 되어 별다른 대꾸를 하지 않았다. 그나저나 참 이상한 일이로군요, 애덤스가 말했다. 뭐가 말입니까? 창씨를 괴롭혔다는 소음 말입니다. 전 정말이지 아무 소리도 내지 않았거든요. 두 거구가 마주앉은 식탁이 문득 체스판만큼이나 작아진 느낌이었다. 희미하고 미미한, 렌지의 소음이 들려오기 시작했다.

지금도 영문을 모르겠습니다. 잠을 이룰 수 없을 만큼의 소리였거든요. 분명 버릇없는 십대들이 하루종일 공놀이를 하는 거라 믿었습니다. 묵직한 농구공이 튈 때 나는 소리... 또 마구잡이로 뛰어다니는 소리들... 운동화가 바닥과 마찰할 때 나는 삑, 삑 그런 소리 말입니다. 마루에 귀를 대고 듣기도 했습니다. 분명 아래층에서 올라오는 소리였어요!
애들이 없다는 제 얘긴 믿지 않으셨군요.
네, 거짓말을 하시는 거라 생각했습니다. 그 정도로 확실한 소음이었으니까.

어쨌거나 저도 며칠간 전화에 시달렸습니다.

죄송합니다.

어제는 〈빌어먹을〉이라고도 하셨어요.

오, 이런!

괜찮습니다, 지나간 일이니까요.

아아(두툼한 손으로 창은 얼굴을 감싸쥐었다).

그런데 번호를 어떻게 아셨을까? 궁금하긴 했습니다.

차량에 메모된 연락처를 봤습니다. 아시다시피 이제 주차장엔 선생님의 포드와 제 도요타뿐이니까요.

그랬군요… 그렇다면 지금 이 아파트엔 우리 둘뿐인 셈이로군요.

전 선생님의 아이들 여럿도 함께일 거라 믿었습니다.

허허, 그렇게 생각하니 그나마 좀 낫군요.

다 노이로제였나봐요. 아아.

이해합니다.

여길 떠난 사람들은 어떻게 되었을까요?

글쎄요, 어차피 내일이면 전부 끝이지 않습니까.

그렇죠. 그러고 보니 오늘은 내일이 남아 있는 유일한 오늘이군요.

이제 곧 모든 어제도 사라지겠죠.

참, 내 정신 좀 봐. 몸을 일으킨 애덤스가 시원한 맥주를 꺼내왔다. 오오, 어떻게 구하셨습니까? 감격한 얼굴로 창이 물었다. 석 달 전인가, 덴버까지 차를 몰고 가 닥치는 대로 담아왔지요. 위험하지 않았습니까? 그나마 군대가 진주해 있던 때라... 뭐 그래도 파산자 두 놈과 마주치긴 했지요. 젊긴 해도 약골들이었어요. 이래봬도 아직 힘을 좀 쓰는 편이라 시원스레 몇방 먹여줬지 뭡니까. 주먹을 쥐어 보이며 애덤스는 무용담을 늘어놓았다. 오오, 다시 창은 감탄을 연발했다. 이 닭도 그때 담아온 것들이죠. 비타민도 여러 통 있는데 하나 가져가실래요? 비타민! 하고 두 거구는 튜바와 수자폰처럼 붕붕대며 웃었다.

†

접시나 물잔을 치울 생각도 않고 두 사람은 수다를 떨어댔다. 잡다한 얘기였다. 그래, 창씨는 어떤 일을 하셨소? 엔지니어였습니다. 혹시 펠라 스튜디오라고 들어보셨습니까? 아니 모릅니다. 음향 쪽 일을 하는 곳인데 그곳의 녹음기사였죠. 그래도 꽤나 버텼습니다. 파산자들이 16번가를 장악할 때까지 근처에서 일했으니까요. 제가 마지막으로 했던 작업이 뭔지 아십니까? 저야 모르죠. 마르틴 루터였나요, 아무튼 그의 말*을 인용한 사과나무 광고였습니다. 사과나무! 하고 애덤스는 배를 잡고 웃었다.

저도 비슷한 일이 있었지요. 넉 달 전인가, 우편함에 덴버 시청의 직인이 찍힌 공문이 꽂혀 있지 뭡니까? 뭔가 하고 뜯어봤더니 하수도 보수공사를 해달라는 내용이었어요. 보수공사! 하고 이번엔 창이 입에 거품을 물었다. 그나마 몇몇 사설 라디오 방송이 잡힐 때였지요. 이틀 후에... 이틀 후에 하고 애덤스는 눈물까지 훔쳤다. 시청이 폭파되었단 소식을 들었지 뭡니까. 두툼한 손으로 입을 막은 채 창은 여자애처럼 식탁을 톡톡톡톡 두드렸다. 대여섯 개의 빈 캔이 바닥을 굴러다닌 지 오래였다. 그래도 신기하지 않습니까? 가쁜 숨을 몰아쉬며 애덤스가 물었다.

사과나무를 팔고 사는 사람들이 있다는 게.
보수공사를 생각하는 인간도
그 편지를 우체통에 넣고 가는 인간이 있다는 게 말입니다.
안 그래요?

숨이 가쁜 얼굴로 창은 고개를 끄덕였다. 누구라도 그걸 부인할 순 없을 겁

---

* Even though the earth should see the end tomorrow, I will plant an apple tree.(내일 지구가 멸망한다 해도 나는 한 그루의 사과나무를 심겠다.)

니다! 갑자기 격해진 목소리로 애덤스가 외쳤다. 인간은 열심히 살아왔다는 사실을... 이런저런 궁리를 하며 최대한 옳은 길을 걸으려 했다는 사실을 말입니다. 저처럼 정직하게 평생 노동을 하며 살아온 사람에겐 이런 말을 할 자격이 있는 겁니다. 안 그래요? 그의 목소리가 워낙 컸으므로 창은 자칫 딸꾹질을 할 뻔했다. 그럼요, 선생님! 하고 창은 조심스레 맥주를 내려놓았다. 마지막 남은 맥주였다. 너무 오래 이곳에 머무른 게 아닌가, 술냄새가 섞인 땀을 닦으며 창은 생각했다. 어느새 해도 많이 기울어 있었다. 창은 슬쩍 손목을 꺾어 시간을 확인하는 척했다. 그 낌새를, 늙은 배관공은 놓치지 않았다.

오, 젠장... 하고 애덤스는 한숨을 쉬었다. 죄송합니다 창씨, 제가 잠시 흥분했나봅니다. 아니 무슨 말씀을요, 하고 창은 보다 스무스한 방법을 찾으려 노력했다. 좋은 아이디어가 떠오르지 않았다. 화장실을 좀 쓰겠다며 일단 창은 자릴 일어섰다. 졸졸 소변을 보고, 손을 씻고 나와 인사를 하는 것도 괜찮겠군... 손을 씻고 문을 여는데 애덤스가 서 있었다. 물이 잘 내려갑니까? 답변 대신 딸꾹질을 하며 창은 고개를 끄덕였다. 어떻습니까? 억센 손으로 창의 어깨를 감싸며 배관공이 물었다. 위층에도 물은 잘 내려가는지요. 싱크대라든가... 이를테면 변기 같은 곳 말입니다. 자연스레 다시 식탁으로 돌아와야 했으므로 창은 별수 없이 의자에 엉덩일 붙여야 했다. 잘 내려갑니다. 수도문제도 그렇고... 그러고 보니 여긴 전기도 끊기지 않고 여러모로 운이 좋은 편이네요. 오 이런, 하고 애덤스는 흐뭇한 미소를 지었다. 이 집에 대해 아무것도 모르시는군요, 창씨는.

뭘 말입니까? 물잔을 비우며 창이 물었다. 물론 모르시는 게 당연하겠죠. 애덤스는 지그시 창을 바라보았다. 이건 자가발전입니다. 처음 집을 지을 때부터 지하에 시설을 마련해둔 것이지요. 정말입니까 딸국? 하고 창이 물었다. 그럼요, 제 손으로 지은 아파트니까요. 애덤스의 얼굴은 감회로 가득했다. 오래된 아파트인데도 왜 녹물이 안 나오는지 아십니까? 이 집의 모든 파이프에는 미세전류가 흐르고 있어요. 배관을 할 때 그 모든 설비를 이 손으로 꼼꼼히 해두었기 때문입니다. 15년 전에, 이 외곽에! 아홉 가구뿐인 작은 아파트지만 허투루 지은 집이 아니란 거죠. 왜? 다른 누구도 아닌, 제가 들어와 살 집이었으니까요. 사실을 말씀드릴까요? 깍지 낀 손을 곰지락대며 애덤스는 뜸을 들였다. 낡은 회한을 주무르는 늙은 남자의 손마디가 사포처럼 거칠었다.

저는 이 아파트의 소유주였습니다. 정말입 딸국? 창이 물었다. 잠시였죠. 그땐 정말 얼마나 행복했는지... 아내와... 또 아이들과 평생을 살아갈 집으로 생각했어요. 나머지 가구들엔 세를 주고 말입니다. 속았던 거죠. 창씨는 기억을 못할 겁니다. 오래전에 모기지 파동이란 게 있었어요... 이런, 술이 떨어졌군요. 캔을 집었다 내려놓으며 애덤스는 아쉬운 표정을 지었다. 저 역시! 하고 창도 캔을 흔들어 보였다. 적당한 구실을 찾은 듯싶었지만 눈치 빠른 배관공은 바로 말을 이어갔다. 파이프를 연결하듯 익숙한 솜씨였다.

저기 아래 느릅나무 숲길 아시죠? 그럼요. 그 길에 반해버린 것입니다. 이 언덕에 집을 짓자, 얘길 꺼낸 것은 아내였어요. 꽤 돈을 모았던 때죠. 시애틀에서도 큰 건을 여럿 뛰었고... 물론 다 날리고 이 꼴이 된 거지만 어쨌거나 그후 평생을 이곳에서 산 셈이네요. 제 아내는 저 숲길을 정말 좋아했어요.

정말로

멍한 눈빛으로 애덤스는 중얼거렸다. 미세전류가 흐르는 듯 그의 듬성한 눈썹이 파르르 떨리는 모습이었다. 이미 창밖은 어두워져 있었다. 아름다운 길이죠. 창이 말했다. 덴버로 출퇴근할 때도 저 길을 지나는 게 큰 즐거움이었어요. 특히 가을엔 더할 나위가 없었죠. 오 아시는군요! 흡족한 웃음을 지으며 애덤스가 몸을 틀었다. 창씨는 결혼을 하셨습니까? 전 독신입니다. 그렇군요, 애덤스는 고개를 끄덕였다. 〈내일〉을 생각하면 다행한 일이죠. 그렇군요, 라고는 말하지 않았지만 애덤스는 또 한번 고개를 끄덕, 했다.

가족사진입니까?

선반에 얹혀 있던 작은 액자를 창은 그제서야 발견한 눈치였다. 일어나 액자의 먼지를 턴 애덤스가 낯을 붉히며 사진을 건네주었다. 오, 하고 창은 탄성을 뱉었다. 색 바랜 풍경 속에서 젊은 배관공과 그의 아내, 아들과 딸이 환하게 웃고 있었다. 행복한 모습이군요, 창이 말했다. 오래전 사진이죠, 애덤스는 고개를 가로저었다.

자제분들은 지금쯤 제 또래일 듯하네요.
아마도 그럴 겁니다.
다들 외지(外地)에 있나보죠?
네, 하고 애덤스는 둘러댔다.
사모님께서는요?
오래전에 이혼했습니다. 단골병원의 주치의와 바람이 났지요.
오!
정신과였나? 산부인과였나... 음... 정신산부인과였나? 아마 그랬을 겁니다.
저런.

잘 단련된 근육처럼 창의 볼살이 경련을 일으켰다. 오랜 세월 자신의 난처함을 이런 식으로 표해왔음을 풍부한 표정의 볼을 통해 애덤스는 느낄 수 있었다. 괜찮아요, 다 지난 일이니까. 과장된 손짓을 하며 애덤스는 한 덩이 남은 가슴살을 창의 접시에 덜어주었다. 그나저나 맛은 어떻습니까? 애덤스가 물었다. 최곱니다, 출렁이던 볼에 단단히 힘을 주며 창은 엄지를 치켜올렸다. 새삼스레

다 지나간 일을 애덤스는 떠올렸다. 바로 이 식탁에 존과 보니가 앉아 있었다. 아직 아이들이 어릴 때였다. 갓 중학교에 올라간 존과 어린 보니에게 어떻게든 엄마의 〈증발〉에 대해 설명해야 했다. 잘 들으렴 얘들아, 이젠 엄마를 볼수 없을 거란다. 왜? 하고 보니가 물었다. 우린... 그러니까 아빠와 엄마는 이혼을 했단다. 어른들 사이에선 흔히 있는 일이야. 오웬 아저씨 알지? 엄마는 아저씨와 함께 아주 먼 곳으로 갔단다. 왜애? 왜 그런 건데? 라고 묻는 보니의입을 존이 가로막았다. 이 바보, 조용히 해! 더는 그 자리에 앉아 있기가 힘들었다. 어둑한 방으로 들어와 말없이 한숨을 쉬던 그 순간이 떠올랐다. 존과 보니의 목소리도 기억 속에 남아 있다. 문틈을 넘어온 쥐처럼 쉬쉬 나누던 대화였다.

이혼이 뭐야 오빠?
쉿, 바보 그것도 몰라?
뭔데?
그건 이제 엄마와 오웬 아저씨가 열라 항문섹스를 한다는 거야.

잘 드셨다니 다행입니다. 액자를 자리에 돌려놓으며 애덤스가 말했다. 진심입니다 선생님. 실은 얼려둔 빵과 버터만으로 버티고 있었거든요. 지금은 아주 날아갈 것 같습니다. 닭고기라니... 게다가 제가 좋아하는 후추까지 잔뜩쳐주시고... 어수룩한 덕담의 끝을 창은 딸국, 으로 마무리지었다. 아닌게아니라 접시엔 수북이 뼈와 껍데기가 쌓여 있었다. 빌어먹을 그 껍데기 때문에, 애덤스는 여드름이 심했던 존의 얼굴을 떠올리게 되었다. 아빠 살려주세요 제발... 울부짖던 존의 표정도 잊혀진 게 아니었다. 애덤스는 세차게 고개를 흔들었다. 그 순간 지금까지와는 비교할 수 없는 큰 폭음이 도심 쪽에서 들려왔다.

†

불타는 도시를 본 것은 처음이었다. 군데군데의 작은 불이 아니라 덴버 전체가 불길에 휩싸인 모습이었다. 한동안 넋을 잃고 두 사람은 나란히 창문 앞에 서 있었다. 무슨 일일까요? 습관처럼 애덤스가 중얼거리고 알 게 뭡니까, 건성으로 창이 답했을 뿐이었다. 원인과 결과를 따질 시간도, 가해자와 피해자를 가릴 이유도 없었다. 불안에 떨거나 분개할 일도 아니었다. 그것은 그저 내일의 예습에 불과했다. 다른 곳은 어떨까요? 애덤스가 물었다.

다른 곳이라뇨?
뉴욕이든 워싱턴이든... 어디든 말입니다.

지금은 눈에 보이는 게 세상의 전부죠. 방송과 전파가 없으니.

젠장할.

실은 어제 이상한 걸 봤습니다.

이상한 거라뇨?

덴버를 다녀올 생각이었어요. 예, 뭐라도 먹을 걸 좀 구해오고 싶었던 거죠. 피자... 웃기는 일이지만 피자가 먹고 싶어 견딜 수 없었어요. 덴버에 간다 한들 피자가 있기나 할까, 생각도 들었지만 아무튼 뛰쳐나가지 않고선 견딜 수가 없었던 겁니다. 뭐, 죽어도 좋다는 기분이었어요. 그런 기분... 이해하십니까 애덤스 씨?

이해합니다.

느릅나무 숲길을 지나 2마일 정도를 더 달렸을 겁니다. 멀리 테니얼 공항이 보이기 시작하고 마침 시체 여러 구가... 길가에 버려져 있었습니다. 한가족으로 보이는 시체들이었어요. 얼른 유리창을 올리고 경사진 도로를 따라 조심조심 차를 몰 때였죠. 맙소사, 거기서 놈들을 마주친 것입니다.

파산자 놈들을요?

제가 만난 건 소떼였습니다. 젖소들이었어요.

젖소!

네, 족히 수백 마리는 되어 보였어요. 놈들은 미친듯이 어디론가 달려가고 있었죠. 도로를 가로질러... 콧물인지 침인지를 질질 흘리며 말이죠. 생각해보십시오 애덤스 씨, 수백 마리의 젖소였다니까요.

장관이었겠군요.

까닭 모를 공포를 느꼈습니다. 지나가면 그만인 소떼들인데 이상하리만치 온몸을 부들부들 떨었던 것입니다. 곧바로 차를 돌려 집으로 돌아왔죠.

저라면 한 마리 잡았을 겁니다. 어린놈으로.

놈들은 하나같이 공포에 질린 표정이었어요.

혜성이 가까워지긴 했나보군요.

다른 이유가 있을 수 없죠.

그런데 창씨, 뭐 한 가지만 물어봐도 되겠습니까?

물론이죠.

바보 같은 소리겠지만... 바보라고 생각지는 마세요.

그럴 리가 있겠습니까.

저는 사실 방송에서 떠들면 그런가보다 고개를 끄덕이는 인간입니다. 무슨 박사들의 발표며 토론이며... 그런 길로는 도무지 상황을 파악할 수 없는 늙은 이예요. 제가 궁금한 건 하납니다. 혹시나 말입니다, 누구 한 사람이라도 살아남을 가능성이 있는 건지... 즉 운이 억세게 좋다면 말이죠.

불가능합니다.

그래도 왜, 세상일이 그렇잖습니까. 비행기 사고로 전원이 죽었는데 생존자가 있다거나... 총을 열두 발 맞고도 산 사람이 있잖아요. 예전엔 그런 기사를 본 적도 있습니다. 벼락을 맞고 살아난 사람들의 모임이 있다는... 한두 번 맞고 살아난 경우엔 명함도 못 내미는 클럽이라더군요. 회장이란 사람이 인터뷰를 하는데 무려 여덟 번이나 벼락을 맞았다 하더군요. 이런 말을 하긴 뭐하지만, 전 사실 운이 좋은 사람이거든요.

오 선생님, 하며 창은 뻐근해진 뒷덜미를 주무르기 시작했다. 레퍼리는 말이죠... 쉽게 말해 너무 큽니다. 지금 이 지경이 된 것도 실은 지도층부터가 희망을 잃었기 때문입니다. 거대한 지하벙커 같은 걸로 어찌해볼 문제가 아니란 얘기죠. 지구 자체에 변형이 올 거라 믿는 학자들이 대부분입니다. 살아남는 건 박테리아나 바이러스 그런 놈들뿐이겠죠.

그건 좀 그렇군요.

뭐가요?

이 세상을 그런 놈들에게 넘겨줘야 한다는 사실 말입니다.

넘겨주고 말고의 문제는 아닌 듯한데요.

애덤스의 표정이 순식간에 격해졌다. 창의 존재를 망각이라도 한 듯 그는 골똘한 표정으로 눈앞의 불길을 바라볼 뿐이었다. 부풀어오른 혈관들이 살찐 지렁이처럼 이마를 누비며 꿈틀거렸다. 창은 딸국, 하고 침을 삼켰다. 창의 시선을 의식한 까닭인지 배관공은 역력히 스스로를 억제하는 모습이었다. 그는 다만

하등생물들!

하고 중얼거렸다. 오, 이런. 제가 또 흥분을 했군요. 아닙니다, 괜찮습니다.

애덤스는 웃었지만 여전히 불만스러운 얼굴이었다. 그러니까 제 말은! 대체 어느 세월에 놈들이 배관을 하고 집을 짓겠냐 이 말입니다. 하수도를 파고... 허허, 글쎄 제가 이렇다니까요. 하긴 파이프 놓는 일 말고 제가 뭘 알겠습니까. 안 그래요? 창은 별수 없이 쓴웃음을 지어 보였다. 자자, 이제 즐거운 얘기나 합시다! 손뼉을 치며 애덤스가 말했다.

저기 선생님.
네? 라고 말하는 대신 배관공은 어깨를 으쓱, 했다.
너무 오래 폐를 끼친 것 같습니다. 이제 그만 올라가볼까 싶군요.
할 일이 있습니까? 애덤스가 물었다.
할 일 같은 게 있을 리 없었다.
창씨, 하고 애덤스가 속삭였다.
위스키가 있습니다.

거실을 가로질러 가슴 높이의 캐비닛 앞으로 애덤스는 창을 이끌었다. 비밀 금고라 할 만한 곳이죠. 오랜 친구처럼 배관공은 윙크까지 지어 보였다. 찰칵, 문을 열자 여러 병의 위스키가 전리품처럼 보관되어 있었다. 전부 숫처녀들이죠. 조니 워커, 올드 파, 이런... 글렌피딕도 있군요. 어느 것부터 따시겠습니까? 애덤스가 물었다. 조니 워커와 올드 파, 글렌피딕보다는... 가장 상단에 놓인 타원형의 물체에 창의 시선은 머물러 있었다.

공이로군요.

예? 하고 애덤스는 멀뚱멀뚱 공을 바라보았다. 예... 공이죠. 똥이라도 싼 것처럼 애덤스의 얼굴이 붉게 달아올랐다. 애덤스는 묵묵히 공을 꺼냈고, 손바닥에 얹은 공을 천천히 돌리기 시작했다. 익숙한 손놀림이었다. 공 맞습니다. 축구... 공이죠. 축구 좋아하십니까? 애덤스가 물었다. 창은 별다른 대답을 하지 않았다. 복잡, 미묘한 시간이 잠시 두 사람의 발목을 스치며 방울뱀처럼 빠져나가는 느낌이었다.

평생 브롱코스를 응원해왔습니다. 존 얼웨이*는 아시죠?
모릅니다.
이런, 존의 패스를 보셨어야 하는데.
창은 아무 말도 하지 않았다.
오 젠장, 하고 애덤스는 한숨을 쉬었다. 창씨... 설마 제가 이걸 튕기며 공놀이를 했다 여기는 건 아니겠죠? 이 나이에... 운동화를 신고 삑, 삑 소리를 내며 말입니까?
창은 생각에 잠긴 표정이었다.
잘 보세요. 여기 찍힌 마크를. 이건 매우 귀한 장식용 볼입니다. 함부로 다룰

* John Elway : 덴버 브롱코스의 전설적인 쿼터백.

만한 싸구려가 절대 아니란 얘기예요. 긁힌 자국 하나 없이 고이 보관해온 놈이죠. 누군가 이걸 튕기고 논다? 그럼 제 손에 아작이 났을 겁니다.

실은 여기저기 긁힌 자국을 볼 수 있었다.

못 믿겠습니까? 애덤스가 물었다.

창은 의외로 선생님, 이건 농구공이 아니잖아요? 라며 미소를 지었다.

창의 어깨를 툭 치며 배관공도 껄껄 웃음을 터뜨렸다.

아무래도 좋다고 창은 생각했다. 누가 파울을 했건 말건 레퍼리의 호루라기가 울리면 모든 게 끝이란 생각이었다. 보자, 어떤 예쁜이가 좋을까? 애덤스는 서둘러 위스키를 고르기 시작했다.

†

깊은 밤이었다.

빈 병을 내려놓으며 애덤스는 〈후회막심〉이란 표현을 썼다. 이렇게 좋은 술 친구가 이웃에 있다는 걸 왜 진작 몰랐을까요? 그러게 말입니다. 위스키처럼 붉어진 얼굴로 두 거구는 말을 주고받았다. 이게 마지막이로군요. 힘주어 마개를 따며 애덤스가 중얼거렸다. 간간이 폭음이 들려오는 인류의 마지막 밤이었다.

창씨! 당신은 참 좋은 사람이오.
술을 따르며 애덤스가 말했다.
선생님이야말로.
건배!

몇시간째 두 사람은 농담을 주고받았다. 달리 할 애기가 있지도 않았다. 웃고 떠드는 일이야말로 지금 이 순간 두 사람이 할 수 있는 최선의 선택이었다. 줄어드는 술과 함께 서서히 농담도 바닥을 드러내고 있었다. 내일이면 조니 워커드(walked)가 되겠군요. 조니 워커의 라벨을 가리키며 짜낼 수 있는 마지막 농담을 창이 뱉었다. 희미한 조명 아래서 애덤스는 그저 희미하게 웃을 뿐이었다. 마십시다. 애덤스가 말했다. 이제 더는 웃을 일도 없을 것 같았다.

제 생각을 한번 말해볼까요? 스트레이트로 잔을 비운 후 애덤스는 진지한 얼굴이 되었다. 코가 삐뚤어지도록 마시는 겁니다. 하나도 남김없이 싹! 그리고 뻗는 겁니다. 혜성인지 뭔지가 올 때까지 큰대자로 누워 말입니다. 자다 죽는 놈만큼 행복한 놈이 있음 나와보라지. 안 그래요? 좋은 아이디업니다, 라며 창도 독주를 들이켰다. 두 번의 폭음이 이어질 동안 그리고 두 사람은 아무 말도 하지 않았다. 좋은 아이디어가 나왔는데도 창은 갑자기 눈물을 쏟기 시작했다. 그런 창을, 애덤스는 내버려두었다.

죄송합니다 선생님.

뭐가요, 이게 다 빌어먹을 혜성 때문인데.

저는... 저는...

창씨, 우리 행복했던 기억을 떠올립시다. 우리에겐 많은 추억이 있어요.

식탁을 건너온 애덤스가 아버지처럼 동양인을 부둥켜안았다.

아시죠? 우리가 사랑했던 사람들... 또 우리가...

창의 목덜미를 어루만지다 애덤스도 울컥, 울음을 터뜨렸다.

두 사람은 함께 울었다.

저는 한번도 행복했던 적이 없습니다. 창이 말했다. 그렇지 않습니다. 절대 그렇지 않아요. 불타오르는 덴버를 바라보며 애덤스가 속삭였다. 우린 저 빌어먹을 놈들과는 다르니까요. 창씨, 우린 끝까지 최선을 다한 인간들이었습니다. 서로를 이해하려 들고 신이 원했던 인간의 예의를 잃지 않았어요. 우리는 인간이어서 행복했던 것입니다. 아아 창씨... 돌아온 아들을 품에 안은 듯 배관공은 성경을 암송하기 시작했다. 온갖 환난 중에서 우리를 위로하사 우리로

하여금 하나님께 받는 위로로써 모든 환난 중에 있는 자들을 능히 위로하게 하시나이다,[*] 아멘. 창도 엉겁결에 아멘을 따라했다.

애덤스의 화장실에서 창은 꽤 여러가지 일을 하고 나왔다. 우선 기나긴 소변을 보았고, 약간의 구토를 했으며, 입을 헹구고 세수를 하고는 다음과 같은 생각을 하게 되었다. 지금 대체 여기서 뭘 하고 있는 거지? 세차게 얼굴을 흔들고 나서는 식탁으로 돌아왔다. 선생님, 이제 정말 가봐야 할 것 같습니다. 너무 오래 폐를 끼쳤어요. 이런, 아직 술이 남았는데... 배관공의 얼굴이 일그러졌다. 뭐 할 일이라도 있습니까? 애덤스가 물었다. 예, 있습니다. 창이 말했다. 이런 정말 아쉽군요.

친절한 배관공은 비틀거리는 창을 부축해주기까지 했다. 정말 괜찮습니다. 아직은 워커(walker)예요, 워커드(walked)가 아니죠. 두 거구가 나란히 지나가기엔 복도가 지나치게 길고 좁아 보인 것도 사실이었다. 철컥, 현관문을 열자 미지근한 밤공기가 입구까지 밀려들었다. 그래요, 조심해서 가시길. 두 사람은 악수를 나누었다. 못내 아쉬운 마음이었는지 애덤스는 물끄러미 창의 뒷모습을 지켜보았다. 시선을 느낀 건 아니었지만 참, 하고 창은 뒤를 돌아보았다. 혀가 꼬인 목소리였다. 선생님은 행복했던 적이 있습니까? 창이 물었다. 행복이라... 주머니 깊이 손을 찌른 채 배관공은 잠시 허공을 바라보았다. 늦

* 고린도후서 1장 4절.

처럼 깊고 끈적한 꿈속을 헤매는 표정이었다. 그는 한동안 말을 잇지 못하다

디즈니랜드에 갔었습니다.

팔을 펼치며 중얼거렸다. 아이들에게 한 약속이었죠. 제 아이들... 말입니다. 오랜 세월 되새겨온 거짓말이었지만 그는 자신의 전부를 동원해 스스로의 환상에 몰입해 있었다. 오, 하고 창은 고개를 끄덕였다.

그랬군요. 디즈니랜드라...
창씨는 가보셨습니까?
창은 웃으며 고개를 가로저었다.
창씨, 하고 애덤스가 물었다. 내일... 그러니까 정확히 몇시죠?
3시 10분경입니다. 콜로라도 타임이니 약간의 오차는 있겠죠.
그렇군요... 푹 주무세요.
선생님도.

문을 닫고, 애덤스는 다시 혼자가 되었다. 현관을 잠글까 망설이다 몰라, 하고는 내버려두었다. 반쯤 남은 위스키를 병째 들고서 그는 말없이 거실을 서성였다. 생각처럼 쉽게 잠은 오지 않았다. 술을 한 모금 털어넣고 그는 털썩, 소파에 주저앉았다. 얘길 안하길 잘했어. 그는 스스로를 향해 중얼거렸다. 말

하자면, 그는 끝끝내 층간소음에 대한 얘기를 하지 않았다. 미치고 팔짝 뛰어야 할 사람은 실은 애덤스였다. 그는 아무 소리도 내지 않았고, 오히려 일주일째 소음에 시달리고 있었다. 적반하장격으로 시끄럽다는 항의전화를 받았을 때도 그러려니 웃어넘겼다. 인생을 살 만큼 산 사람의 지혜였을까? 끝내 예의를 잃지 않음으로써 괜한 시비를 피할 수 있었다. 정말 잘한 일이야, 중얼거리며 그는 벽을 향해 축구공을 던졌다. 굿 패스! 덕분에 미키와 도널드처럼 즐거운 시간을 가지지 않았던가.

폭음이 다시 귀를 울렸다. 밤이 깊어도 불길은 사그라들 기미가 보이지 않았다. 지랄 염병을 떠는군, 하고 애덤스는 다시 위스키로 목을 축였다. 그는 멍하니 앉아 있다 〈비밀금고〉라 할 만한 자신의 캐비닛을 열었다. 옷걸이 아래 떨어진 공을 제자리에 올려놓고... 그리고 또, 캐비닛 맨 아래의 철제서랍을 열었다. 수건에 싸인, 고물상에나 있을 법한 구닥다리 캠코더가 서랍 속에 들어있었다. 그는 캠코더를 들고 소파로 돌아왔다. 이제 보니를 보는 것도 마지막이겠군, 전원을 연결하고 자세를 잡기 시작한다. 미미한 소음과 함께 녹화된 영상이 흐릿하게 떠오른다. 착하지 보니? 다른 누구도 아닌 자신의 목소리를 늙은 배관공은 자신의 귀로 확인한다. 일곱살 보니의 얼굴이 화면에 드러난다. 천진한 보니는 아빠의 다리 사이에 앉아 있고, 작은 손엔 커다란 페니스가 쥐어져 있다. 디즈니랜드에 데려가줄게, 애덤스의 목소리가 스피커를 통해 흘러나온다.

엄마도 오빠도 같이 가는 거야? 보니의 목소리도 들려온다.

그럼 그럼.

엄마는 언제 오는 거야? 또 오빠는?

며칠만 자면 온단다, 자 이제 시작하렴.

보니는 배운 대로 펠라치오를 시작한다.

캠코더가 다 돌 때까지 애덤스는 소파에 앉아 있다. 이미 시간은 자정을 훨씬 넘어 있다. 예쁜 것, 하고 중얼거린 후 애덤스는 위스키를 마저 비운다. 아무리 그래도 그렇지, 전화도 한 통 안하냐... 나쁜 년! 이라고도 중얼거린다. 이게 다 당신을 닮아서야, 안 그래? 거실 오른쪽의 벽을 향해 그는 소리친다. 시멘트뿐만이 아닌 시멘트 벽 속에선 아무런 대꾸도 들려오지 않는다. 좌우로 목을 우두둑, 꺾어주고는 애덤스는 자리를 일어선다. 빈 병을 들고 그는 다시 거실을 서성인다. 지팡이 대신 빈 병을 손에 쥔 조니처럼, 그는 걷는다... 좁은 거실을 맴돌기 시작한다. 그는 삑, 삑 휘파람을 불어본다. 빈 병을 식탁에 내려 놓고

내려놓다가

의자 위에 놓여 있는 총을 발견한다. 창이 앉았던 자리였다. 뚝, 휘파람 소리

가 끊어진다. 그는 우두커니 총을 바라보다가... 집어든다, 피스톨을 열어 잘 장전된 여섯 발의 탄알을 확인한다. 그는 잠시 눈을 껌벅였지만 별다른 반응을 보인 것은 아니었다. 귀찮은 듯 다만 현관을 잠그고 돌아와 그는 크게 하품을 한다.

†

눈을 떴다. 몇번이고 마른침을 삼키고 난 후에야 애덤스는 시간을 확인한다. 2시 35분. 제기랄, 하는 그의 표정에 실망이 가득하다. 떡진 머리로 소파에 앉아 그는 침침한 눈을 몇번이고 문지른다. 그는 물을 마신다. 화사한 햇살이 물잔을 쥔 그의 손등을 귀찮게도 간지럽힌다. 그는 창가로 다가간다. 여전히 연기가 치솟는 시내를 제외하고는 별일 없는, 더없이 고요한 세상의 풍경이다. 멀리 느릅나무로 뒤덮인 숲 쪽을 바라보다 그는 소파로 돌아온다. 제기랄, 하고 그는 중얼거린다. 이제 뭘 하지? 뾰족한 생각이 떠오르지 않는다. 쿵, 쿵 천장을 울리는 소음이 그의 신경을 거스른다. 두 손에 얼굴을 파묻은 채 그는 끝까지 이럴래? 라고 중얼거린다.

그는 얼굴을 든다. 소파에 몸을 묻은 채 멍하니 앉아 있다 덴버 브롱코스의
사인볼을 말없이 집어든다. 익숙한 동작으로 그는 공을 던지기 시작한다. 타
원형의 가죽공이 시원스레 벽을 때리자 그나마 조금씩 기분이 나아진다. 뻑,
뻑 휘파람을 몇번 불다

그는 우두둑
뻐근한 목을 꺾어주었다.
여전한 가죽공의 느낌은
아는 사람만이 알 것이다.

양을 만든 그분께서
당신을 만드셨을까?

세시, 덤불 쪽

　고가 속삭였다. 렌즈 속의 덤불이 꿈틀였다 싶은 순간 이미 도의 손가락은
방아쇠를 당긴 후였다. 복화술 인형의 트림 같은 연기가 도의 총구에서 피어
올랐다. 놓쳤잖아. 고가 중얼거렸다. 놓쳤군. 렌즈에서 눈을 떼며 도가 말했다. 그
래도 꽤나 잡았지? 비로소 입술을 움직이며 도가 말했다. 아흔일곱, 아니 여섯
인가... 고의 말이 끝나기도 전에 팝콘 튀기는 소리가 들려왔다. 열한시 쪽이
었다. B10~14! 고의 속삭임보다 먼저 도의 라이플이 불을 뿜었다. 니미럴. 누군가
그렇게 속삭였지만 둘 중 누구도 입술을 움직이진 않았다. 흩어진 무리들이
연이어 팝콘을 튀겨댔다. 콜라로 채워진 풀장처럼 검고 차가운 하늘이었다.

* 이 작품은 연작소설 「선인장 포자」의 한 편임을 미리 밝혀둔다.

더없이 고는

목이 말랐다. 사이렌이 울렸다. 휴우, 하고 고와 도는 돌아누웠다. 휴식이 찾아온 것이다. 못이 박인 팔꿈치를 어루만지며 도는 시계를 확인한다. 3시 45분. 무슨 의미가 있겠냐마는, 그래도 3시 45분… 하고 중얼거려보는 것이다. 니미럴. 또 누군가 그렇게 속삭인다. 만사가 귀찮은 듯 도는 느릿느릿 세 바퀴를 굴러 냉장고의 손잡이를 움켜쥔다. 반쯤 남은 캔을 고가 내밀지만 맥주보다는, 하는 얼굴로 도는 햄을 집어든다. 사나흘 된 시체처럼 테두리가 굳은 햄이 서둘러 묻히는 관처럼 도의 입속으로 사라진다. 남은 맥주를 들이켠 고가 난간 너머로 캔을 집어던진다. 또 무슨 의미가 있겠냐마는, 휘이~ 길게 도가 휘슬을 불어준다. 잠을 자든 누군가를 올라타든, 다시 사이렌이 울리기까지 모든 게 자유로울 것이다. 라이플이 걸쳐진 난간으로 다가가 고는 소변을 보기 시작한다. 길고 희미한 물줄기가 망루 아래로 아찔하게 쏟아진다. 고는 담배를 꺼내문다. 그리고 두어 번 좆을 턴다.

펠라치오 좀 해줘. 햄을 곱씹으며 도가 말했다. 돌아와 침대에 엎어진 고가 발로 끈 풀린 군화를 털어내며 중얼거린다. 싫어, 졸려. 이내 코 고는 소리가 망루를 가득 메운다. 멀뚱히, 한 토막의 햄처럼 도는 〈물질적〉으로 앉아 있다. 니미럴. 입술을 움직이진 않았지만 확실히 도가 내뱉은 말이었다. 고의 담배를 슬쩍하고서 도는 똥이나 싸야겠다는 생각을 한다. 똥통까지 — 정확하게는 난간

원 끝의 동그란 구멍이지만, 도는 느릿하게 걸어간다. 구멍 중심에 항문을 잘 맞추고 담배에 불을 붙인다. 그린베레라도 태운 수송기 조종사처럼, 그의 얼굴에 포만감과 거만함이 번지기 시작한다. 낙하가 시작된다. 판자의 구멍과 아래의 어둠이 오늘따라 깊고 아득하다. 오늘따라, 이거야 원 사단 병력이 아닌가. 곧이어 닥칠 유혈사태를 직감하며 도는 움찔한다. 니미릴! 압력으로 부푼 똥구멍처럼 그의 입술도 움찔, 한다.

　망루는 탑처럼 솟아 있다. 정확한 건 아니지만(정확한 게 또 무슨 소용이란 말인가), 즉 12미터라고 도는 믿고 있다. 오래전 옷을 찢어 엮은 밧줄로 망루의 높이를 잰 적이 있었다. 군용 단검을 매달아 아래로 늘어뜨렸고, 길이가 모자라면 다시 옷을 찢어 이었다. 툭. 단검이 바닥에 닿는 순간 온몸이 다 찌릿했었다. 아니, 이 정도지 않나 싶어. 도가 느끼는 1미터는 고의 그것보다 반 뼘이 짧았지만, 여하튼 그 정도라 둘은 결론을 내렸다. 끌어올린 단검의 손잡이엔 흙이 묻어 있었다. 역시 땅이었어! 도가 외쳤지만 아래가 땅이란 사실이 좋은 건지 나쁜 건지 판단은 서지 않았다. 그리고 둘은 서로를 쳐다보았다. 내내 통화중 신호가 울리는 수화기를 끝끝내 들고 있는 기분이었다. 이제 어쩌지? 한참의 침묵이 지난 후 팬티 차림의 도가 물었다. 소매가 사라진 야상을 걸친 채 고가 중얼거렸다. 어쩌긴... 어쩌라구.

　이어진 담이나 건물이 없어 망루는 그야말로 섬 같은 느낌이다. 게다가 이곳은 언제나 캄캄하다. 진짜 문제는 그것이라고 고는 늘 투덜거렸다. 여긴 지구잖아! 당연한 일이지만 그들이 아는 곳은 지구가 전부였다(니미럴, 다른 무엇을 상상할 수 있겠는가). 그런데 왜 해가 안 뜨지? 남극이나… 그런 곳이 아닐까? 볼멘소리를 해댄 것도 까마득한 옛날이다. 이곳은 언제나 밤이다. 하루하루 빗금을 새겨 기록하던 달력도 멈춰선 지 오래였다. 잘난 빗금의 수가 3,000개를 넘고 나자 더는 누구도 시간을 재고 칼로 벽을 후비는 미친 짓을 하지 않았다. 별은 무수히 떠 있지만 달을 본 적은 없다. 즉 여러모로 이곳은 지구가 아니었다. 그러나 지구가 아니라면, 하고 고는 미친놈처럼 중얼거렸다. 어떻게 냉장고에 버드와이저가 있지? 도의 생각도 같았다(냉장고는 제너럴일렉트릭이었으니까). 즉 전기가 들어온다. 덩굴처럼 타오른 한 줄의 케이블이 숙소의 두꺼비집에 이어져 있다. 벨덴. 케이블의 외피에는 벨덴, 벨덴 제조회사의 이름까지 줄줄이 새겨져 있다. 그러니 이곳은 지구지만… 몰라, 니미럴.

숙소라고는 해도, 네댓 평 크기의 오두막이다. 전등, 무전기, 라디오, 탄창박스… 잡다한 것들이 가득한 사물함, 냉장고… 그리고 협소한 두 개의 야전침대가 전부다(참, 똥통 옆의 녹슨 수도꼭지를 빠뜨리면 또 섭하지). 그리고 전방으로 두 개의 거치대가 설치된 난간이 무인도의 선착장처럼 볼품없이 붙어 있다. 이게 전부야, 전부라니까 니미럴… 떠들어봐야 또 무슨 소용이겠냐마는, 즉 〈태초〉 즈음에는 허공을 향해 몇시간씩 총을 갈긴 적도 있었다. 여긴 어디지? 우리가 왜! 여기 있냐구… 고함을 다 지를 때였으니 그야말로 태초의 일이다. 체념이란 교관의 회초리질에 둘은 절로 고도의 복화술을 익히게 되었다. 말은 아무런 소용도 없는 것이었다. 둘은 점점 입보다 똥구멍이 자주 열리는 인간이 되어갔다. 언제부턴가 자신의 성(姓)이 기억나지 않았다. 이름도 좀처럼 떠오르지 않았다. 고... 뭐라고 하지 않았어? 너는 도... 뭐시기였는데. 결국 남은 이름의 파편으로 서로를 부를 수밖에 없었다. 길고 긴 세월이었다. 몇백년은 지나지 않았을까? 아무래도... 하지만 해가 뜨지 않으니 하루가 지나지 않았다고도 말할 수 있지. 둘은 중얼거렸다. 그럼에도 가끔 그런데 정말... 여긴 어디지? 생각을 할 수밖에 없었다. 도대체 어디냐고 씨발! 최근에도 도는 울음을 터뜨렸었다. 펠라치오를 멈춘 고가 더없이 지저분한 손으로 도의 눈물을 닦아주었다. 두 올의 음모가 붙은 끈적한 입술이 도의 귓가에서 다정하게 속삭였다. 여기가 어딘지 아는 인간은 아무도 없어, 세상 누구라도 마찬가지야. 그럴까? 그래, 니미럴.

침대에 걸터앉아 도는 눈앞의 어둠을 응시한다. 처음 눈을 뜬 순간 몸을 일으켜 바라본 바로 그 풍경이다. 어디선가 잠이 들었고(그렇게밖엔 생각할 수 없다), 그러니까 이곳에서 눈을 뜬 것이다. 꿈이 아니었다. 그리고 혼자가 아니었다. 입을 허 벌린 채 맞은편 침대에 앉은 생소한 인물이 자신을 쳐다보고 있었다. 당신... 누구야? 고, 고... 라고 하오, 당신은? 난 도... 벽에 바짝 등을 붙인 채 서로가 나눈 첫 대화였다. 여긴 어디지? 나도 몰라. 오 쉿, 저건 총이잖아! 뭔가 확인할 겨를도 없이 사이렌이 울렸다. 뭐, 뭐야? 본능적으로 둘은 납작하게 엎드렸고, 거치대에 놓인 두 개의 라이플을 거머쥐게 되었다. 누가 시킨 것은 아니지만, 사이렌이 울리는데 마주앉아 묵찌빠 같은 걸 할 수는 없는 노릇이었다. 길고 긴 사이렌이 주변을 휘감고 나자 세계 묵찌빠 챔피언의 묵! 같은 정적이 고와 도를 강타했다. 당신 총 쏠 줄 알아? 어금니를 딱딱 부딪치며 도가 고에게 속삭였다. 고개를 끄덕인 고가 말없이 탄창을 장착했다. 탄창은 산더미같이 쌓여 있고, 눈앞의 어둠보다 더 어두운 물체들이 느릿느릿 망루를 향해 다가오고 있었다. 그것이 무엇인지, 왜 이곳으로 오는지는 아무도 알 수 없었다. 그리고 그때

어느 쪽이 먼저 총을 쏘았는지도 지금은 기억이 불분명하다. 태초에 총을 쏜 건 놈들이었어! 그 얘길 꺼내면 고는 늘 흥분했지만, 흐릿하나마 도의 머릿속엔 고의 다급한 외침이 남아 있기도 했다. 총이 괜히 여기 있겠냐구! 아·무·튼 — 둘 중 하나다. 놈들이 팝콘을 튀긴 순간 고가 좆나게 방아쇠를 당겼거나, 고가 한 방 쏘자마자 놈들이 와르르 팝콘을 튀겼거나. 아니 실은, 도는 끝내 부들부들 떨었으므로 무엇 하나 확실한 게 아닐 수도 있다. 어·쨌·기·나 — 묵! 하는 순간 보든 바위든 결정을 내려야 했다. 그것이 총성이었든, 혹은 견딜 수 없이 두려운 정적의 순간이었든. 이봐 고, 그럴 땐 애초에... 라고 하지 않나? 태초라는 건 뭔가 다른... 니미럴, 모르겠어... 모르겠다구! 결국 둘에게 그것은 〈태초〉가 되었다.

어김없이 정확한 것은 사이렌이다. 사이렌이 울리면 어디선가 놈들이 기어나오기 시작한다. 그리고 한바탕 팝콘 잔치가 벌어지고 다시 사이렌이 울리면 놈들이 물러가는 것이다. 사이렌의 주기는 일정치 않지만 놈들의 출현과 퇴각

은 언제나 일정했다. 고와 도에게, 그래서 사이렌은 지옥이 열리는 신호이자 천국의 계단을 밟는 소리였다. 그리고 그사이 배를 채우고 배를 비우거나 잠을 자는 것이다. 그리고 잠을 깨면 모든 것이 채워져 있다. 맥주와 식량, 탄창과 전구… 하다못해 모기약이나, 날이 무뎌진 손톱깎이. 물론 언제나 백 프로가 아니라 바닥이 나거나 고장난 품목에 한해서다. 이걸 가져다놓는 놈은 누구지? 모르긴 해도 우릴 이곳에 가둔 놈이 분명해. 뜬눈으로 혹은 실눈으로 지켜봐도 소용없는 일이었다. 고와 도, 누구 하나라도 깨어 있으면 리필이 일어나지 않았다. 전구니 모기약이야 그렇다 쳐도, 탄창과 식량은 목숨과 직결된 것이었다. 살기 위해서라면, 잠을 자야만 했다. 자야 하는데… 하고 도는 어둠을 응시하며 중얼거린다. 니미럴. 아직도 뒤가 쓰리고 따가웠다. 대공포에 후미를 얻어맞은 수송기 조종사처럼, 도는 불쾌한 얼굴로 맥주를 들이켠다. 슬쩍한 담배도 이미 빈 갑이다. 자야지… 자야 해. 쿵 하고 그는 코를 푼다. 뇌의 일부가 쏟아져나올 기세였으니 콧속이 후련해졌음은 두말할 필요도 없다.

눈을 뜨자마자 고는 담배부터 찾았다. 난간 주변과 도의 야상까지 뒤졌으나 널브러진 빈 갑이 전부였다. 뒤통수를 긁으며 고는 사물함을 연다. 늘 그랬듯, 아직 자위도 못해본 여학생들로 바글한 미션계 스쿨버스 같은 느낌의 카멜 두 보루가 놓여 있다. 그중 하나를 뜯어 세 갑 정도를 야상 이곳저곳에 쑤셔넣는다. 똥을 누고 나자 불붙은 담배라도 씹어삼키고 싶을 만큼 배가 고팠다. 고는 먹고, 마신다. 아무 생각이 없었으므로 아무런 맛도 없는 식사였다. 끄억 하고 맥주를 한잔 들이켜자 도가 일어나 눈을 비빈다. 머리를 긁고, 흥 콧김을 한번 내쉰 도가 담요 속에 감춰진 손으로 자위를 시작한다. 부르르 도가 몸을 크게 떨 때까지 고는 무덤덤히 두 명의 여학생을 빨고 또 빨았다. 후 한숨을 내쉰 도가 이봐 고, 하며 몸을 틀어 앉는다. 새로운 기억이 떠올랐어! 러닝 자락으로 좆을 닦으며 도가 중얼거린다. 뭐, 정말이야? 하고 고는 묻지도 않는다.

난 바젤에 살았었어. 알아? 거긴 스위스야.

지난번엔 시드니라며.

시드니가 아니야, 근처의 포트스테판!

지구는 넓지.

이봐, 그러니까 나는 포트스테판에서 살다 스위스로 간 거란 얘기지.

공항도 많지.

들어봐, 생생히 기억났으니깐. 난 택시를 몰았어. 운쌍이었단 말이야! 아무튼 콜을 받고 바젤 역 건너편에 차를 댔어. 날 부른 놈은 검둥이였지. 비싼 옷을 걸쳤지만 눈두덩엔 거즈를 붙였더군. 놈이 히죽하길래 나도 히죽, 했어. 첫눈에도 뭔가 죽이 맞겠다는 느낌이 들더라구. 척, 시트를 뒤로 젖히며 놈이 그러는 거야. 이 동네에서 젤루 화끈한 데로 안내해주슈. 내가 얘기했지. 사람 제대로 불렀소. 그러자 놈이 악수를 청하며 말했어. 오늘 돈도 제대로 벌었수! 입이 커서 그런지 늘어놓는 말마다 속이 훤히 들여다뵈는 놈이었지. 지금 내 위 속엔 오후에 먹은 살라미 세 조각, 콜라, 치즈캔디가 들어 있소, 그런 느낌이었다구. 놈을 어떻게 구워삶을까 생각에 하마터면 행인을 칠 뻔도 했다니까.

사고도 많지.

이봐, 네덜란드에서 왔고 킥복싱을 하는 친구였어. 취리히 클럽에서 시합을 하고 져주는 댓가로 꽤나 돈을 받았다더군. 잘도 그런 말을 해대기에 돈이 있고 간이 크다면 〈약속의 땅〉으로 가보시죠, 했어. 약속의 땅? 하고 놈이 솔깃하더군. 약속의 땅에 비하면... 하고 나는 잠시 차를 세웠어. 다른 곳은 수녀원이나 마찬가지죠. 거즈가 떨어질 정도로 놈의 미간이 요동을 치더군. 단, 하고 나는 놈의 존심을 건드렸어. 물건이 부실하면 본전은커녕 들것에 실려나오는 곳이 거기라고. 그러자 놈이 히죽 웃더군. 이보슈, 유전자 친자확인이라고 들어보셨나? 내가 고갤 끄덕이자 아예 대놓고 통을 쳤어. 유전자 감식을 한다면 말이오, 실은 암스테르담 신생아의 절반은 내 아들딸들이오. 맙소사, 하고 내가 받아쳤지. 그럼 책에서 읽은 그... 댐의 구멍을 좆으로 막아 나라를 구했다던 바로 그분? 좋아 죽겠는지 놈은 발을 쿵쿵 구르며 뒤집어졌어. 눈물을 닦으며 놈이 말하더군. 아니... 그분은 우리 아버지고.

사기꾼들.

이봐, 고... 사기꾼이란 말은 없어, 재주꾼이란 말은 있지만.

재주꾼들.

〈약속의 땅〉이 아니잖아? 놈이 말했지만 약속의 땅 같은 게 있을 리 없었지. 이보슈 수녀원이 아니라니까, 걸리면 우린 철창행이야. 참 순진한 놈이었지. 빌름 가의 낡은 술집으로, 으슥한 비상계단으로, 다시 돌아나와 빌트만이 운영하는 모텔의 비상구로 나는 놈을 안내했어. 가는 내내 빌트만과 통화를 하며 뭔가 어마어마한 접선을 하는 척했어. 시방 뭔 소리여, 돈이나 갚어 이놈아! 독일 돼지가 꽥 했지만 내 귓구멍이야 이미 납땜한 지 오래였지. 되레 정색을 하고 검둥이에게 물었어. 촬영을 원하시냐고 묻는데, 또 약은? 촬영이란 말에 다시 놈의 거즈가 팔랑하더군. 인디언처럼 붉어지며 놈이 고갤 끄덕였어.

인디언은 적지.

꼭대기 제일 큰 방에 들어가 놈을 앉혔어. 모조리 긁었다 느낌이 들 만큼 흥정을 하고 선금을 챙겼지. 그리고 말했어. 각오 단단히 하라고, 당신 아버지가 와도 이 구멍은 막기 힘들 거라고. 흐흐 하고 놈이 윙크를 하더군. 맛이 간 놈에게 내가 아닌 누구에게도 문을 열어줘선 안된다 당부를 했지. 약속의 땅엔 늘 경찰과 끄나풀이 들끓는 법이니까. 바보가 고개를 끄덕이더군. 친구, 이름이 뭐지? 내가 물었어. 에스트라공! 좋아, 그럼 똑똑 다섯 번에 에스트라공! 오케이? 오우, 케이! 놈의 눈부신 치아는 정말 슬프고도 아름다웠지. 모텔을 나오다 빌트만에게 딱 걸렸지만 돈을 좀 나눠주자 돼지는 흡족해했어. 그리고 길을 걸었어. 걷다가…

여기로 온 거지?
그런 것 같애.
그럼 넌 누구였지?
니미럴… 그건 생각이 안 나.

전부 꿈이야.

아니야, 그럴 리 없어.

이봐 도... 지난번에 넌 시드니에 살았고, 거기서 기적을 행했다 했어. 앉은 뱅이를 일으키고, 대머리와 아토피를 낫게 하고... 시드니의 성인(聖人)으로 지역 언론에 나고...

시드니가 아니라 포트스테판!

그래, 포트스테판. 그리고 어쨌거나 스위스로 건너가 사기꾼 운짱이 되었다!

재주꾼.

그래, 재주꾼... 어쨌거나 그럴 리 없다는 거지.

그렇지 않아.

불쌍한 친구... 그런 생각은 해본 적 있나?

무슨 생각?

이를테면 지금 우리가 쓰는 말 같은 거 말이야... 실은 영어가 아니라 체코 말이나 한국말... 그런 거면 어쩌지?

그럴 리 없잖아. 게다가 한국이라니 그따위 나란 첨 들어봐. 또 니미럴, 내가 한국놈이면 어떻게 버드와이저를 읽지? 저 라디오는 제니스야, 제니스를 어 떻게 읽겠냐구.

ABC는 어디서나 배워, 이 친구야. 내 말은... 우리에게 정확한 건 아무것도 없다는 거야. 심지어 인종조차도.

니미럴!

왜 맨정신에선 기억이 안 떠오르지? 왜 잠을 잘 때만 그런 과거가 떠오르냐고.

니...

그렇다고 슬퍼할 이유 없어. 어디서 온 건지, 이곳이 어딘지 아는 인간은 어차피 없는 거니까.

똥구멍이 따가워.

그래, 그럼 된 거야.

고는 총을 손질한다. 아무 말 없이 도는 손등과 등짝에 모기약을 바르고 있다. 가려운, 어깻죽지 안쪽엔 손이 닿지 않는다. 발라줘. 돌아앉은 도가 모기약과 등을 고에게 들이민다. 여기? 거기 말고, 여기? 더 아래! 묵묵히 고는 약을 문지른다. 개꿈, 즉 얼간이 도가 말하는 기억에 대해 고는 생각한다. 오래전, 그러니까 오래전에는 고도 그것을 기억이라 믿었었다. 언제나 생생하고, 각국 각지의 장소가 등장하고, 변함없이 누군가를 기다리게 해놓고... 이곳으로 온 느낌... 해서, 돌아가야만 할 것 같은 그 느낌.

그게 전부 사실이면, 우린 신이야.

언젠가 결론을 얘기하자 고의 엉덩이에 올라탄 채 도는 낄낄거렸다. 신... 나는 신이다! 우린 신이다! 농담이 아냐, 도. 인간이 어떻게 전! 세계에서 살 수 있겠냐구, 안 그래?

대답 대신 후끈한 입김과 땀이 고의 뒷덜미에 쏟아져내렸다. 이봐 도, 듣고 있어? 듣고 있는 거냐구! 곁눈질로 들썩이는 도의 어깨를 노려봐도 도는 이미 제정신이 아니었다. 헉, 쫌만... 쫌만 더 참아! 시간은 끝없이 긴 것이었다. 참기 위해서는, 그 모두가 꿈이란 믿음이 필요했었다. 그래도, 하고 도가 중얼거린다. 그래도, 도는 아쉬움이 남은 것이다. 펜만 있으면 침대에 누운 검둥이를 그릴 수도 있다고 도는 생각한다. 또 무슨 작당을 한 거야? 독일 돼지의 목소리도 생생했다. 니미럴. 불만으로 부푼 자신의 입에 도는 담배를 물려준다. 이봐 고... 도는 반격을 시도해본다. 돌아갈 곳이 있고 없고는 큰 차이라구, 알아? 고는 대꾸도 하지 않는다. 내 말은 말이야... 입이 있어야 똥구멍도 있다는 얘기야, 누가 뭐래도 우린 여기서 태어나지 않았다구! 달그락, 모기약의 뚜껑을 잠그다 말고 그제야 고가 중얼거린다. 제발, 도!

죽었다 깨도 똥구멍은 입이 어디 붙었는지 알 수 없어.

그건 그래, 라고 도는 대꾸도 하지 않는다. 도는 일어나 전등에 매달린 끈을 잡아당기기 시작한다. 또각. 또각. 꺼지고 켜지는 전등을 바라보며 도는 말없이 담배를 피울 뿐이다. 시간은 끝없이 긴 것이어서, 도는 그 동작을 백 번은 반복한다. 묵묵히, 그리고 도는 지나간 시간에 대해 생각한다. 말하자면... 아브라함이 이삭을 낳고 이삭은 야곱을 낳고 야곱은 유다와 그 형제를 낳고 유다는 다말에게서 베레스와 세라를 낳고 베레스는 헤스론을 낳고 헤스론은 람을 낳고 람은... 하여 바벨론으로 잡혀간 후, 여고냐는 스알디엘을 낳고 스알디엘은 스룹바벨을 낳고 스룹바벨은 아비훗을 낳고 아비훗은 엘리아김을 낳고 엘리아김은 아소르를 낳고 아소르는 사독을 낳고 사독은 아킴을 낳고 아킴은 엘리웃을 낳고 엘리웃은 엘르아살을 낳고 엘르아살은 맛단을 낳고 맛단은 야곱을 낳고 야곱이 마리아의 남편 요셉을 낳을 만큼의... 시간이었다. 니미럴, 하고 그는 중얼거린다. 그토록 먹고 자고 쏘고 죽이고 하고 싸고 피고 마시고 듣고 말하고 닦고 빨아주고 또각... 또각... 한 것이다. 니미럴, 도는 다시 한번 중얼거린다.

  전등놀이에 싫증이 난 듯 도는 맥주를 꺼내 마시기 시작한다. 두리번, 그리고 주변을 서성인다, 서성이다, 서성이는 일에도 곧 싫증을 느끼기 시작한다. 탄창박스를 한번 걷어찬 후 도는 무전기 앞에 눌러앉는다. 제대로 된 무전이라곤 한번도 받은 적 없는 무용지물이지만, 열심히 손가락을 놀려도 될 만큼 잡다한 노브가 붙어 있다. 수신되는, 온갖 잡음을 도는 듣기 시작한다. 레버를, 또 즐비한 노브를 도는 돌리고 또 돌린다. 시간은 끝없이 긴 것이어서, 도는 돌리고 또 돌리고를 백 번은 반복한다. 수백수천의 전파가 혼선된 잡음은 언제 들어도 뭉툭하고 지저분한 느낌이다. 침과 호소와 절규와 먼지와 비명과 웅변과 흐느낌과 외국어로 헝클어진 털실뭉치가 도의 고막 위를 떼구루루 굴러다닌다. 다 끄고, 제발 한 놈만 얘기해! 버럭 소릴 지르던 때도 그야말로 옛날이다. 도는 돌리고, 또 돌린다. 도대체 어디서 이 많은 전파가 들어오는 걸까, 생각도 하지 않는다. 점멸하던 전등처럼 눈을 깜박이며, 고는 말없이 그 모습을 지켜볼 뿐이다. 문득 둘은 눈을 마주친다. 스위치를 끄고서 커다란, 무전

기에 연결된 〈물질〉 같은 표정으로

도가 얘기한다.

제발 고... 내가 미치지 않았다고 말해줘.

고가 말한다.

넌 미치지 않았어.

잠시, 바람이 전등불을 흔들고 또 흔든다. 어둠은 또 바람과 한몸이어서 마치 어둠 전체가 밀물처럼 밀려드는 느낌이다. 약속이라도 한 듯 고와 도는 어둠속을 응시한다. 길고 단단한 한 줄의 소리가 먼 곳에서 출발한 기차처럼 망루를 향해 달려온다. 사이렌이었다. 도는 퍼뜩 정신을 수습한다. 빌어먹을 파시스트들! 뭉툭하고, 지저분한 외침이 누군가의 입에서 터져나온다. 후다닥 누군가 전등을 끄고 둘은 나란히 거치대 앞에 엎드린다. 어둠속에서 금속과 금속이 연결되는 소리가 선명하게 들려온다. 니미럴. 어금니를 가는 소리와, 또 누군가의 성대와 혀가 연결된 개... 씹... 소리가 동시에 터져나온다. 기차는 그대로 망루를 통과해, 길고 긴 여운의 기적이 되어 어둠속으로 사라진다.

시아파 새끼들!

짱깨들!

빨갱이들!

소말리들!

양키들!

FDLR!

조센징들!

퍽킹 쥬!

　어쨌든 떠오르는 말들을 도는 끊임없이 늘어놓는다. 여기가 지구든 지구가 아니든, 세상에 저만큼 나쁜 놈들은 없다고 도는 생각한다. 도는 정말이지 눈이 뒤집힐 것 같다. 피가 끓었다. 스멀스멀 어둠에 적응된 도의 동공에 여지없이 놈들의 모습이 포착되기 시작한다. 지옥의 플랫폼을 서성이는 유령들처럼 놈들은 검고, 느릿하고, 꿈틀거린다. 그리고 모여든다. 모여, 진격해온다. 시간은 끝없이 긴 것이었고 니미럴, 시간과 전투도 한몸이었다. 열한시, 덤불 쪽. 고가 속삭였다. D15, G7. 전체의 윤곽이 잡힐 때까지 둘은 긴밀하게 서로의 관측을 주고받는다. 마치 한사람처럼, 혹은 누군가의 머리에서 꺼낸 우뇌와 좌뇌처럼 둘은 나란히 엎드려 있다. 시침으로 나눈 외곽과 알파벳으로 구분한 부채꼴의 지표가, 닳고 닳아 선이 흐릿해진 체스판처럼 둘의 머릿속에 완벽하게 짜여진다. 이윽고 놈들이 사정권에 도달한다. 놈들은 그저 검고, 느릿하고, 꿈틀거리며 서 있는 폰(체스에서의 졸)일 뿐이라고 도는 생각한다. 좆도 아닌 새끼들이! 도의 라이플이 불을 뿜는다. 고의 손가락도 놀고만 있지는 않다. 흩어진 놈들이 요란스레 팝콘을 튀기기 시작한다. 둘은 잠시 고개를 파묻는다.

탕

　명중이다. 주저앉은 한 놈이 돌처럼 단단한 어둠으로 굳어버린다. 여전히 느릿하고, 꿈틀이는 검은 것들은 뿌옇고 듬성한 어둠—덤불이나 잡목 뒤로 뿔뿔이 몸을 숨긴다. 니미럴, 도는 중얼거린다. 놈들이 누군지, 이유가 뭔지는 알 수 없지만... 알 수 없는 검고, 느릿하고, 꿈틀거리는 것들을 보고 있자면 견딜 수가 없는 것이다. 도는 생각한다. 그래서 놈들이 나쁜 것이다. 놈들은 태초부터 이곳에 없어야 했고, 놈들은 더이상 이곳으로 오지 않아야 한다. 저렇듯 검고, 느릿하고, 꿈틀거리며 다가... 오니까, 오므로... 누구라도 쏘지 않고는 견딜 수 없다고 도는 생각한다. 인간은 그렇다. 신이라면 그것을 이해할 것이다.

　죽인다, 죽였다, 죽었다, 죽는다, 지겹다. 마비된다. 놀랐다. 모면한다. 죽지, 않았다. 죽였다. 본다. 쏜다. 귀, 기울인다. 굳는다. 단단해진다. 두렵다. 모르겠다. 귀찮다. 조준한다. 차다. 뜨겁다. 쓰러진다. 쫓는다. 포착한다. 고프다. 졸린다. 감긴다. 위험하다. 뜬다. 차린다. 다가온다. 숨는다. 맞혔다. 좋아진다. 고는 어느새 중지로 방아쇠를 당기고 있다. 부풀어오른 검지의 물집이 자꾸만 신경을 건드린다. 아니 그보다, 자꾸만 잠이 온다. 오늘따라 놈들의 수가 너무 많다. 시간이 너무 흘렀다. 도대체, 왜? 해봐야 무슨 소용이 있겠냐마는... 손톱으로 물집을 터뜨린다. 질 흐르는 액체를 손등으로 느끼며 도는 방아쇠를 당긴다. 빗나간다. 놈들이 팝콘을 튀겨댄다. 숙인다. 사이렌은 울리지 않는다. 더는 누구도 말하지 않는다. 아니, 도가 무슬림 씹새끼들... 중얼거렸지만 잘, 들리지 않았다. 자꾸만 눈이 감겨온다. 한쪽 정도는 감아도 되겠지, 라고 고는 생각한다.

사이렌이 울렸다. 그 소리에 고가 두 개의 눈꺼풀을 들어올린다. 니미럴, 충혈된 눈을 부릅뜬 채 도가 돌아누우며 중얼거린다. 진짜 가까이 왔었다고! 정말... 저 아래까지 왔었다니깐! 봤어? 고의 물음에 봤지... 라고 도가 답한다, 그리고 도는 중얼거린다. 어두웠어... 니미럴! 고가 외치고 담배를 꺼내 무는 사이 도는 드렁 코를 골기 시작한다. 여전히 엎드린 채 고는 연기를 빨아들인다. 물집이 있던 검지 안쪽이 욱씬, 한다. 놈들이 물러간 어둠속을 고는 멍하니 지켜본다. 아무런 생각도 들지 않았다. 단지 잠을 자거나 배를 채우거나 배를 비울 수 있을 따름이었다. 그 모두가 절실했으므로 고는 무엇을 해야 할지 알 수 없었다. 푸... 후... 입을 벌린 채 도는 침을 흘리고 있다. 양팔을 괴고 고는 고개를 파묻는다. 꽁초의 불이 결국 필터를 갉아먹기 시작했지만 고의 손가락은 움직이지 않는다. 망루는 곧 어둠의 일부가 된다. 어둠은 언제나 이곳의 전부였다.

또각

다시 한번 또각 했지만 불이 켜지지 않는다. 고가 전등 끈을 당긴 것은 눈을 뜨고 나서도 한참이 지나서였다. 또각 또각 고는 몇차례 전등 끈을 더 당기다 니미럴, 하고 중얼거린다. 고는 라이터를 켠다. 우선 담배에 불을 붙이고 사물함을 뒤져 찾은 새 전구를 갈아끼운다. 또각. 불은 켜지지 않았다. 고는 묵묵히 난간의 끝으로 걸어간다. 바지를 내리고, 내리다 문득, 쥐고 있던 낡은 전구를 난간 너머로 집어던진다. 똥이 떨어질 때보다 날카로운 소리가 12미터 아래에서 들려온다. 고는 연기를 빨아들이고, 똥을 내보낸다. 빨아들이고, 내보낸다. 들이고 보내고, 일어선다. 그리고 어둠속에서 세 토막의 햄과 빵, 맥주를 먹어치운다. 엎어진 자세로, 도는 여전히 드렁 하고 푸... 후... 한다. 열어둔, 냉장고에서 새나온 빛이 도를 이상한 〈물건〉처럼 보이게 한다. 멍하니 고는 그 물건을 바라본다.

속 시원히 고는 사정을 한다. 바지를 까고 올라타 몇분인가를 삐그덕 했는데도 도는 여전히 눈을 뜨지 않았다. 어둠속에서 손인지 옷소맨지로 고는 자신의 좆을 닦는다. 샌드페이퍼처럼 거친 입김이 고의 왼뺨을 긁고 지나간다. 말라붙은 똥딱지와 절은 땀, 좆물이나 그런 것들의 냄새가 유엔 사무국 빌딩 같은 느낌으로 난간 위에 우뚝 선다. 자신은 결코 연합한 적 없다는 듯 고는 미간을 찌푸리며 뒤로 물러선다. 안하고는 견딜 수 없었지만 왜 그랬을까, 고는 생각한다. 아브라함이 이삭을 낳을 때도 이삭이 야곱을 낳을 때도 이런 기분이었을까? 이상한 물건 같은 도의 엉덩일 노려보며 고는 담배를 꺼내 문다. 문득 담배가, 담배를 문 스스로가 이상한 물건처럼 느껴진다. 고는 몇번이고 또각 또각을 더 해본다. 열어둔 냉장고의 문짝을 바람도 몇번이고 또각 또각 하고 있다.

도의 목소리는 쉬어 있었다. 설명 대신 고는 몇번이고 또각 또각 소리를 들려준다. 니미럴, 하고 누군가 중얼거린다. 엎드린 채로 도는 자신의 궁둥이를 더듬기 시작한다. 너... 했지? 도가 물었다. 너도... 할래? 잠자코 맥주를 마시던 고가 꽁초를 비벼 끄며 되물었다. 아무 말 없이 도는 바지를 추켜올린다. 펠라치오라도 해줄까? 물었지만 대꾸가 없다. 고는 대신 냉장고의 문을 활짝 열어준다. 새나온 빛이, 두 사람 모두를 이상한 물건처럼 보이게 한다. 몸을 일으킨 고가 맥주를 건네도 도는 멍하니 어둠속을 바라볼 뿐이다. 고는 조금 불안해진다. 흐릿한 빛이 펠라치오를 하는 입술처럼 그의 얼굴을 천천히 오르내린다. 라디오를 틀어줘. 도가 중얼거렸다. 무슨 소용이 있겠냐마는, 고는 라디오까지 무릎걸음으로 기어간다.

무전기와 비슷한 소음이 망루 전체에 울려퍼진다. 수백수천의 전파가 뭉쳐진, 말과 노래와 보도와 토론과 연주와 낄낄댐과 체코말이나 한국말 따위가 헝클어진 양털뭉치 같은 것이 망루의 벽과 바닥을 굴러다니기 시작한다. 볼륨을 줄여 털뭉치의 지름을 줄여보지만, 결국 포기하고 고는 담배를 꺼내 문다. 주파수를 옮길 생각은 아예 하지도 않는다. 삐이~ 소리가 나사처럼 고막을 파고들 것임을 담뱃갑에 그려진 낙타마저도 알고 있기 때문이다. 니미럴, 고는 속으로 중얼거린다. 고가 건네준 맥주를 도는 아직 따지도 않았다. 흔들리는 빛이 그것을 더 이상한 물건으로 보이게 한다. 불길해진 마음으로 고는 돌아앉은 도의 뒷모습을 지켜본다. 도의 어깨가 들썩이고 있다. 도는 울고 있었다. 라디오를 끄고 고는 도의 곁으로 다가간다. 난간 위를 구르던 양털뭉치가 떼구르 똥통 아래의 어둠속으로 추락해 사라진다. 질질 눈물인지 침인지로 도는 범벅이 되어 있었다. 움켜쥔 두 손을 떨며 도가 중얼거렸다. 꿈이라고 하면... 죽여버릴 거야. 지그시 필터를 깨물면서도 고는 니미럴, 이라고는 하지 않는다. 알아, 새로운 기억이지? 고가 말했다. 눈코입과 질펀한 물로 범벅된 이상한 물건을 도가 세차게 끄덕였다. 아무렴, 하고 고는 말한다.

난 노브고로트에서 살았어. 사촌 세르게이의 꾐에 빠져 페테르부르크에 온 지는 석 달이 채 되지 않았지. 장작을 살 돈이 없었지. 얼마나, 얼마나 추웠는지 알아? 세르게이 놈이 그러더군. 곧 일자리가 난다고. 겨울에 네바 강이 얼면 자신이 소유한 쇄빙선에 날 앉혀줄 거라 장담했지. 다들 세르게이가 사기꾼이라고 말했지만 난 사촌의 말을 끝까지 믿었어. 놈은 그래도 이삭 성당 같은 델 열심히 다녔으니까.

재주꾼... 이겠지.

그따위 말이 어딨어. 이봐, 그런 말은 없어.

그래... 사기꾼.

백야가 끝날 때까지 안나와 나는 사이좋은 소와 말처럼 닥치는 대로 일하고 무거운 짐을 날랐어. 그 모두가 어린, 블라디미르를 위해서였지. 오오 불쌍한 우리 블라디미르... 녀석은 결핵을 앓고 있었어. 그 어린것이... 신은 왜 그 아이에게...

넌 누구였지?

니미럴, 이름 따윈 중요치 않아. 나는 그 어린것을 굽어살피는... 그러니까 아버지였지. 그리고 겨울이 왔어. 머나먼 바다까지 네바 강은 순식간에 얼어붙었어. 안나와 함께 난 세르게이를 찾아갔지. 놈은 팔천명 성당의 신도들 중 이백명 안에는 들 정도로 여유가 있었어. 노브고로트의 원목을 팔아 실은 더 많은 돈을 꿍쳤을 거란 소문도 고향엔 자자했으니까. 놈이 그러더군. 내일 당장 사무실로 나오라고. 또 마침 가정부를 구하는데 아예 자신의 집에 가족이 함께 와 살면 어떠냐 물었지. 노브고로트에서 자란 안나라면 입맛에 맞는 요릴 만들지 않겠냐면서 말이야. 내가 말했어. 안나가 고향을 뜨고 지금 그곳엔 요리라 할 만한 게 없어졌다고. 아, 그런가? 일이 되려면 이렇듯 박자가 척척 맞아야 한다고 놈이 손뼉을 치더군.

잘됐군.

돈도 돈이지만 블라디미르를 위해서였어. 아직 약을 살 처지는 아니었지만 세르게이의 저택엔 하인이 쓰는 방조차도 난로와 침대와 솜이불이 있었으니까. 곧 이사를 하고 나는 쇄빙선에 올라 잡역을 시작했지. 등골이 휠 만큼 힘든 일이었어. 차곡차곡 일당을 모았으나 더 큰 시련이 우리에게 다가왔지. 시련은... 얼어붙은 네바 강만큼이나 거대하고 혹독했어. 아아 블라디미르... 불쌍한 녀석... 어느날 고열로 정신을 잃었는데 의사가 그러더군. 큰돈이 필요하다고. 돈만이 아이를 살릴 수 있다고 말이야.

안됐군.

난 사촌에게 매달렸어. 울면서… 평생 일당을 안 받겠다고 울면서 매달렸지. 방법을 찾아보자며 놈은 이틀을 아무 말도 하지 않았지. 강의 얼음을 깨면서 나는 신에게 빌고 또 빌었어. 어느날 아침 안나가 마치 네바 강의 밑바닥 같은 눈빛으로 나에게 묻더군. 어떻게든 블라디미르를 살려야 하지 않겠냐고. 우는 안나를 향해 그걸 말이라고 하냐며 나는 버럭 소릴 질렀지. 그리고 강으로 나갔어. 할 수 있는 일은 그것밖에 없었으니까. 망할 얼음을 깨고 석탄을 붓고… 저녁에 집으로 돌아오자 블라디미르가 보이지 않았어. 안나도, 세르게이도… 우왕좌왕하는데 세르게이의 마차가 들어오더군. 뒤따라 내린 안나보다 세르게이가 먼저 나에게 다가왔지. 얼굴을 붉히며 놈이 말했어. 아이는 병원으로 갔다고, 블라디미르는 곧 괜찮아질 거라고. 나는 사촌의 발아래 엎드려 울고 또 울었지. 눈에서 네바 강이 흘러나오는 기분이었어.

잘됐군.

진실을 알게 된 건 사흘 후였어. 함께 배를 타는 놈 중에 미하일이란 놈이 있었는데 말이지, 담배를 건네주며 놈이 그러더군. 세르게이가 어떤 놈인지 아냐고. 나는 물론 고개를 끄덕였지. 놈이 그러더군. 옛날에 있던 가정부가 만삭의 몸으로 핀란드로 쫓겨가고, 해서 모르고 이웃의 큰딸을 소개시켜줬는데 결국 쫓겨나 시골에서 사생아를 낳았다고. 우린 사촌이오, 말은 했지만 그 순간 알 수 있었지. 네바 강을 바라보며 나는 뭐… 괜찮다는 생각을 했어. 삶은 저토록 거대한 강물이고, 또 저렇듯 얼어붙기도 하는 거니까. 나는 정말 아무렇지 않았다구, 특히 그 어린것을 생각할수록 말이지.

안됐네.

그날은 좀처럼 일이 손에 안 잡히기도 해서 나는 점심나절부터 네바 강보다도 넓은 페테르부르크를 배회하기 시작했어. 페트로파블로프스키의 요새를 따라... 또 광장과 시내 여기저기를 쏘다니고... 그러다 모아둔 돈을 모두 털어 안나에게 줄 장갑과 블라디미르에게 입힐 옷을 샀어. 그리고 나는... 세르게이에게 줄 모자를 샀지. 그래, 그리고 병원을 향해 걷기 시작했어. 아이가 누워 있을... 나의 블라디미르가 기다리고 있을 병원을 향해서 말이야... 그 어린것이... 그래서 걷다가...

여기로 온 거지?
니미럴!

머릿속으로, 고는 열심히 정보를 처리한다. 이봐 도... 실은 나 역시 기억이 떠올랐었어. 나는 샌프란시스코에 사무실을 둔 〈기획자〉였지. 콘서트를 열고... 얼간이 가수들에게 재주를 부리게 하고... 돈을 긁고... 그런 식이었어. 그날은 LA에서 제법 큰돈이 되는 굿판을 벌이던 중이었지. 중간에 〈럭키 더 동키〉라는 찌질이들이 올라갔는데... 니미, 놈들은 아무것도 아니었어, 정말 아무것도... 그런데 놈들이 사고를 치고 만 거야. 〈돌아와주오〉라고... 놈들이 부르는 개좆 같은 곡이 있었지. 그 노랠 부르다가... 니미 다들 돌기라도 했는지 도대체 노랠 멈추지 않는 거야. 십분, 이십분... 허 하고 물고 있던 담배를 떨어뜨릴 정도였어. 돌아와주오, 돌아와주오... 뒤를 봐주던 검둥이 킹핀은 당장 올라가 몽땅 쏴 죽이겠다 난리를 쳤지. 결국 조명을 끄고 막을 내려야 했어. 킹핀의 졸개들이 무대 뒤로 난입했는데 맙소사 놈들이 어둠속에서 계속 노랠 부르고 서 있는 거야. 개 패듯이 놈들을 두들기고 질질 끌고 내려왔지. 환불 소동이 일고 공연은 말 그대로 개판이 돼버렸지. 나 참... 그날밤 찌질이 전부를 엔젤마운틴에 있는 처리창고로 끌고 갔어. 총을 머리에 겨누고 킹핀이 묻자 놈들은 더 황당한 얘길 늘어놓더군. 교통사고를 당해 식물인간이 된 열네살짜리 조라는 소년이 계속 노래를 신청했다는 거야. 꼬마의 모습은 볼수 없어도 머릿속으로 끝없이 신청이 들어왔대나 어쨌대나... 킹핀은 당장 놈의 머리통을 날려버렸지. 울고불고, 남은 놈들이 자비와 용서를 구했지만 그건 마치 킹핀더러 미분과 적분 수학문제를 풀라는 거와 다름없었지. 당나귀의 다리를 하나씩 뜯어내듯 킹핀은 차례차례 놈들의 머리통을 날려버렸어. 더 일이나 시킬걸 아까운 생각은 들었지만 말릴 시간조차 킹핀은 주지 않았지. 놈들을 묻고 내려오면서 우리는 새 사업에 대한 얘기로 한참 열을 올렸어. 또 킹핀은 그런 말을 했지. 이제 LA 년들의 보지는 물려서 못 먹겠다고... 나도 그래, 어쩌고 하면서 우린 함께 담배를 피워 물었지. 어둠속에서... 그리고 말없이 이따금 헤드라이트가 가로지르는 2번 도로를 내려다봤어. 그때였어. 주머니 깊이 한 손을 찔러넣은 채 킹핀이 노래를 흥얼거린 건. 난 귀를 의심했지만 그 멜로디는 분명 그것이었어. 돌아와주오, 돌아와주오... 말하자면 이게... 내가 꾼 꿈이야.

그래서... 또 내 기억이 꿈이란 얘기지?

그럴 리가. 내 말은... 나는 인간이 미래에서 과거로 돌아가 살 수는 없다는 거야. 너와 마찬가지로 내 기억은 종종 그런 것이었거든. 인간은 그렇게 살 수 없는 거야, 도.

꿈이라고 하면 죽여버린다.

아니지, 암 물론이고말고. 아무튼 아브라함이 이삭을 낳고 이삭이 야곱을 낳고 야곱은 유다와 그 형제를... 해서 마리아의 남편 요셉을 낳을 정도로나 우린 여기서 살고 있다는 거야.

난 돌아갈 거야.

도... 세르게이가 다 잘 처리했을 거야. 무엇보다 사촌이니까.

가야 해.

실은 말이야, 킹핀이니 기획자니... 모두 지어낸 거짓말이야.

웃기지 마, 그 노랜 나도 들어본 적이 있어.

돌아와주오, 돌아와주오... 그따위 노랜 없어.

모두 사실이야.

아니, 인간은 모두 거짓말쟁이야. 그렇게 만들어졌어.

애초엔 그렇지 않았어.

〈태초〉를 말하는 거야? 그때나 지금이나 우리가 달라진 게 있나?

돌아가야 해.

어디로 갈 건데, 스위스? 러시아? 다들 널 기다리잖아.

체코일지도 몰라.

블라디미르는 죽었어.

그렇지 않아.

여기서 지낸 시간을 생각해봐. 아브라함의 기저귀를 갈다 왔는데 이젠 예수가 태어날 시간이야.

아직 해도 뜨지 않았어.

손목에 찬 게 해시계냐?

해를 볼 수 있는 똥구멍도 없어.

다른 재밌는 거짓말을 해줄까?

난 가야 해.

오 셋, 보라구. 여긴 총이 두 자루야. 〈태초〉부터! 상황을 좀 파악하란 말이야.

총을 쏜 건 너였어.

놈들이야!

그래, 어쨌거나 난 가겠다 이 얘기야.

죽을 거야.

죽어야 한다면.

이런 도, 지금 너에겐 도움이 필요해. 망루를 내려갈 수 없다는 건 〈태초〉부

터 알고 있는 사실이잖아. 우린 여길 벗어날 수 없어. 지금, 이 담뱃갑 위에 그
려진 낙타처럼 말이야.

고는 담배를 피워 문다. 벗어나려던 시도야 애초에 수도 없이 반복한 일이
었다. 그러나 난간을 넘는 순간 언제나 어김없이 사이렌이 울려퍼졌다. 시간
과 상관없이 울리는 사이렌이었다. 몰려드는 놈들을 평지에서 막아내기란 불
가능한 일이었다. 지금껏 살아남은 이유는 이곳이 높은 망루이기 때문이고,
절대로 이곳을 내려가지 않아서였다. 고는 상황을 판단한다. 도가 손대지 않
은 맥주를 집어 고는 딴다, 마신다, 고는 급하게 목이 탄다. 물을 좀 뽑으면 기분이 좋
아질 거야... 도와줄게. 도의 바지춤을 고는 어루만진다. 도는 먹고 마시고 싸는 일
따위 안중에도 없는 얼굴이다. 무엇이 잘못된 걸까? 고는 생각한다. 니미럴, 고
는 결국 중얼거린다.

니놈의 수작 따위 다 알아... 니미... 난 갈 거야. 블라디미르가... 어쨌거나 이런 기회에... 니미럴... 난 돌
아가야 해. 냉장고의 불빛만으론 도의 눈빛을 읽을 수 없었다. 고는 차분히 그런
데 도, 하고 중얼거린다. 내려가면... 놈들이 널 가만히 둘까? 식량은 대체 누가 리필해주지? 만약
에... 또 만약에 간다 쳐도 블라디미르를 만날 수 있을까? 네 기억이 과연 어제의 일일까? 그건 절대 어제의
일은 아니야. 오늘의 일도 아니고, 내일의 일도 아니야. 알아, 알지만 가야겠어. 도가 외친다.
철컥. 도의 손에서 금속과 인간이 연결되는 소리가 들려온다. 희미한 빛이 도의
두 손에 들린 라이플을 이상한 물건처럼 보이게 한다. 빤히 자신을 노려보는

총구를 마주한 채 니미럴, 하고 고는 중얼거린다.

넌 미쳤어.

고가 말했다.

알아.

도가 끄덕였다.

탕

아브라함은 정말 이삭을 낳았을까? 이삭은 정말 야곱을 낳았을까? 야곱은 유다와 그 형제를 낳았을까? 유다는 다말에게서 정말로 베레스와 세라를 낳았을까? 하나 남은 담배를 꺼내 물며 고는 생각에 잠겨든다. 물끄러미, 빈 갑 위에 그려진 낙타 한 마리가 이상한 물건을 바라보듯 고를 쳐다본다. 무심코, 고는 자신을 바라보는 낙타를 집어던진다. 흥건히 바닥을 흐르는 한 줄기 강 위로 툭, 낙타가 떨어진다. 어두워 보이진 않지만, 누워 있는 도의 눈에서 네바 강이라도 흘러나오는 모양이다. 그만큼이나 말을 했으면... 무슨 당나귀도 아니고... 입술을 움직인 건 아니지만 볼멘소리로 고가 중얼거린다. 상황을 되돌리기에 도는 이 미 늦었다는 느낌이다. 빛이 비추는 망루의 물건 중에 왼쪽 머리가 날아간 도의 얼굴보다 이상한 물건이 또 어딨겠는가.

　고는 말없이 어둠을 바라본다. 망루에 있다 해도 혼자는 결국 무리란 판단
이 서기 시작한다. 니미럴, 도의 옆구리를 고는 걷어찬다. 전부 망쳤어, 모든 걸 니가…
이곳을 벗어날 수도 없지만, 이곳에 남아봐야 끝장이란 생각이 들었다. 니미럴,
고는 결국 차분히 상황을 판단한다. 도의 야상을 벗겨 마루에 깔고, 음식과 여
러가지를 되는대로 주워담는다. 벗겨낸 바지는 발목을 묶어 탄창과 담배를 와
르르 부어넣었다. 묶거나 엮기에 따라 그것은 꽤 쓸 만한 배낭이 될 법도 했
다. 침대 아래 뭉쳐둔 〈태초〉의 밧줄도 찾았다. 망루의 높이를 재던 그 밧줄엔
혹시 어떤 일이 있을지 몰라 그리스를 먹여두곤 했었다. 밧줄에 매단 짐을 내
려보내고 고는 그 끝을 난간에 묶기 시작한다. 끈끈한 손이 끈적한 밧줄을 묶
고 또 묶는다. 필요한 건 없을까? 두고 가는 건 또 없을까? 두고 가야 할 망루
의 내부를 고는 마지막으로 찬찬히 둘러본다. 못내 아쉬운 물건은 결국 도의
엉덩이가 전부였다. 두 번 다시 재미를 볼 일도 없겠지. 바지를 내리고 무릎을
꿇은 후, 고는 도의 다리를 자신의 양어깨에 걸쳐멘다. 난간은 곧 삐걱이기 시
작한다. 끈적한 네바 강이 고의 무릎을 적시고 또 적신다. 삐걱임은 그리 오래
가지도 않았다.

　툭. 땅 위에 내려선 순간 고는 자신이 미친 게 아닐까, 생각에 사로잡힌다.
귀가 아프도록 사이렌이 이어지고 있었다. 등과 허리에 단단히 짐을 묶고, 고

는 어둠을 향해 중얼거린다. 미치지 않았다고 말해줘. 어둠이 어떤 대꾸도 하지 않는 건 어제오늘의 일이 아니었다. 분명 내일의 일도 아니겠지, 차라리 느긋한 마음으로 고는 담배를 꺼내 문다. 사이렌이 물러가자 강의 밑바닥 같은 정적이 어둠의 세포 속에 스며들기 시작한다. 다 너 때문이야, 고는 중얼거린다. 멀리서 다가오는 검고, 느릿하고, 꿈틀거리는 것들이 보이기 시작한다. 고는 결국 견딜 수 없어진다. 탕. 쇄골에 괴어둔 라이플을 갈기며 고는 성큼성큼 놈들을 향해 걸어가기 시작한다. 와보라구, 다들 와보라구! 그리고 듣는다. 놈들이 팝콘을 튀긴다기보다는... 자신의 총성이 울리는 메아리를 듣는다, 듣게 된다. 조준이고 뭐고, 고는 다시 한 발을 쏘았다. 소리에 잠시 대열이 흩어질 뿐, 고를 향해 총알을 날리는 놈은 하나도 없었다. 대신 상공에서 튀겨지는 팝콘 같은 메아리를 고는 듣는다, 듣게 된다. 니미럴. 고는 중얼거리지도 못한다. 그사이 놈들은 이상한 물건으로 보일 만큼이나 눈앞에 다가와 있었다.

그것은 양(羊)이었다.

고는 힘없이 라이플을 떨어뜨린다. 메에 하고 몇마리의 양들이 고를 에워싸며 중얼거린다. 잠시 넋을 잃었다가, 고는 양들이 온 곳을 향해 걸어가기 시작한다. 묵묵히 무리 지어 뒤를 쫓던 양들의 모습도 이제 이곳에선 보이지 않는다.

굿모닝 존 웨인

십장생(十長生)

〈존 웨인 3405EA〉라고 쓰인 라벨을 퓨어러는 물끄러미 바라보았다. 아르미노라 했던가? 뭐가? 저 금속 말이야... 라벨 테두리의. 그건, 하고 운을 뗐지만 잠디스 역시 고개를 갸웃거렸다. 알... 마늄 아니었나? 알마늄... 아미늄... 알미늄... 혀를 더 굴려봤지만 정확한 명칭은 떠오르지 않았다. 누벨이 있었다면, 하는 생각이 자신도 모르게 떠올랐다. 자신도 모르게, 퓨어러는 고개를 가로저었다.

의도한 일은 아니었다. 아니었지만, 천년 전의 하찮은 금속 때문에 그는 누벨의 죽음을 떠올리게 되었다. 아무렴 어떤가? 하고 잠디스가 중얼거렸다. 아르미노건 알마눔이건 말일세. 그건 그래, 하고 퓨어러도 고개를 끄덕였다. 아무렴 어떠냐구, 아무렴을 되뇌며 퓨어러는 잡다한 감정들을 떨치기 시작했다. 3405EA에서 3407EA까지, 해동이 끝나가는 세 개의 탱크가 잔잔한 소음을 발하고 있었다. 한 개의 탱크 당 오백서른세 개, 혈관처럼 얽힌 미세감압튜브가 탱크 속의 증기와 가스를 분출하는 소리였다. 해동은 일주일째 계속되고 있었다.

클래식은 지겨워, 하고 잠디스가 중얼거렸다. 퓨어러가 별 대꾸를 않자 지겨워 죽겠다니까! 하며 탱크를 걷어찼다. 누벨이 있었다면 꿈도 못 꿀 행동이었다. 역시나 예전의 잠디스를 떠올려도, 마찬가지가 아닐 수 없다. 모든 것이 달라졌다고 퓨어러는 생각했다. 문득 붉은 피가 뒤엉긴 누벨의 눈이 아직도 자신을 쳐다보는 느낌이었다. 젠장할… 나도 그래, 그렇다구. 그렇다고 캡슐을 걷어차진 않았지만, 퓨어러의 기분은 최악이었다. 20세기에서 22세기 사이에 입고된 탱크들을 그들은 〈클래식〉이라 불렀다. 과학의 수준만큼, 냉동방식도 탱크의 형식도 제각각이어서 여간 골치 아픈 게 아니었다. 클래식을 칭하는 용어도 그래서 제각각이었다. 망할 놈의 클래식, 썹할 클래식, 얼어죽을… 클래식. 언 채로 살아 있는 인간이, 하지만 그 속에 잠들어 있었다. 어떤 열악한 클래식도, 아무리 조잡한 클래식에도… 누벨의 기억을 떨치며 퓨어러는 투명한 바닥 아래의 어둠과, 그 속에 늘어선 탱크들을 바라보았다. 천년 동안 모여든 만이천일흔다섯 개의 탱크가 끔찍한 곤충의 알처럼 반짝이고 있었다. 눈에 익은 풍경이지만 볼 때마다 춥다는 느낌이 들고는 했다. 역시 알마눔이었나? 다시 금속의 명칭을 거론하며 잠디스가 낄낄거렸다. 생소한 웃음소리였다. 예전의 잠디스는 결코 저런 식으로 웃지 않았다. 아르민? 알만? 알미늄? 조명을 받은 라벨이 반짝하며 빛을 발했다. 불분명한 금속의 명칭에 비해 분명하고, 뚜렷한 은색이었다. 〈존 웨인 3405EA〉란 양각(陽刻)에, 그래서 자신의 동공이 음각되는 기분을 퓨어러는 느꼈다.

천년 전에는 그에게도 저명한 이름이 있었을 것이다. 위대했을지도 모를 그 이름은, 하지만 지금은 사라졌다. 그런 이름이 사라진 건 확실히 애석한 일이지만, 지난 천년을 생각한다면 새 발의 피처럼 사소한 일이었다. 많은 것들이 사라졌다. 하물며 누군가의 이름 같은 건 어쩔 도리가 없다. 노아스가 보유한 만이천일흔다섯 명의 이름은 그래서 하나였다. 존 웨인. 그리고 그 뒤에 저마다의 관리번호가 붙어 있다. 신탁자의 실명(實名)을 열람할 수 있는 건 재단의 대표나 학술위원장 정도였다. 어쩌면 그들도 서로의 동의를 구해야 할지 모른다고 퓨어러는 생각했다. 비밀―지금의 노아스를 완성시킨 건 천년을 지켜온 비밀이었다. 비밀로, 비밀리에, 비밀스럽게 모든 것은 이룩되었다. 비밀을 만든 이도, 비밀을 감춘 이도 지금은 모두 사라졌지만.

퓨어러도 잠디스도, 하지만 노아스의 기원에 대해선 소상히 알고 있었다. 누벨은 늘 재단의 역사와 생명의 존엄성을 직원들에게 강조했었다. 발단은 한 사람의 영화배우였다. 존 웨인. 20세기라는, 까마득한 중세의 인물이다. 재단의 열람자료에는 상세한 기록이 보관되어 있었다. 1954년. 일의 발단은 존 웨인이 〈정복자〉란 영화에 출연하면서였다. 촬영지는 광활한 사막이었다. 중세 미국의 애리조나 피닉스 외곽. 불행히도 그곳은 1952년까지 숱한 핵실험이 자행되던 장소였다. 정부는 어떤 주의나 경고도 없이 촬영을 허가해주었고, 그 후 오년 사이 삼백열일곱 명이나 되는 출연진들이 모두 암으로 사망했다. 존 웨인도 예외는 아니었다. 그는 한쪽 폐를 제거했고, 암세포가 전이되면서 하나씩 자신의 장기를 적출해야 했다. 뒤늦게 그는 정부의 음모를 알아차렸다. 그들은 오염지역에서의 촬영을 허가해줬을뿐더러, 지속적으로 출연자들의 오염수치를 측정해오고 있었다. 냉전시대의 정부에겐 방사능에 관한 인체실험 자료가 절실히 필요했다. 분노한 그는 모든 사실을 알리겠노라 정부를 협박했고, 정부는 그럴듯한 속임수로 당대의 스타를 진정시켰다. 속임수의 핵심은 냉동(冷凍)이었다. 냉동인간. 먼 미래에 의학이 암을 정복하면 그때 당신을 소생시키겠다는 약속이었다. 터무니없는 그 약속이, 그러나 천년을 이끌 사후신탁(死後信託)의 시초가 된다. 1979년의 일이었다.

〈눈의 여왕〉은... 이대로 폐쇄하는 게 옳지 않을까요? 언젠가 누벨에게 퓨어러가 던진 말이었다. 왜? 라는 물음이 누벨의 사려깊은 눈동자에 스며들었다. 전... 이곳의 인간들을 깨워선 안된다고 생각합니다. 개인... 으로서의 생각인가? 나지막한 누벨의 질문에 퓨어러는 머뭇거렸다. 근본적으로 노아스의 직원들에겐 〈개인〉의 인식이 금지되어 있었다. 그건... 아닙니다. 그렇다면? 하고 누벨이 반문했다. 퓨어러가 입을 다물자 누벨이 자신의 말을 이어갔다. 신탁자들도 개인의 의지로 여기 잠들어 있는 거라네. 만이천일흔다섯 명의 개인과 노아스는 계약을 체결했고 우린 거기 따른 책임을 져야만 하네. 그들이... 누구라도 말입니까? 그들이 누구라도... 우린 개인이 아니라 노아스니까. 개인으로서, 천년 전의 약속이 과연 유효한 것일까 하고 퓨어러는 생각했다. 개인으로서의 사색은 노아스의 직원인 그에겐 언제나 서툴고 무효한 것이었다. 〈눈의 여왕〉은 지하 삼백 미터, 만이천일흔다섯 개의 탱크가 보관된 노아스의 중심 둠이었다. 방대한 둠의 내부에는 가끔 원인을 알 수 없는 바람소리가 지상의 그것처럼 울리곤 했다. 지진파의 영향이라는 해석보다는, 모두가 그것을 여왕의 울음이라 부르길 좋아했다. 때마침 그때 여왕이 우는 소리가 들렸다. 슬픔에 겨운 울음 같기도 했고, 만이천여 개의 알을 보듬고 흐르는 느린 곡조의 자장가 같기도 했다. 듣기에 따라, 그랬다. 퓨어러는 자신의 느낌을 가지지 않으려 업무에 집중했다.

존 쿠삭 스크리머도 20세기의 인물이었다. 밝혀지지 않은 어떤 경로를 통해 그는 냉동상태의 존 웨인을 정부로부터 사들였다. 비밀스런 작업이었다. 여러모로 쿠삭은 미스테리한 인물이었다. 국제적인 로비스트, 비운의 생명공학자, 은퇴한 CIA 관리... 그의 정체에 대한 설은 분분했지만, 후세의 어떤 사학자도 그의 과거를 밝혀내진 못했다. 하지만 모두가 수긍하는 그의 실체가 있었다. 바로 노아스의 창설자 존 쿠삭 스크리머다. 미처 인류가 암을 정복하지 못한 시대였다. 치료가 불가능한 여러 질병 앞에 인류는 누구나 노출되어 있었다. 그런 시대에, 냉동된 존 웨인이 거대한 사업의 열쇠가 될 거라 쿠삭은 확신했다. 우선 그는 존 웨인의 잠을 깨웠다. 폐가 적출된 채 냉동된 서부의 건맨은, 그러나 눈을 뜨지 않았다. 아니, 애초 깨어날 수 없다는 사실을 쿠삭은 정확히 알고 있었다. 그가 필요로 한 건 존 웨인의 세포와 유전자였다. 자신의 팀과 함께 그는 존 웨인을 복제했고, 순조롭게 서부의 건맨을 부활시켰다. 세상의 표면에 드러나지 않은 지하세계의 과학이었다.

쿠삭의 계획은 거기서 출발했다. 불치병에 걸린 소수의 전직 지도자들에게 그는 존 웨인의 부활 소식을 통보했다. 종교와 윤리의 그늘을 벗어난 비밀스런 접근이었다. 하나 둘, 정치와 경제의 비윤리적인 라인을 통해 사후신탁의 가능성을 타진해오는 인물들이 줄을 잇기 시작했다. 암에 걸린 아프리카와 아시아의 독재자들, 불치의 성병에 걸린 미국과 유럽의 관료들, 재벌들이 속속 비서진을 보내왔다. 극비리에 소문은 남미의 군벌과 아랍의 왕족들에게도 전해졌다. 그들은 흑심과 의심으로 가득 차 있었고, 그중 몇몇은 자신의 눈으로 직접 존 웨인을 확인해야만 했다. 잘 훈련된, 그리고 훨씬 젊어진 서부의 건맨은 농담까지 건네가며 자신의 역할을 훌륭하게 수행했다. 쿠삭은 곧 노아스를 창설했고, 노아스는 쿠삭의 예측보다 수천배는 거대해졌다. 신탁자들은 재산을, 또 권력을 자신의 신체와 함께 노아스에서 냉동시켰다. 노아스는 이미 지하에 숨은 하나의 국가가 되어 있었다.

이런... 이건 진짜 황인종이군! 잠디스가 소리쳤다. 〈눈의 여왕〉이 관장하는 해동 시스템이 이제 막 생명의 숨결을 탱크 속에 불어넣을 즈음이었다. 증기가 걷힌 탱크의 작은 창을 통해 퓨어러와 잠디스는 신탁자들의 얼굴을 볼 수 있었다. 황인종을 실제로 보게 되다니... 하고 잠디스가 다시 낄낄거렸다. 물끄러미, 퓨어러도 눈앞의 창을 응시했다. 〈존 웨인 3405EA〉는 입을 굳게 다문 표정의 노인이었다. 인종이 나뉘어 있던 중세의 역사를 증명하듯 신탁자들은 모두 순수한 동양인이었다. 벌써 수십차례 천년의 잠을 깨우곤 했지만 동양인을 본 것은 퓨어러도 처음이었다. 어떨까? 하고 잠디스가 히죽거렸다. 힐끗 퓨어러를 쳐다보는 그의 눈에서 퓨어러는 이상한 광채 같은 걸 볼 수 있었다. 반짝, 하며 누벨의 죽음이 다시금 떠올랐다. 개인으로서의 그 느낌을, 퓨어러는 서둘러 지우고만 싶었다.

이물질 발견을 뜻하는 경고음이 울린 것은 그때였다. 당황하지 않고, 퓨어러는 탱크의 내부를 차례차례 스캔했다. 흔한 경우는 아니지만 십자가 목걸이나 묵주 따위를 두른 채 냉동된 인간들이 더러 있었다. 참으로 중세의 인간이란... 생각을 하며 퓨어러는 스캔의 결과를 기다렸다. 이물질은 〈3405EA〉의 오른손에 쥐어 있었다. 반지도 아니고 뭐야 저게? 잠디스가 중얼거렸다. 해동의 마지막 단계를 위해 그들은 탱크 속의 이물질을 제거해야만 했다. 기계손에 자신의 팔을 끼우며 잠디스가 투덜거렸다. 이젠... 이럴 필요도... 실은 말이야... 안 그래? 아니, 그러나 필요하다고 퓨어러는 생각했다. 〈눈의 여왕〉은 전체가 하나의 거대한 프로그램이었다. 오차와 문제점이 해결되지 않으면 더 이상 자신을 진행시키지 않았다. 탱크 속으로 들어간 잠디스의 기계손은, 그래서 입처럼 투덜거릴 수 없었다. 여왕이 고개를 끄덕일 만큼 조심스런 동작으로, 잠디스는 〈3405EA〉의 오른손을 서서히 해제했다. 얼마나 꽉 쥐고 있던지... 나 원. 이윽고 분리된 이물질을 흡인한 후 비웃음을 띤 잠디스가 팔을 빼며 소리쳤다. 기계손 오른어깨의 박스를 열어 퓨어러는 이물질을 확인했다. 그것은 터무니없이 부드럽고 매끄러운, 그리고 반짝이는 천조각이었다. 구겨진 천을 펼쳐본 퓨어러의 눈이 순간 놀라움으로 가득 찼다. 이걸 보게나 잠디스. 천에는 정교한 색실로 수놓은 한 폭의 그림이 그려져 있었다. 이건... 하고 잠디스도 말을 잇지 못했다. 노아스 본관의 로비를 장식한 거대한 벽화가 작고 정교한 한 장의 천에 완벽하게 펼쳐져 있었다. 노아스의 직원이라면, 누구나 그 그림을 알고 있었다. 십장생도(十長生圖)였다. 고내의 십장생 중 생물들은 이미 지상에서 자취를 감춘 지 오래였다. 29세기였다.

BL7

〈3405EA〉는 멍한 눈으로 허공을 응시했다. 높은 천장, 실은 그 어디쯤 시선이 머물렀지만 투명한 벽 때문에 허공을 보고 있는 느낌이었다. 지그시 그는 눈을 감았다. 벽과 시설물, 자신에게 입혀진 옷의 감촉만으로도 그는 미래를 실감할 수 있었다. 꿈을 꾸고 있는 듯했다. 얼마나 긴 시간이 흐른 걸까. 장자(莊子)의 구절들을 떠올리며 그는 묵상에 빠져들었다. 구절들은 하나 틀림없이 머릿속에 떠올랐고 그는 자신의 손으로 넘겨 읽던 책의 느낌, 낡고 바랜 종이의 질감까지도 어렴풋이 떠올릴 수 있었다. 마치, 어제의 일 같았다.

키우던 작은 분재와, 자신의 서재와 소파, 도자기가 놓인 거실의 풍경도 생생하게 떠올랐다. 일주일 전 그는 마지막으로 자신의 분재에 물을 주었다. 바다를 차고 떠오르는 해, 작지만 그런 기상이 느껴지는 우아한 해송(海松)이었다. 지금쯤 물을 줘야 할 텐데, 라는 생각마저도 부질없이 떠올랐다. 일주일 전의 그 기억은 어쩌면 수십년, 수백년 전의 일일 것이다. 고통이 밀려왔다. 익숙해진 암(癌)의 통증이 수십년, 어쩌면 수백년 만에 생소한 느낌으로 육신을 괴롭히기 시작했다. 다시 장자를 되뇌는 그의 입가에, 그러나 희미한 미소가 번져올랐다. 삶의 갈림길에서 그는 언제나 과감한 결단을 내리곤 했다. 단 한번도 그는 후회한 적이 없었고, 지금도 마찬가지였다. 그는 살아 있었다. 이번에도 자신이 옳았음을, 자신이 결국 암을 이길 거란 사실을 비로소 실감하고 있었다. 문득 자신이 한 그루의 소나무처럼 느껴졌다. 그 밑동에, 이제 미래의 의학이 철갑(鐵甲)을 둘러줄 것임을, 그는 일주일 전에도 믿고 있었다. 수십년, 어쩌면 수백년 동안의 확신이었다. 그는 자신을 확신했다.

문이 열리는 소리가 들렸다. 작고, 잦은 발걸음 소리와 작고, 고른 기계음 같은 것이 잔잔한 물결처럼 귓전에 스며들었다. 천천히 그는 눈을 떴다. 눈앞에는 믿지 못할 얼굴이 믿을 수 없다는 표정을 지으며 눈물을 머금고 있었다. 여... 보. 〈3406EA〉였다. 와락 두 사람은 서로의 손을 맞잡았다. 떨리는 그녀의 어깨 뒤로 역시나 낯익은 얼굴이 눈물을 훔치며 서 있었다. 〈3407EA〉였다. 세 사람은 곧 서로를 부둥켜안았다. 미래라는 낯선 환경이 그들의 감동을 더욱 격하게 만들었다.

각하, 절부터 받으십시오.

어허, 이 사람 하며 〈3405EA〉가 만류했지만 〈3407EA〉는 자신의 뜻을 굽히지 않았다. 에어겔 재질의 바닥은 서늘했지만 그는 주저없이 자신의 몸을 밀착시켰다. 특이한 자세였다. 복통에 시달리는 인간 같기도 하고, 배를 깔고 앉은 늙은 개 같기도 했다. 충직한 늙은 개처럼 그는 한동안 몸을 일으키지 않았다. 당신이 옳았어요. 이걸... 아아, 믿을 수가 없네. 눈물을 훔치던 〈3406EA〉가 떨리는 목소리로 두런거렸다. 뭘, 하고 〈3405EA〉가 온화한 미소를 지었다. 나야 결정만 내린 거지... 나서서 수고한 건 전부 이 사람 아닌가. 자, 그만 일어서게. 다시 두 발로 선 〈3407EA〉는 차마 말을 못 이으며 고개를 떨구었다. 저까지 거둬주실 필요는 없었는데... 각하께서... 이게 다... 그의 말을 듣는 듯

마는 듯, 〈3405EA〉는 무표정한 얼굴로 허공을 응시했다. 한차례 여왕의 울음소리가 외벽을 두드리며 지나갔다. 〈3405EA〉의 눈썹이 바람을 맞은 해송처럼 그 소리에 꿈틀했다.

여기 사람들하고 얘기는 해봤나? 지그시 눈을 감은 채 〈3405EA〉가 물었다. 해봤습니다만... 전혀 다른 언어를 사용했습니다. 영어를 쓰지 않는다고? 그렇습니다. 아무래도 각하... 세계의 흐름에도 많은 변화가 생긴 것 같습니다. 어허... 하고 〈3405EA〉는 고개를 끄덕였다. 굳게 다문 입술 근처에 주름 하나가 깊은 골짜기를 만들었다. 너무 근심 마십시오 각하, 설마하니 미국에 어떤 변고가 있겠습니까? 세계공용어 같은 게 생겼을 수도 있고... 아무튼 이곳의 시스템이 정상이고, 또 이토록 발전한 걸 보면 큰 근심은 안하셔도 될 겁니다. 〈3407EA〉의 말에 〈3405EA〉도 고개를 끄덕였다. 아무렴, 자네의 판단이니 허튼 추측은 아닐 테지. 눈을 떴을 때 곁에 있던 사람들도 아주 선해 보였어요. 〈3406EA〉도 자신이 만난 미래인들에 대해 좋은 인상을 늘어놓았다. 그나저나... 하고 〈3405EA〉가 말을 이었다. 그건 문제없이 잘 치렀나 모르겠군. 뭘 말입니까? 우리들... 가짜장례식 말일세. 약속이라도 한 듯 셋은 동시에 웃음을 터뜨렸다. 게다가 각하의 장례식은 국장(國葬) 아니었겠습니까? 〈3407EA〉의 말은 더 큰 웃음을 자아냈다. 다 좋은데... 그걸 못 본 건 참 아쉽단 말이야, 하며 〈3405EA〉는 눈물을 훔쳤다. 다시 폭소가 터져나왔다. 그건 그렇고... 좀 춥다는 기분 들지 않나? 여긴 아무도 없고 말이야... 아, 아마도 통역관을 부르러

가는 눈치였습니다. 게다가 전 전혀 안 추운데요. 그냥 느낌이 그러신 것 아닙니까? 그런... 걸까? 그럼요 각하, 하긴 이곳의 재질이랄까... 그런 게 너무 눈부시고 매끄러워 저도 처음엔 비슷한 느낌을 받았습니다. 〈3407EA〉의 말에 위안을 받긴 했지만, 그는 어쩐지 으슬으슬한 기분이었다. 중얼거리는 그의 음성에도 약간의 쇳소리가 묻어 있었다. 아무튼 좀 차가운 거 같고... 딱딱해. 여긴... 자부동(ざぶとん) 같은 게 없나?

　퓨어러는 이제 뭐가 뭔지 모르겠다는 생각이 들었다. 기뉴인은 왜 안 오지란 물음에 잠디스는 이렇게 말했다. 뭐 하러? 그리고 퓨어러의 이마에 지그시 검지를 눌러 돌렸다. 정신을 차리란 뜻의 조롱이었다. 그랬다. 히죽거리는 잠디스의 말 그대로 기뉴인이 올 이유가 없었다. 모든 것이 달라졌다. 촉망받던 기뉴인의 업무도 이제 사라졌다. 재단을 통틀어 기뉴인은 중세 영어를 가장 완벽하게 구사하는 통역관이었다. 육백여년 전 중국이와 영어가 폐합되면서 지금의 지구어(地球語)가 만들어졌다. 영어의 자취는 서서히 희미해졌고, 삼백년 정도가 흐른 후에는 완전히 사라졌다. 오래전부터 영어는 학문의 대상일 뿐이었다. 아마도 노아스는 중세의 영어를 필요로 하는 지구의 유일한 장소였을 것이다. 흔치 않은 재능으로 기뉴인은 노아스의 특급대우를 받았다. 〈눈의 여왕〉이 우는 소리가 통제실의 외벽을 흔들었다. 소리의 공명을 가슴 깊이 느끼며 퓨어러는 사년 전의 첫 부활을 말없이 떠올렸다. 동방박사들이 여왕을 방문한 날이라며 누벨은 흥분을 감추지 않았다. 불과 사년 전의 그날이 퓨어러에겐 천년 전처럼 느껴졌다.

　의학은 눈부신 성장을 했다. 21세기의 불치병이 정복된 건 까마득한 옛날의 일이다. 물론 암이 신형, 변종의 형태로 명맥을 유지하긴 했지만 중세처럼 치명적이고 위협적인 대상은 아니었다. 24세기 이후의 신탁자들은 대개가 정신질환이었다. 바이러스도 점차 신경계를 공격하는 성향이 강해졌다. 문명의 발달과 함께 인류는 현저히 〈정신적인〉 개체로 변해갔고, 마치 약속처럼 인류의 질병도 〈정신적인〉 것으로 변해왔다. 노아스가 계약을 이행할 때가 되었다 판단한 것도 무려 육백년 전의 일이었다.

　사년 전의 그날처럼, 육백년 전의 그날도 노아스의 역사에선 빠질 수 없는 사건이었다. 신탁자의 부활은 세 차례의 실패 끝에 성공을 거두었다. 세 차례의 실패도 노아스의 책임은 아니었다. 20세기의 낙후한 냉동기술이 이미 신탁자들을 냉동과정에서 절명시킨 탓이었다. 해동은 완벽했지만 탱크 속엔 영혼이 사라진 육신만이 남아 있었다. 신탁자들에 대한 예우로 재단은 그들의 시신을 땅에 묻어주었다. 사라진, 중세의 장례문화를 따른 것이었다. 얼음의 관에서 해방된 신탁자들은 결국 땅이란 이름의 관 속으로 사라져갔다. 같은 시기에 입고된 여섯 개의 클래식도 그들과 운명을 같이했다.

　그리고 〈존 웨인 1904NA〉가 깨어났다. 생명, 자체로서는 완벽한 부활이었다. 노아스의 의학은 대장 전체에 전이된 암을 완전히 제거했고, 역시나 치명적일 수 있는 심근경색과 간염, 그 외의 소소한 모든 질환을 그의 육신에서 걷어냈다. 그러나 문제가 있었다. 기억(記憶)이었다. 끝끝내 〈존 웨인 1904NA〉의 기억은 돌아오지 않았고, 그는 신탁자와 상관없는 새로운 인격체로 여생을 살아야 했다. 두 번의 해동을 더 감행했지만 결과는 마찬가지였다. 평범한 기억상실이 아닌 무(無)의 상태 — 많은 연구를 거듭했지만 원인을 밝혀낼 수 없었다. 예상치 못한 결과에 대해 재단의 원로들은 〈계약 위반〉이란 결론을 스스로에게 부과했다. 부활 프로젝트는 다시 기나긴 침묵의 강 속으로 가라앉았다.

기억이란 무엇일까? 사년 전 그날 아침 누벨이 했던 말이다. 자신의 의견을 피력하진 않았지만, 퓨어러는 누벨이 했던 말들을 또렷이 기억하고 있었다. 그것이 뇌와 세포, 즉 인체에 국한된 거라면 해동 후에도 고스란히 남아 있어야 한다는 거지... 가돌리늄(Gd) 뇌에 의한 대체실험 같은 건 아무 의미가 없어. 경이롭지 않나? 인간에게 아직도 과학 너머의 영역이 존재한다는 사실이... 둠의 천장을 응시하고 있었지만 누벨의 눈은 너머의 더 먼 곳을 보고 있는 느낌이었다. 여왕도... 과학의 영역이지 않습니까? 하고 퓨어러가 물었다. 퓨어러의 말처럼, 과학 너머의 영역을 해결한 것은 여왕이었다.

〈눈의 여왕〉이 탄생한 것은 칠백년 전이었다. 과학윤리가 사회전반을 지배하고 인체 복제와 인체 냉동이 완벽히 금지된 시기였다. 지하로, 더 지하로 노아스는 스며들었다. 철저한 비밀과 거대한 공사에는 지배권력의 비호가 뒤따랐다. 미래에 우리는 인류의 보편적인 생명연장 수단이 될 것이다, 라고 했던 쿠삭 스크리머의 예견과는 달리, 인체 냉동은 결국 극소수의 특권으로 남게 되었다. 자신의 안식처를 위해 지배자들은 지원을 아끼지 않았고, 노아스엔 수세기에 걸쳐 누적된 천문학적 액수의 신탁금이 있었다. 웅장한 건축물이자 하나의 자치구이며, 그 자체가 거대한 인공지능인 〈눈의 여왕〉은 그렇게 해서 탄생되었다.

  지상에 지구를 운영하는 〈바빌론〉이란 닉네임의 컴퓨터가 있다면 지하엔 〈눈의 여왕〉이 있었다. 진화형 컴퓨터인 여왕은 그후 모든 신탁자들의 어머니가 되었다. 반세기 정도 여왕과 노아스 연구진의 공조체제가 유지되긴 했지만, 여왕과 인간의 공조는 곧 막을 내리게 되었다. 여왕의 정보습득과 추리, 진화의 속도를 연구진이 따라잡을 수 없어서였다. 지상의 세계도 마찬가지가 아닐 수 없었다. 여왕은 자신의 쌍둥이 오빠인 바빌론과 공조했고 달의 〈비너스〉와 화성의 〈메러디언〉을 신하로 두었으며, 은하계를 벗어난 수많은 인공물들을 자신의 기사(騎士)로 활용했다. 여왕의 자궁 속에 잠들어 있는 신탁자들과 마찬가지로, 노아스는 여왕에게 모든 것을 신탁해야만 했다.

  기억의 문제를, 여왕이 해결한 것은 사년 전이었다. 육백년 만에 여왕은 프로젝트의 재개를 선언했고, 스스로 자신의 자궁을 열어 한 구의 클래식을 인양했다. 노아스 최초의 축복 〈존 웨인 2137NA〉는 그렇게 해서 눈을 떴다. 완벽한 해동이었다. 그는 중세 미국의 상원의원이었던 자신의 과거를 또렷이 기억했고, 노아스는 그의 육체를 잠식한 에이즈를 완전히 제거했다. 쿠삭 스크리머의 환상이 비로소 이루어진 순간이었다.

비밀리에 이루어진 노아스의 성공은 지상의 지도자들을 열광케 했다. 쿠삭의 가설이 실현된 그날 지상의 본관에서는 대규모의 축제가 열렸다. 연구진의 대표였던 누벨은 축사를 통해 이렇게 말했다. 다만 이 자리에서 말할 수 있는 것은 동방박사들이 우리의 여왕을 찾아왔다는 사실입니다. 그들은 바빌론의 옥상에 낙타를 쉬게 하고, 미지의 정보를 안고 지하의 마구간을 찾았습니다. 이제 남은 것은 여왕이 도달한 지점까지 우리 스스로가 그 해법을 추리해나가는 과정입니다. 인류는 미처 도달하지 못했지만 인류의 과학은 도달해 있습니다. 그리고 내키지 않는 얼굴로 — 제대로 그걸 감추지도 못한 채 — 이렇게 말했다. 이제 우리는 누구나 예수가 될 수 있습니다. 이 자리에 모이신 여러분들이, 바로 그리스도입니다.

누벨은 많은 자책을 했지만 퓨어러는 아무런 도움도 줄 수가 없었다. 정해진 축사를 읽게 한 것은 노아스의 대표 데머린이었다. 그는 지상의 인물이었다. 합법적인 재단의 대표로서 신탁금을 운용하고 정치에 이용해온 전형적인 비즈니스맨이었다. 지상과 지하로 양분된 노아스의 운명처럼 20세기의 쿠삭 스크리머는 그렇게 두 인물, 데머린과 누벨로 나뉘어 있었다. 데머린의 노아스와 누벨의 노아스는 다른 것이었지만 결국 노아스는 하나였고, 둘은 근본적으로 자신의 〈개인〉을 가질 수 없었다.

숙소로 이어진 통로에서 퓨어러는 싱글벙글 웃고 있는 기뉴인과 마주쳤다. 잠디스도 함께였다. 어디 가는 길인가? 퓨어러의 인사에 기뉴인은 뜻밖의 대답을 건네왔다. 아, 신탁자들을 만나러 가는 길일세. 잠시 혼란스러웠지만 그런가? 하고 퓨어러는 고개를 끄덕였다. 검지로 퓨어러의 이마를 살짝 누르며 잠디스가 속삭였다. 아아, 무엇보다 무료해서 말이야. 잠디스의 검지를 손으로 걷어내며 다시 퓨어러는 고개를 끄덕였다. 반짝이는 잠디스의 눈을 퓨어러는 똑바로 쳐다볼 수 없었다. 같이 갈 텐가? 하고 잠디스가 물었다. 어쩔 수 없는, 두렵고도 이상한 힘 같은 것이 잠디스의 목소리에 실려 있었다. 인공태양이 만들어낸 눈부신 바닥을 쳐다보며 퓨어러는 또다시 고개를 끄덕였다. 무료한 두 개의 그림자가 곡선의 통로를 따라 서성이며 사라졌다. 그 뒤를 또 하나의 그림자가 작은 얼룩처럼 따라붙었다.

환한 얼굴로 대화하는 기뉴인을 보자 모든 것이 예전 같았다. 기뉴인은 주로 〈3407EA〉와 대화를 했고, 중간 중간 〈3407EA〉가 나머지 신탁자들에게 대화의 내용을 전달하는 눈치였다. 천년이란 시간에 대해 신탁자들은 모두 놀라워했고, 그런 그들의 반응을 무료한 기뉴인은 즐기고 있었다. 대화가 삼십분 정도 이어지자 기뉴인의 표정에 다시금 따분함이 밀려들었다. 아아, 하고 기뉴인이 두 손을 비벼댔다. 잠디스가 끼어든 것은 두 사람의 대화가 거의 뜸해졌을 무렵이었다. 이걸 좀 물어봐줄래? 잠디스가 건넨 것은 작은 금속 조각이었다. 낯익은, 탱크에서 떼어낸 〈존 웨인 3405EA〉의 라벨이었다. 뭘 물어봐달라는 거지? 기뉴인이 고개를 갸웃거렸다. 그러니까... 재질... 재질에 대해서 말이야. 금속을 받아든 〈3407EA〉는 신중하게 그것을 살피고 또 살폈다. 띄엄띄엄 이어지는 중세의 영어 속에서 퓨어러도 확실히 알루미늄이란 단어를 확인할 수 있었다. 잠디스는 이상하리만치 날뛰며 좋아했다. 그렇지, 바로 그... 알... 마늄? 히죽거리며 외치는 잠디스를 향해 〈3407EA〉가 미소를 지으며 얘기했다. 알루미늄! 금속처럼 환하고 눈부신 미소였다.

각하!

세 사람의 미래인이 사라지고 나자 〈3407EA〉가 외쳤다. 믿어지십니까? 각하께선 천년 만에 부활하신 겁니다. 〈3406EA〉도 눈물을 글썽이며 어쩔 줄 몰라했다. 아마도 그녀는 훗날 해동될 자신의 자녀들을 떠올리는 눈치였다. 지그시 감았던 눈을 뜨며 〈3405EA〉도 감격에 겨운 표정이었다. 그래, 좀 자세한 얘길 해보지그래. 우선 각하의 병은 완벽한 치료가 가능하답니다. 즉 건강을 되찾으시는 겁니다. 그리고 신탁금을 연금 형식으로 지급받을 수 있습니다. 계약의 조항 그대롭니다. 예상한 대로 언어는 하나로 통일되었고... 또 국가와 인종, 민족의 개념도 거의 사라진 듯합니다. 오래전에 인류가 전체적으로 각성한 시기가 있었다더군요. 그후 줄곧 평화의 시대가 이어져왔고... 또 문명의 황금기가... 그리고 또

차근차근히.

시정하겠습니다. 〈3407EA〉가 허리를 숙인 사이 여왕의 울음소리가 통로를 지나갔다. 그 소리엔 머나먼 시공을 건너뛴 신탁자들을 침묵케 하는 힘이 있었다. 소리가 통로를 완전히 빠져나갈 때까지 〈3405EA〉는 미동도 않은 채 눈을 감고 있었다. 미국은? 하고 그가 힘주어 물었다. 신중하게, 그리고 느린 말투로 〈3407EA〉가 답변을 이어갔다. 국가라는 흔적은 사라졌지만 현재 연합이란 것의 중추는 중국과 미국이 주도한 것이라 했습니다. 하지만 자신도 역사의 흐름을 말할 수 있는 수준은 아니랍니다. 통역자로서 신탁자들이 자주 묻는 질문을 추려 따로 공부한 정도라 하더군요. 한국은... 한국은 어떻게 되었나? 한국에 대해선... 단어의 뜻을 모르겠다고 했습니다.

천년이 흘렀습니다 각하.

모쪼록 저는... 이런 생각이 드는 것입니다. 이것은 운명이라고 말입니다. 하나의 연합으로 폐합되었다 해도 자치구라든지, 어떤 형태로든 한국은 존속

하지 않겠습니까? 각하, 하늘은 분명 각하를 선택했습니다. 새롭게, 29세기의 한국은 또다시 강력한 지도자를 원하고 있을지도 모릅니다. 그래서 전 이것을 천명(天命)이라 느끼고 있습니다.

말일세, 하고 〈3405EA〉가 입을 열었다. 이것이 꿈인가... 이 말이야. 과거의 내가 현재의 꿈을 꾸는 것인지... 현재의 내가 과거의 꿈을 꿨던 것인지... 한 차례 장자를 인용한 후 그는 〈3407EA〉의 어깨에 손을 올렸다. 내가 어떤 꿈을 꾼다 해도 자네가 없으면 그 꿈을 이룰 수 있겠나 말일세? 〈3407EA〉의 어깨가 들썩거렸다. 주인의 곁에서 천년을 늙어온 충직한 개처럼, 주름진 그의 얼굴 위로 다시 한번 감회가 밀려들었다. 인공태양의 조명 속에서 그것은 더욱 찬란하게 느껴졌다.

숙소로 돌아온 퓨어러는 방진(防塵) 도어기 완진히 차단된 뒤에야 비로소 〈개인〉이 될 수 있었다. 자신의 이마에 손을 얹고서 그는 말없이 사색에 빠져들었다. 헤어지기 직전에도 잠디스의 손가락이 자신의 이마를 지그시 눌렀다. 예전엔 누구도 서로에게 그런 식의 접촉을 행한 적이 없었다. 퓨어러는 서서히 잠디스가 무서워지기 시작했다. 기뉴인도, 더불어 자기 자신도 무서워지고 있었다. 젠장할... 하고 그는 고개를 가로저었다. 어쩔 수 없이 그는 누벨의 죽음을 떠올리게 되었다. 오오 누벨, 하고 그는 자신의 머리를 양팔 사이에 파묻었다, 파묻고, 싶었다. 그것은 개인으로서의 의지였다.

아마도, 여왕이 찾은 해법은 외계에서 온 것이 아닐까 싶네. 오랜 검증이 필요하겠지만 은하계 너머로 나간 무수한 여왕의 수족 중 하나가 어떤 정보를 얻은 것만은 분명하네. 그것은 혹시 신의 뜻이 아니었을까? 드디어 인간에게 부활을 허락한다는… 사년 전 그날의 누벨을 떠올리며 퓨어는 자신도 모르게 눈물을 흘렸다. 처음 경험해본 〈개인〉의 눈물은 더없이 뜨겁고 아픈 것이었다. 신의 뜻은 과연 어떤 걸까? 동방박사는 여왕을 방문했지만 지구를 방문한 것은 또다른 개체였다. 그리고 모든 것이 달라졌다.

BL7이 지구를 찾아옴으로써.

좋은 아침

천년 전에는, 아니 그후에도 인류를 공격한 바이러스들은 자신의 이름을 가져왔었다. 에볼라, 에이즈, 사스… 인류에게 조금만 더 관대했다면 BL7도 저명한 이름을 가질 수 있었을 것이다. 하지만 그들은 이름을 얻지 않았다. 인류에게 자신의 이름을 지을 시간을 허락지 않은 것이었다. 사년 전, 노아스의 〈부활〉이 있은 바로 그해의 일이다.

발원지도, 캐리어(매개체)에 대해서도 알려지지 않았다. 성층권의 어떤 방역 위성도 그들의 침투를 감지하지 못했고, 지구의 운영자―바빌론조차도 그들의 급습을 예견하지 못했다. 대륙 곳곳에서 재앙은 시작되었고 인류에겐 그것을 조사할 시간조차 주어지지 않았다. 사흘 만에 아메리카 대륙의 생명체 절반이 줄어들었다. 접촉은 물론 공기로도 감염이 되었고, 잠복기는 고작 두 시간에 불과했다. BL(bio safety level) 7의, 역사상 최강의 바이러스였다. 감염자들의 뇌는 녹아내렸고, 순식간에 그들의 영혼은 육신을 빠져나갔다. 지옥의 불이 번지는 듯한 확산이었다. 지상의 인류는 전멸했다.

아마도, 극소수의 폐쇄 인류가 살아남았을 것이다. 우리처럼 폐쇄시설에서 생활한 상당수의 인간이 있지 않겠냐고 누벨은 희망을 잃지 않았다. 이백여 명의 지배계급을 이끌고 지하로 피신한 데머린도 우리에겐 문명의 힘이 있나며 힘주어 연설했다. 달에도 화성에도, 인류는 남아 있었다. 남극을 비롯한 지구 곳곳의 폐쇄시설에도 누벨의 말처럼 인류가 남아 있었다. 가냘픈 통신의 끈은, 그러나 점점 끊어지기 시작했다. BL7은 남극을 휘덮었고, 무인수송선과 같은 갖가지 캐리어를 통해 달과 화성까지 재앙을 전파했다. 그리고 일년 전, 바빌론이 정지했다. 다섯 겹의 돔을 굳건히 걸어잠근 채 여왕은 큰 소리로 울부짖었다. 지진파의 영향일 뿐이야 하고 잠디스가 중얼거렸지만, 퓨어는 그것을 지구의 울음이라 느낀 지 오래였다. 바빌론의 죽음과 함께, 희망의 빛도

꺼져버린 듯했다.

노아스의 원칙을 깨고 이백여 명의 지배계급이 한꺼번에 냉동되었다. 지구라는 자연이 언젠가 스스로의 인터페론을 만들어낼 것입니다. 누뻴은 그들에게 희망을 주었지만, 냉동을 권유한 데머린의 입장은 누뻴과는 다른 것이었다. 데머린은 이미 현실의 식량난을 걱정하고 있었다. 무인수송튜브를 통해 남아 있는 지상의 식량을 가져올 순 있었지만, 어떤 형태의 식량도 오염의 가능성에서 벗어나 있지 않았다. 안전한 것은 이곳의 식량뿐이었다.

희미한 조명 아래서 퓨어러는 울고 있었다. 그리고 문득 주머니 속에 넣어둔 작은 천조각을 떠올리게 되었다. 천천히 그는 조각천을 꺼내들었고, 더 천천히, 자신의 손바닥 위에 그것을 펼쳐놓았다. 해와 달, 바위와 소나무… 여러 동물을 수놓은 한 폭의 그림이 부드러운 촉감으로 퓨어러의 〈개인〉을 위로해주었다. 그림 속에 퓨어러는 자신의 얼굴을 파묻었다. 해와 달, 바위와 키 작은 소나무들이 비를 맞듯 퓨어러의 눈물에 젖고 또 젖었다. 곧, 퓨어러는 잠이 들었다.

좋은 아침이었다. 인공태양의 변함없는 조명이지만, 분명 지상의 날씨도 아름다우리라 생각되는 날이 있었다. 그날 아침 퓨어러의 기분이 그랬다. 홀로그램 모니터로 데머린의 지시를 전해듣고, 식당에서 잠디스와 기뉴인을 만났다. 이번엔 우리 차례인가? 하고 고기를 썰며 잠디스가 말했다. 한 사람의 노아스로서, 퓨어로도 고개를 끄덕였다. 히죽이는 잠디스의 입가에서 퓨어러는 묘한 기대감을 느낄 수 있었다.

문득, 지금과는 너무 다른 잠디스의 얼굴이 떠올랐다. 파오매틱 파이프로 처음 누벨의 머리를 내려칠 때의 — 공포에 질린 그 얼굴을 퓨어러는 잊을 수 없었다. 자신의 얼굴도 잠디스와 마찬가지였을 것이다. 오히려 편안한 것은 누벨의 얼굴이었다. 용서하게, 그리고 용서하겠네... 라고 중얼거린 후 누벨은 곧 눈을 감았다. 저는 개인이 아니기 때문에, 개인이 아니므로... 하고 퓨어러의 마음이 울부짖고 울부짖었다. 명령을 내린 것은 데머린이겠지만, 누가 명령을 내렸는지는 아무도 알 수 없었다. 그리고 누구도 처벌받지 않았다. 남은 고기를 마저 먹은 후 셋은 함께 자리를 일어섰다.

어떤 한 가지 사안에 대해, 누벨은 강력하게 데머린과 대치했었다. 식량이 거의 바닥을 드러낸 칠개월 전의 일이었다. 쿠삭 스크리머가 살아 있다면 어떤 결론을 내렸을까? 파오매틱 파이프를 집어들며 퓨어러는 생각했다. 오늘은 좀 심심치 않겠는걸, 하고 잠디스가 중얼거렸다. 기뉴인이 껄껄댔으므로 그러게, 하고 퓨어러도 응답을 했다. 눈부신 곡선의 통로 위를 파이프를 든 세 개의 그림자가 빠르게 지나갔다. 마침 그 뒤를, 여왕의 울음소리가 거대한 얼룩처럼 따라붙고 있었다.

좋은 아침입니다.

손을 치켜들며 기뉴인이 소리치자 신탁자들의 얼굴에 반가움이 역력했다. 차마 그들의 눈을 바라볼 수 없어 퓨어러는 잠디스의 등 뒤에 숨듯이 서 있었다. 상황을 즐기려는 듯 기뉴인은 무의미한 대화를 몇번이고 더 이었다. 뭐? 하고 기뉴인의 목소리가 올라갔다. 방... 석? 방석이라는 게 뭔지 혹시 아나? 고개를 돌려 기뉴인이 물었다. 퓨어러는 세차게 고개를 가로저었다. 뒷짐을 진 잠디스의 손에서 파이프가 끄덕이고 있었다.

안전한 식량은 바로, 노아스의 내부에 냉동되어 있다고 데머린은 판단했다. 인간은 끝끝내 살아남을 거란 그의 연설처럼, 여왕의 웅장한 울음소리가 둠의 외벽을 울리고 지나갔다. 파오매틱 파이프를 굳이 쓸 이유야 없었지만, 수많은 경험을 통해 터득한 방법이었다. 그것은 육질(肉質)의 문제였다. 누구나 부드러운 고기를 원했고, 잠디스는 이제 그 방법을 즐기기까지 했다. 퓨어러는 눈을 감았다. 좋은 아침이라고

그리고 스스로에게 말을 걸었다.

축구도 잘해요

1. 뜨거운 것이 좋아

전생(前生)엔 마릴린 먼로였다. 사정이 그런 만큼, 우선 이야기는 마릴린 먼로에서부터 시작된다. 그래야 한다는, 생각이다. 사정을 알고 난 당신의 생각도 나와 같을 것이다. 모든 이야기엔 절차란 게 필요한데, 이런 경우에 있어선 더더욱 그러하다. 국민소득 이만불의 시대가 목전(目前)에 다가왔다. 곧, 누구나 자신의 전생을 알고, 이해해야 할 때가 온 것이다. 차마 좋은 시절을 위하여, 나는 이 이야기를 시작한다. 당황은 금물, 세계의 시즌은 달라졌고 우리는 변이(變異)한다.

사실을 알게 된 건 관철동의 한 점(占)집에서였다. 교태(嬌態)가 잘잘 흘러, 교태가. 처녀보살인지 무슨 보살인지가 아무튼 그렇게 얘기했다. 내가 말입니까? 그럼 누구겠어? 그러고 보니 —뭐—그랬던 것 같기도—의 기분이—확실히 드는 것이었다. 그 순간 알 수 있었다. 왜 내가 그토록 뜨거운 것을 좋아했는지. 또 어릴 때 본 계몽사 세계위인전집 스물네 권, 그 가운데서도 유독 J. F. 케네디를 좋아했는지. 해피 버쓰데이 디어 프레지던트, 해피, 버/쓰, 데이, 투, 유. 당신은 국가를 위해 무엇을 할 것인가. 국민을 향해 케네디는 그렇게 소리쳤다. 당신은 아무것도 안해도 돼. 내 귓불을 깨물며, 케네디는 그렇게 속삭였다. 내 귀는 그래서 언제나 흥건했다. 케네디는 늙은 노새만큼이나 침이 많은 남자였다.

나는 1926년 6월 1일 로스앤젤레스에서 태어났다. 이름은 노마 진 모텐슨 (Norma Jeane Mortenson), 모두가 알고 있는 〈마릴린〉의 그늘 속에 숨겨진 나의 본명이다. 어머니는 정신병을 앓았다. 사생아였던 나는 아홉살 때 고아가 되었고, 상습적으로 의붓아버지에게 성폭행을 당했다. 결국 가출을 했다. 굶어죽지 않기 위해 누드 사진을 찍어야 했고, 밥을 사주는 그 남자와 열여섯살에 첫 결혼을 했다. 결혼생활은 끔찍했다. 자살을 기도했다. 그후 모델로 성공, 영화배우가 되었으나 신경쇠약과 무대공포증에 평생을 시달려야 했다. 죽을 때까지 천박하고 골빈 금발 여자라는 낙인이 찍혔다. 두 번의 결혼을 더 했으나 모두 다 실패했다. 그토록 염원하던 아이를 유산하고 충격으로 이혼을 했다. 결국 아이도 남편도 가정도, 내가 원한 어떤 것도 가지지 못한 채 의문의 죽음을 맞이했다. 1962년, 8월 5일의 일이었다. 화려했으리라, 모두가 짐작해 마지않는 나의 전생은 그런 것이었다.

세번째 남편이었던 아서 밀러는 극작가였는데, 어느날 나에게 글을 써보라고 권유했다. 당신에겐 재능이 있어, 라고 말했지만, 무렵의 나는 영화 일로 눈코 뜰 새 없는 삶을 살고 있었다. 정말 재능이 있나요? 그렇다니까, 당신은 랭보 같기도 하고 위고 같기도 해. 내가 쓴 크리스마스 카드를 흔들어 보이며, 아서는 그렇게 얘기했다. 어깨를 들썩하며, 나는 환하게 웃었다. 랭보나 위고가 뭔지, 도대체 몰랐기 때문이었다. 그래서 무서웠다. 무서울 땐 언제나 이를 드러내고 하얗게 웃는 버릇이 있었다. 오 달링, 아서의 손에서 카드가 떨어졌다. 내가 웃으면 아서는 언제나 손을 떨었다.

두번째 남편이었던 조 디마지오는 야구선수였다. 말 그대로의, 스타플레이어. 조는 정직하고 의리가 강한 남자였다. 플로리다로 휴양을 갔을 땐데 천식이 찾아와 밤새 기침에 시달렸다. 조는 한참을 안절부절못하더니, 약을 구하러 간다며 방을 뛰쳐나갔다. 그리고 한 시간 후 약을 구해 돌아왔다. 24시 영업의 드럭스토어 같은 건 상상도 못할 시대의 일이다. 나보다 더 놀란 건 셔터 소리에 잠을 깬 약국의 점원이었다. 나중에 그 이야기를, 잡지사의 기자를 통해 전해들었다. 문을 여니 메이저리그의 홈런왕이 서 있었던 것이다. 나는 눈물이 났다. 약을 먹고 기침이 멎은 건 그래서 당연한 일이었지만, 또 기자가 전해준 놀라운 말은 그 약이 두통약이었단 사실이다. 조 디마지오는 그녀의 머리가 깨질지도 모른다고 말했어요. 철자법도 정확한 점원의 증언이 잡지에는 실려 있었다. 나에게 세상은 뭐가 뭔지 알 수 없는 것이었다. 늘, 그랬다.

신혼여행을 간 곳은 한국이었다. 조와의 결혼식이 한국전(韓國戰) 위문공연과 맞물려 있어서였다. 당신 생각은 어때요? 실밥이 터진 야구공 같은 표정으로 조가 대답했다. 거기 식인종들 사는 데 아냐? 괜찮을 거라고 나는 조를 타일렀다. 전쟁이 나면, 식인종 같은 건 전멸하는 법이니까. 식을 올리고, 그래서 우리는 한국을 향해 출발했다. 상공에서 태평양을 본 것은 그때가 처음이다. 망망(茫茫), 대해(大海). 과연 한국은 세계의 끝처럼 멀고 먼 곳이었다. 아무리 세게 때려도 여기까진 못 날리겠는걸. 비행기의 트랩을 내려오며 조도 고개를 가로저었다. 늘, 뉴욕의 양키즈 구장에서 샌프란시스코 자이언츠의 사무실 유리창을 깰 수 있다고 장담하던 그였다. 무더운 날씨였다. 조는 연신 불쾌한 표정이었지만, 나는 좋은 기분이었다. 뜨거운 것이, 나는 좋았다.

전쟁 같은 건 보지도 못했다. 내가 본 것은 따라 합창을 하던 참전용사들과 오산의 공군기지, 공허한 활주로와, 모스키토 부대의 귀여운 모기 마크가 전부였다. 한국인의 얼굴을 본 것은 종군기자단이 보여준 몇장의 사진을 통해서였다. 거기 식인종과 거지의 중간쯤 되는 사람들이 진흙 속에서 기어나온 달팽이 같은 얼굴로 축축하게 서 있었다. 이게 뭐야. 소금이라도 뿌리고 싶다는 표정으로 조가 코를 움켜쥐었다. 사진일 뿐이에요. 조의 손에서 사진을 빼앗는데 이상하게 눈물이 났다. 달팽이 같은 그 얼굴들이 순간 한없이 측은하고 불쌍하게 느껴졌다. 나는 펑펑 울음을 터뜨렸다. 감격했습니다. 손수건을 꺼내주고, 사인을 받고, 사진을 찍은 것은 레이 맨슨이란 이름의 종군사진기자였다. 미국에 돌아오니

여신(女神), 전쟁을 슬퍼하다

란 헤드라인과 함께, 레이가 찍은 사진이 《라이프》에 실려 있었다. 나는 곧 한국전의 여신이 되었다. 전쟁의 참상을 알리고, 빨갱이의 책동을 규탄하는 인터뷰로 그래서 한동안 분주한 나날을 보내야 했다. 그래도 그 무렵이 가장 좋은 시절이었다. 곧이어 나는 〈칠년 만의 외출〉을 찍었고, 〈버스 정류장〉과 〈뜨거운 것이 좋아〉가 연이어 폭발적인 성공을 거두었다. 한국, 같은 것은 그래서 까마득히 잊고 있었다. 훗날 언젠가ー참, 나 한국을 알아요, 라고 했을 때 아서 밀러는 이렇게 얘기했다. 당신 머리엔 똥만 찼다는 걸 나도 알고 있소. 아서와의 사이가 최악에 달해 있던 때였다. 이봐요 아서, 푸줏간의 칼도 갈지 않음 소용이 없는 법이에요. 그게 도대체 무슨 말이요? 안경알을 닦으며 아서가 물었다. 문득 그게 무슨 말인지 나도 몰라 방을 뛰쳐나왔다. 무서웠다. 얼마 후 우리는 이혼을 했다.

최고의 육체, 최고의 육체를 만나다! 조와 결혼할 때의 신문 헤드라인은 그런 것이었다. 많은 미국인들이 우리를 육체파(肉體派) 부부라고 불렀다. 그럴싸한 칭찬으로 여기는 척했지만, 실은 나도 알고 있었다. 평생을 천박하고 골빈 금발이란 시선 속에 살았으므로, 그 방면의 감각은 예민한 편이었다. 사람들은 조의 홈런을 보며 술을 들이켜고, 나의 핀업 사진을 보며 자위를 하곤 했다. 그러곤 돌아서서 말하는 것이다. 고깃덩어리들.

최고의 지성, 최고의 육체와 결합하다! 아서와 결혼할 때의 헤드라인도 역시 그런 식이었다. 사람들은 인류 최고의 결합이란 말로 우릴 축하해주었지만, 나는 알고 있었다. 아아, 어울리지 않아. 아서의 얼굴에 골은 텅 빈 아이가 태어나면 어쩌지? 그런 사람들 앞에 서기가, 나는 늘 두려웠다. 하지만 무렵엔 전(全) 미국이 내가 자신의 눈앞에서 치마를 펄럭이며 서 있기를 원했다. 그리고 미국은, 돌아서서 말하는 것이다. 천박한 년.

아마도, 아서와 이혼한 직후였을 것이다. 엘라 피츠제럴드에게 나는 전화를 걸었다. 그녀와는 오랜 친구였지만, 전화를 걸기엔 너무 늦은 시각이었다. 다행히 엘라는 깨어 있었다. 엘라, 나는 두려워. 마릴린, 뭐가 두려운 거지? 그러니까 쿠바가 두려워. 미국의 턱밑에 화약고가 있는 거잖아. 나 핵실험 영화를 본 적 있어. 그게 어떤 건지 알아? 알아. 아, 당신이 안다고 하니 무서운 게 조금은 사라졌어. 아는 건 정말 중요한 일이야, 고마워 엘라. 날 위해 노랠 한 곡 불러주면 좋겠어. 지금 당신의 노래가 듣고 싶어. 아무렴.

아이야
네 아버진 부자고
엄마는 미인이란다.
그러니 아이야
이제 눈물을 그쳐다오.

지금 미스터 미국을 만나줘야겠소. 그런데 어지러워요. 케네디를 만났을 땐 이미 모든 게 뒤죽박죽이었다. 나는 약에 의지해 있었고, 몸이 추웠다. 뜨거운 게 좋아요, 가정부 유니스에게 나는 소리쳤다. 유니스, 히터가 고장난 건 아닌지 좀 살펴봐줘요. 잠이, 잠이 오지 않아. 전화? 누구의 전화죠? 아니 그러지 말고 조에게 전화 좀 걸어줘요. 오 조, 나 지금 울고 있어요. 마릴린, 지금 어디지? 몰라요. 당신은 어디 계세요. 여긴 멤피스야. 샌프란시스코의 가족들도 잘 지내죠? 어머니가, 당신 어머니가 보고 싶어요. 우리 엄만 당신을 싫어하잖아. 아뇨, 전 사실 이탈리아를 좋아해요. 맙소사 마릴린, 당신은 지금 도움이 필요해, 알아? 이탈리아에 가고 싶어요. 날 좀 데려가줘요. 아니, 내가 뭘 해야 하는지 모르겠어요. 도대체 여긴 어디죠. 이런, 마릴린. 글쎄, 당신은 아무것도 하지 말라니까. 나의 귓불을 깨물며 케네디가 속삭였다. 내 귀는 그래서 언제나 홍건했다. 케네디는 침이 많은 남자였다. 내 귀는 언제나 홍건했다. 케네디는 침이 많았다. 내 귀는 많고, 케네디는 언제나.

철컥. 그들이 문을 열 때까지, 나는 몸을 움직일 수 없었다. 아니, 도망칠 수 없다는 사실을 나는 알고 있었다. 알래스카에 있더라도 쫓아오겠지. 차고 냉혹한 얼굴들이 나를 내려다보았다. 안녕하시오. 그중 하나가 인사를 했지만, 나는 알고 있었다. 이 붉은 눈의 흰 토끼, 붉은 눈의 흰 토끼. 안녕, 안녕. 골빈, 골, 금, 금발, 금발. 어지러웠다. 내 머린 사실 갈색이야. 내 머린 사실, 그때 한 남자가 코트에서 약병을 꺼냈다. 약을, 약이, 입속으로 들어왔다. 꼼짝할 수 없었다. 내겐 도움이, 약이, 필요한 걸까? 전 미국이 돌아서서 웃고 있었다. 죽는다는 사실을, 나는 이미 알고 있었다. 도망치고 싶었다. 이들이 찾지 못할 곳으로, 이 세계의 끝으로 나는 도망치고 싶었다. 살려주세요. 그래서 눈앞에

한국이 떠올랐다.

다시 태어날 수 있다면, 저 세계의 끝에서 태어나고 싶었다. 흙 묻은 달팽이처럼, 그래서 아무도 날 찾을 수 없게, 내 입에 약을 못 넣게. 깊고, 크고, 어두운 강의 밑바닥 같은 곳을 그래서 나는 건너야 했다. 갑자기 눈이 부셨다. 이곳은 어딘가요. 애초에, 네가 왔던 곳이란다. 눈부신 빛의 중심에서 온화한 목소리가 들려왔다. 그리고 다시, 너는 돌아가야만 해. 전 랭보와 위고도 알고 있

어요. 랭보와 위고도 안다니, 그게 무슨 말이냐. 그러니까, 안다구요. 그래, 알겠다. 이제 돌아갈 시와 장소를 정하자. 혹 원하는 게 있으면 말해보렴. 장소는 한국, 그리고 칠년의 시간이 지난 뒤라면 좋겠어요. 굳이 그럴 이유가 있니? 지금 갑자기 〈칠년 만의 외출〉이 떠올랐어요. 그러니까 62, 63, 64, 65, 66, 67, 68년이 되는군요. 아니지, 62년을 기준 삼는다면 63, 64, 65, 66, 67, 68, 69년이 되는 거지. 무슨 소리세요. 62, 63, 64, 65, 66, 67, 68 딱 칠년이잖아요. 맘대로 하거라.

　　그리하여 나는

　　마치 바람이라도 피우는 기분으로* 1968년의 어느날 한국에서 태어나게 되었다. 전생의 입장에서 본다면 과연 달팽이와 같은 느낌이었지만 ─ 이 수수한 삶이 그래서 얼마나 소중한가를 잘 알고 있었다. 해피 버쓰데이 디어 마릴린, 해피, 버/쓰, 데이, 투, 유.

---

* '칠년 만의 외출'이라 번역되었지만, 원문의 뜻은 결혼생활이 시들해질 무렵 생기는 바람기를 말하는 것이다.

2. 이제 어쩔 거야

외계인에게 납치된 것은 열여섯 되던 해의 여름이었다. 방학이 한창이었는데, 그만 아쉽게도 납치를 당한 것이었다. UFO 안에는 세 명의 외계인이 타고 있었고, 당연한 납치의 목적은 생체 실험이었다. 눈을 뜨니, 이미 수술은 끝나 있었다. 난감했다. 어디를 어떻게 한 건지, 도무지 감이 잡히지 않았다. 옆자리의 수술대에는 젖소가 누워 있었다.

깨어나셨나요? 분주히 기내를 오가는 세 명에게 나름대로 ①, ②, ③이란 이름을 붙였는데 그중 ③(사진 우측)이 다가와 물었다. ③을 무시한 채 나는 멍하니 옆자리의 젖소만 바라보았다. 우선 대답할 기분이 아니었고, 그런 상황에서 예, 덕분에 한숨 잘 잤습니다 — 라고 하는 것도 바보가 아닐 수 없단 생각이 들어서였다. ③은 잠시 멈칫하더니, 참 훌륭한 소였습니다, 라며 딴청을 피우기 시작했다. ③이 어루만지는 젖소의 유두(乳頭)에는 나란히 외계의 번호표가 붙어 있었다. 여섯 개의 유두에서 각기 서울우유, 매일우유, 남양우유, 비락우유, 다농과 유키지루시(雪印)가 나왔습니다. 저희로선 매우 만족할 만한 결과였지요. 어떻습니까, 우유 한잔 하시겠습니까? 과연 나는 목이 말랐다. 고개를 끄덕이자 또 잠시 멈칫하던 ③이 메뉴를 되물었다. 어떤 우유로 하시겠습니까?

매일우유

③이 가져온 우유를 마시고 나자 나는 조금 느긋한 기분이 되었다. 딸기나 바나나, 그런 건 없나? 딸기는 있습니다. 좋아, 그럼 딸기도 한 잔. 거푸 두 잔의 우유를 마시고 나자 주춤, ①(사진 중앙)이 다가와 말을 걸었다. 안녕하세요. 힐끗 ①을 쳐다본 나는, 말없이 체조에 열중하기 시작했다. 어딘가 모르게 몸이 뻐근한 느낌이었다. 저기, 나쁜 짓을 한 것은 아닙니다. 약간의 장비를 설치하고 뇌에 조금 변화를 줬다고나 할까요, 아무튼 그렇습니다. 확실한 건 아무런 지장도 없을 거란 사실입니다. 조금 미안한 마음에 포경수술도 서비스로 추가했구요, 게다가 그건 무료입니다. 가운을 들춰보았다. 놀랍게도 ①의 말은 사실이었다.

이제 어쩔 거야?

네? 주춤 물러서며 ①이 대답했다. 어쩔 거냐고? 뭐, 뭘요? 이것들이 정말. 나는 가운을 찢어 바닥에 내동댕이쳤다. 그리고 또박또박, 힘을 실어 얘기했다.

수수한 내 인생

말이야. 설마 이런 일을 당하고 수수하게 살 수 있을 거란 생각 따위 하는 건 아니겠지? ①과 ③은 붉어진 얼굴로 아무 대답이 없었다. 안일한 놈들. 나는 침을 뱉으며 불쾌함을 그대로 드러냈다. 일렬종대로 헤쳐모엿. 세 명의 외계인은 이미 사색(死色)이 되어 있었다.

어쩔 거야, 어쩔 거냐고? 잘못했습니다. ③이 울기 시작했다. ①과 ②도 흐느끼고 있었다. 나는 잠시 창밖을 쳐다보았다. 은하계의 아버지 목성(木星)이 장엄하고도 근엄한 풍경으로 상공을 장악하고 있었다. 선착순 목성 서른두 바퀴, 실시! ①과 ②와 ③이 돌아온 것은 472일이 지난 후였다. 나는 그사이 잠을 충분히 자고, 틈틈이 UFO를 뒤져 놈들의 진짜 목적을 알아내고야 말았다. 그 것은 지구인과의 교배(交配)였다. 이것들이. 물증 그 자체인 서류와 데이터를 움켜쥐고 나는 부르르 몸을 떨었다. 선착순에서 돌아온 것은 ①과 ③, 그리고 ②의 순서였다. 나는 다시 일렬종대로 놈들을 세워놓고 한 시간 가까이 훈화(訓話)를 늘어놓았다. 그리고, 그리, 하여, 나는 결론을 말했다. 말을 하지, 이놈들아.

우선 ①의 하의를 벗기고 나는 놈의 신체를 살펴보았다. 남성이나 여성의 구분이 없는, 그런 몸이었다. 다들 이래? 그렇습니다. 아무튼 배꼽 근처에 작은 구멍이 하나 있어, 나는 즉각 교미를 하기 시작했다. 토성이 보였다. 첫 경험을 이렇게 해도 괜찮을까―순간 후회도 들었지만, 토성의 아름다운 테두리

를 보는 순간 모든 것이 만족스러웠다. ①은 울고 있었다. 왜 울어? 억울해서
요. 사정(射精)을 끝낸 나는 ①의 모자를 뒤로 젖혔다. 놈의 머리칼은 코발트
블루였다. 내 이럴 줄 알았어. 나는 ①의 머리를 쥐어박았다. 왜요? 도대체 왜
요? ①이 울부짖었다. 바보, 신사는 금발을 좋아하는 법이야. 외계인의 수태
기간은 불과 오분이었다. 그사이 도대체 뭘 만들까 싶기도 했으나, 완벽하고
도 충만한 생명체를 그들은 속성(速成)으로 완성할 줄 알았다. 하여 ①호가 2
세를 출산한 것은 내가 ③호의 몸에 막 삽입을 하려던 순간이었다. 끼룩끼룩.
①호의 몸에서 나의 2세가 머리를 내밀고 기어나왔다. 털썩. 그것은 한 마리의
아르마딜로였다.

　뭐야, 그냥 아르마딜로잖아. 그, 그러게요. 얼굴을 붉힌 ①호가 서둘러 IQ 테
스트를 한답시고 부산을 떨었지만, 아르마딜로에게 IQ 따위가 있을 리 없었
다. 죄송합니다. 괜찮아, 신사는 아르마딜로도 좋아해. 몇번 아르마딜로의 머
리를 쓰다듬은 후, 나는 ③호에게 손짓을 보냈다. ③호는 옷을 벗고 누운 후,
담담하게 모자를 넘기며 자수를 해왔다. 저는 올리브그린입니다. 좋아, 뭐 어
떻게든 되겠지. 그리고 나는 ③호의 발가락이 젖혀져 장화를 뚫고 나올 때쯤
에야 겨우 사정을 할 수 있었다. 정신을 잃은 ③호는, 정확히 오분 후에 〈별들
이 소곤대는〉을 낳았다. 이건 뭐지?

　별들이 소곤대는

이라는군요. 아무튼 그것은 별들이 소곤댄다고밖에는 말할 수 없는 그런 것이었다. 생김새도, 지능도, 성격도 그런 것이었다. 그것참, 생각처럼 쉽지가 않네. 나는 고개를 가로저었다. 이제 남은 것은 ②호뿐이었다. 될 대로 되라는 심정으로 나는 ②호를 수술대에 뉘었다. 순간 토성의 테두리를 뚫고 유성 하나가 긴 꼬리를 그리며 지나갔다. 그 느낌이, 나는 좋았다. 왠지 ②호와는 제대로 될 것 같은 예감이 힘차게 드는 것이었다. 힘차게, 나는 페니스를 ②호의 몸속으로 찔러넣었다. 흑. ②호의 입에서 신음이 새나왔다.

크, 크군요.

아아... 아는구나. 뭐, 뭘요? 감동의 눈물을 글썽이며 나는 말했다. 인간에 대한 예의! ②호의 머리를 쓰다듬으며, 나는 입을 맞추었다. 너라면, 그리고 곧 나는 사정을 해버렸다. 어디, 우리 귀염둥이는 무슨~ 색? 페니스를 빼지도 않은 채 나는 ②호의 모자를 벗겨 넘겼다. 울트라마린이었다. 내심 뜨거운 색이길 기대했지만, 좋은 색이야, 라고 나는 말해주었다. 그것이 이 세계를 찾아온 ─ 외계의 인간에 대한 예의라고 나는 믿었다. 그런가요? 외계의 인간이 얼굴을 붉혔다. 그런 편이야. 나도 얼굴을 붉혔다. 비로소 나는 신사가 된 기분이었다.

아주 난산(難産)이었다. 무려 5분 37초가 되어서야 ②호는 모종의 생명체를 몸 밖으로 밀어낼 수 있었다. 그것은 〈태권소년〉이었다. 아무튼 자신의 이름을 태권소년이라 밝혔으며, 사이즈가 작을 뿐 대략 인간이라 불러도 좋을 만한 것이었다. ①호가 서둘러 IQ 테스트를 하려 들었지만, 태권소년은 그것을 정중히 사양했다. 삼촌, 이젠 EQ의 시대가 올 거예요.

지구로 돌아갈 결심을 한 것은 별들이 소곤대는이 막 걸음마를 익혔을 무렵이었다. 됐어. 이젠 이 아이도 자신의 힘으로 설 수 있으니. 그리고 우리는 비상용 탈출선에 서울우유, 매일우유, 남양우유, 비락우유, 다농과 유키지루시 분유를 쌓아두고 이별의 만찬을 준비했다. 서운하군요. 서운합니다. 서운할 수가. ①과 ②와 ③이 나란히 자신의 소감을 피력했다. 아무 말 없이, 나와 태권소년은 고개를 끄덕였다. 끼룩끼룩. 아르마딜로가 낮은 소리로 울었다. 창밖에는 은(銀)색의 해왕성이 떠 있었다. 그야말로 낯익은 풍경이었다.

노래를 한 곡 준비했습니다. ①과 ②와 ③이 자리에서 일어났다. 발진을 앞두고 안전장치를 한창 점검할 무렵이었다. 불러봐. 손로원 작사, 이재호 작곡입니다.

귀국선

돌아오네 돌아오네 고향산천 찾아서

얼마나 그렸던가 무궁화꽃을
얼마나 외쳤던가 태극깃발을
갈매기야 울어라 파도야 춤춰라
귀국선 뱃머리에 희망도 크다

돌아오네 돌아오네 부모형제 찾아서
몇번을 울었던가 타국살이에
몇번을 불렀던가 고향 노래를
칠성별아 빛나라 파도야 춤춰라
귀국선 뱃머리에 새날이 크다

뭐랄까, 그래서 큰 새날이 열리는 기분이었다. 고마워. 내가 말했다. 아무렴 어때요. ②호가 대답했다. 아무렴. 아르마딜로는 울고, 우주가 춤추고 있었다. 한 잔의 매일우유를 마신 후, 나는 엔진의 시동을 걸었다. 우유의 왕관현상 같은 점화가, 중추엔진의 분사구에서 퐁당 하며 일어났다. 귀국선의 뱃머리에 희망은 컸고

은하계는 과연 광활했다.

3. 김현 vs 아서 밀러

당신이 여긴 웬일이야? 아서 밀러를 다시 만난 건 목성과 화성의 중간쯤을 지날 때였다. 전혀 다른 인간으로 태어났어도, 아서는 곧 나를 알아보았다. 아서는 반짝반짝 작은 별과 같은 느낌으로 빛나고 있었고, 그런 이유로 동쪽 하늘에서도 또 서쪽 하늘에서도 ─ 어디서건 존재할 수 있는 느낌으로 바둑을 두고 있었다. 그만, 〈영혼의 나무〉가 되기로 했어. 잘난 맛에 사는 아서의, 영혼의 나무에 대한 설명은 길고 긴 것이었다. 그래서 우리와 같은 영혼은 우주의 공간에서 커다란 정신의 나무로 자라게 되는 거야. 해서 다시 이 공간을 지나칠 영(靈)들에게 좋은 영향을 미치는 것이지. 아아, 모르겠어. 나는 다시 이를 드러내고 환하게 웃었다. 손을 떨며 아서가 말했다. 웃지 마, 제발 부탁이야.

패를 받으시죠?

아서와 바둑을 두고 있던 사람은 척 보기에도 신사임이 느껴지는 아시아계의 중년이었다. 참, 인사들 나누시지. 이쪽은 예전에 나와 같이 살았던 마릴린, 이쪽은 문학평론을 하는 김현 선생이야. 그럼 한국인? 그렇습니다. 저도 지금은 한국인입니다. 그런 것, 같았습니다. 하지만 예전에 저도 당신을 좋아했어요. 저는 특히 〈나이아가라〉와 하워드 혹스의 〈신사는 금발을 좋아해〉가 좋았습니다. 금발이 아니라 죄송합니다. 무슨 말씀을요. 코발트블루면 어떻고, 울트라마린이면 어떻습니까?

아아, 크군요. 나는 그만 몇번을 울었던가 타국살이에, 의 기분이 되어 가슴이 뭉클했다. 하여, 반 집 패에 아서가 전전긍긍하는 사이 김현 선생과 나는 대화를 나누었다. 북극성이 오늘따라 유난히 빛나는군요. 그런가요? 전 이런 노래도 알고 있어요. 칠성별아 빛나라 파도야 춤춰라. 원로 손로원 선생의 시로군요, 어떻습니까? 귀국선의 뱃머리에 새날은 큰 것입니까? 그럴지도, 라는 느낌뿐입니다. 게다가 저는 아는 것도 없고 해서. 뭘 모르신다는 겁니까? 그러니까 저는, 많은 걸 모릅니다. 랭보와 위고도 마찬가지고.

랭보와 위고도 당신을 모를 겁니다. 우리가 함께 아는 것은 빛나는 칠성별과 춤추는 파도, 바로 그것이지요. 그렇군요. 당신에겐 아마도 재능이 있을 겁니다. 아서도 몇번이나 당신이 쓴 크리스마스 카드에 대해 말했어요. 얘길 듣고, 저 역시 아서와 같은 생각이었습니다. 그런, 가요? 나는 다시 이를 드러내고 환하게 웃었다. 문제의 크리스마스 카드에 내가 뭐라고 썼는지 도무지 기억이 나지 않아서였다. 무섭기, 시작했다. 아서, 도대체 내가 뭐라고 썼던 거죠? 당신은 말이야, 안경알을 닦으며 아서가 얘기했다.

매리 크리스마스

라고 썼어. 매리 크리스마스? 매리 크리스마스! 그것은 놀라운 발견이었습니다. 김현 선생이 다시 말을 이었다. 당신은 이미 사십오년 전에, 인류 최초로 〈매리〉 크리스마스라고 썼던 겁니다. 지난 이천년 동안 인류는 메리 크리스마스를 써왔지만, 결코 〈메리〉할 수가 없었어요. 그것을 한순간에 당신이 바꿔놓은 겁니다.

그것도 단 한 줄의 문장으로 말이야. 아서가 말했다. 자, 패를 받았네, 어쩔 텐가. 묵묵히 다시 패를 받으며 김현 선생이 말했다. 즉, 당신의 매리는 그래서 귀국선의 뱃머리에 걸린 희망과도 같은 것입니다. 인류의 희망은, 그래서 메리와 매리 사이의 반 집 싸움과도 같은 것이죠. 어떻습니까? 문학을 한번 해보실 생각은 없습니까? 문학이라구요? 그렇습니다. 막막하군요. 막막한 것만은 아닙니다. 그저 매리, 라고 쓰는 것이니까요.

나는 잠시, 생각에 빠져들었다. 매리, 라고 쓰는 것이라면 — 과연 할 수 있다는 생각이 힘차게 들었지만, 판단을 유보한 채 나는 고개를 끄덕였다. 두 사람의 패싸움은 목성을 서른두 바퀴 돌고 와도 될 만큼이나 길고도 지루하게 이어지고 있었다. 패 받으시죠. 다시 아서가 패를 받을 차례였다. 저기, 제 자식 놈들이 있는데 말입니다. 그놈들은 어떨까요? 뭐가 말입니까? 이를테면, 문학을 하기에 말입니다. 어디 만나볼 수 있을까요? 안경을 끄덕이며 김현 선생이 말했다. 얘들아, 잠시 나와보렴. 줄줄이, 그래서 아르마딜로와 별들이 소곤대는, 태권소년이 우주선의 해치를 열고 뛰어내렸다. 우유의 왕관현상 같은 착륙이, 주변의 공간에서 풍덩 하고 일어났다. 줄곧 무균질, 일등급 우유만 마셔온 애들입니다. 그렇군요. 김현 선생은 우선 아르마딜로를 불러 말했다.

자, 부론손과 데츠오 하라의 북두신권에서 켄시로가 말했습니다. 넌 더이상 살 가치가 없어. 펀치는 일분에 1,080번. 아다다닷 이요오오 그리고 퍽, 찌익, 꽈릉이었습니다. 세기말 이후의 이 현상에 대해 이백자 이내로 논하시오. 불과 일분 만에 아르마딜로는 다음과 같은 답안지를 제출했다.

향경(向鏡)하니, 저 바다에 뜬 것 무엇인가. 향(向)아, 걸어 여기 너 닿았구나. 저잣거리서 묻은 향내 너에게 배었으니 옷을 벗고 몸을 씻거라. 남루하지 않다. 그래, 잎 진 곳에 큰불 일었을 테니 청풍(淸風)도 없겠구나. 골짝에 찬 연기로 분간을 못했느냐, 눈을 감거라. 재 쌓인 네 눈이 너의 운명이니 눈을 감고 길을 떠나라. 들리느냐, 어두워지느냐? 그래서 곧 밝아오더냐? 청보리 그믐밤 상어 떴는데, 또 무엇이 눈앞을 지나가느냐.

아아, 나는 다시 이를 드러내고 환하게 웃었다. 뭔가 아서에게 구원의 눈길을 보냈지만, 아서는 골똘히 바둑에만 열중하고 있었다. 무표정한 아르마딜로의 표정에 비해, 김현 선생의 표정은 한결 부드러워 보였다. 이번엔 별들이 소곤대는의 차례였다.

남경조약(南京條約)에서 홍콩반환(香港返還)에 이르기까지의 역사적 과정을 변증법적 유물론에 의거 일목요연하게 서술하시오. 소곤소곤 별들이 소곤대는이 대답을 했다. 별들이 소곤대는에겐 손이 없었으므로, 선생은 특별히 구술을 허락했다.

서울우유, 매일우유, 남양우유, 비락우유

선생은 매일우유 광고의 젖소처럼 빙그레한 표정이 되더니, 태권소년을 불러세웠다. 태·권·소·년입니다. 아르마딜로와 별들이 소곤대는과는 달리, 과연 태권소년은 자신의 이름부터 또박또박 얘기했다. 오호, 태권도를 했니? 선생이 물었다. 그건 아니지만, 태어날 때부터 까만 띠를 매고 있었습니다. 그렇군요. 그래도 기왓장과 송판만 있다면 선생님께 좋은 시범을 보여드릴 수 있을 텐데. 그런가요? 그것참 안타깝군요. 불과 지난해에 화성의 마지막 기왓장 공장이 문을 닫았습니다. 저런, 직원들의 생활이 말이 아니었겠군요. 그렇습니다. 그럴수록 좋은 작가가 나와야겠죠. 그리고 문제가 출제되었다.

86년 멕시코 월드컵의 8강전에서 아르헨티나의 축구영웅 디에고 마라도나가 첫 골을 넣었습니다. 후반 육분, 센터링이 올라오자 마라도나와 영국팀의 골키퍼가 동시에 점프를 했는데, 이때 교묘하게 — 마라도나는 이마가 아닌 손으로 공을 쳐 골인을 시켰습니다. 자세히 본다면 누구나 알 수 있는 명백한 핸들링이었지만, 심판의 오판으로 골이 인정되었습니다. 경기가 끝난 뒤, 마라도나는 '그것은 나의 손이 아니라 신의 손이었다'라고 말했는데, 그렇다면 그것은 과연 누구의 손이었을까요.

　① 아담 스미스 ② 마이클 잭슨 ③ 신 ④ 심판

　예외적으로, 그것은 사지선답형의 문제였다. 재수, 나는 얼굴 가득 회심의 미소를 지었다. 문제만 잘 들어도 누구나 풀 수 있는 문제였기 때문이다. 잘 생각해보렴, 문제 속에 답이 있단다. 태권소년의 머릴 쓰다듬으며 나는 속삭였다. 마음 같아선 ③번 신! 하고 은하계가 울릴 만큼 크게 정답을 외치고 싶었다.

　잘 모르겠습니다.

　태권소년이 대답했다. 그리고 태권소년은 울고 있었다. 한국전쟁처럼, 뜨겁고 서러운 눈물이었다. 다시 한번 찬찬히 생각해보렴. 자상한 표정으로 김현 선생이 타일렀지만, 태권소년의 눈물은 그치지 않았다. 그런 걸 알아서 뭐해요. 흐느끼는 소년의 어깨가 낡은 기와집의 처마처럼 들썩거렸다. 알면 뭐하냐구요, 아직 인간은... 아직 인간은... 나스카의 지상도를 누가 그렸는지도 모르는데. 그리고 소년은 눈물을 거두었다.

누가 그렸어요, 예?

누가 그렸냐구요? 그리고 소년이 바둑판을 걷어찼다. 765년을 이어왔음직한 패싸움의 결과가, 그래서 산산이 흩어져버렸다. 퐁당, 우주의 어둠속으로 떨어진 돌들이 왕관현상을 일으키며 사라져갔다. 아니 이놈이. 성마르고 급한 아서가 번쩍 손을 치켜들었지만, 김현 선생이 급히 아서를 제지했다. 괜찮아, 복기(復棋)는 쉬운 일일세. 그리고 보게나. 저 아래를. 선생의 말을 듣고 우리는 〈저 아래〉를 쳐다보았다. 그곳에선 181개의 블랙홀과 180개의 화이트홀*이 놀랍게도 새로운 우주를 탄생시키고 있었다. 장관이었다. 아무래도, 문학을 해야 할 것은 이 소년인 것 같군요.

선생이 속삭였다.

....

* 바둑알은 181개의 검은 알과 180개의 흰 알로 구성되어 있다.

4. 축구도 잘해요

걱정 마렴, 그것은 메리 크리스마스라고 쓰지 않고, 매리 크리스마스라고 쓰는 일이란다. 선생의 성의를 거절하는 태권소년을 나는 달래고 또 달래었다. 어디 한번 써보렴, 매리 크리스마스라고. 태권소년은 참 쉽게도 그것을 뚝딱 써버렸다. 그렇다고 해서, 그렇다는 얘기는 아니구요, 선생은 곧 난감한 표정을 지으며 말했다. 이를테면 그것은 765년을 이어온 패싸움의 복기와도 같은 거란다. 메리와 매리의 반 집 싸움과도 같은 거니까. 내 말을 이해하겠니? 나의 피를 이어받은 만큼, 당연히 태권소년은 그 말을 이해할 수 없었다. 다시 설명해주마, 한국의 현대문학을 예로 들어보자. 자, 한국의 현대문학을 두 문장으로 표현할 수 있겠니?

잊지 말자 6·25. 다시 보자 공산당.

대답을 한 것은 아르마딜로였다. 그래도 뭐, 괜찮다는 표정으로 선생은 말을 이었다. 띄엄띄엄 정확한 답이긴 해도, 적용을 해보기로 하자꾸나. 즉 위의 두 문장은 〈크리스마스〉의 문제였단다. 지난 세기에 이르기까지, 인류는 줄곧 크리스마스에 대한 고민과 성찰을 해온 셈이었지. 자, 복기가 이어진다. 그리고 우리는 너의 엄마로 인해, 아니 너의 아빠로 인해 메리와 매리의 세계를 발견하게 된 것이란다. 그것은 크리스마스를 버리는 게 아니라 크리스마스를 사랑하는 또 하나의 방법이었지. 내 말을 알겠니? 대답 대신, 태권소년은 이를 드러내고 하얗게 웃었다. 무서워하고 있구나, 나는 생각했다. 그것은 우스운 게 아니란다. 선생이 얘기했다. 태권소년은, 아무 말도 하지 않았다. 우리는 다 함께 작별을 고했다.

은하계는 과연 광활했다. 지구에 도착한 것은 다농과 기타 우유들이 바닥나고, 오직 몇리터의 서울우유와 매일우유가 남았을 무렵이었다. 끼룩끼룩. 배고픈 아르마딜로가 낮은 소리로 울었을 때, 창밖에 뜬 은(銀)색의 달을 볼 수 있었다. 그야말로 낯선 풍경이었다.

그리고 나는 알 수 있었다. 이 지구가 수성이나 토성과 하나 다름없이, 우리에게 낯선 행성임을. 아니 그래서, 이 우주는 우리에게 동일한 곳임을, 나는 느낄 수 있었다. 애석한 사건은 대기권을 통과할 때 일어났다. 별들이 소곤대는이 죽은 것이다. 대기권을 통과할 때의 열로 인해, 별들이 소곤대는은 — 그러니까 죽었다고도 볼 수 있고, 죽지 않았다 볼 수도 있겠지만 — 아무튼 120g의 요플레 딸기가 되어 있었다.

매리 크리스마스, 해피 뉴 이어. 우리는 그렇게, 명복을 빌어주었다. 첨벙,

기체가 해면(海面)에 부딪히는 느낌이 파도처럼 우리를 휩쓸고 지나갔다, 돌아왔다. 해서 우주선의 해치를 여는 순간, 과연 귀국선의 뱃머리에 큰 희망이 열리는 느낌이었다. 끼룩끼룩 갈매기들이 울고 있었다. 천천히, 무기를 버리고 내려서시오. 확성된, 해양경비대장의 목소리를 듣는 그 순간에도, 그래서 나는 기쁘고 들뜬 마음이었다. 무기 같은 건 없습니다. 나는 큰 소리로 대답하고, 아르마딜로와 태권소년과 함께 얕은 수면의 바다 위로 첨벙첨벙 뛰어내렸다. 나란히 선 우리를, 군인들이 에워싸기 시작했다.

누가 문학을 하실 겁니까?

다시 확성된 목소리가 귓전을 울렸다. 뜻밖의 질문에 우리는 서로 난감한 심정이었다. 쿡쿡, 나는 태권소년의 옆구리를 찔렀다. 태권소년은, 그러나 말없이 고개를 떨구더니 흐느끼는 목소리로 이렇게 속삭였다. 아빠... 저 실은 축구가 하고 싶어요. 아아, 이거야 원 나는 곤란하지 않을 수 없었다. 선생님의 말씀 못 들었니? 나는 재차 태권소년의 옆구리를 찔렀다. 저 사실은... 축구도 잘한단 말이에요. 태권소년은 결국 눈물을 글썽이고 있었다.

다시 한번 묻겠습니다. 문학은 누가 하실 겁니까?

확성기의 볼륨이 더욱 커졌다. 군인들이 서서히 총을 조준하기 시작했다.

①호와 ②호와 ③호에 대한 원망이 잠시 가슴 한켠에 일었지만, 나는 결국 아버지의 입장에 설 수밖에 없었다.

저요.

나는 손을 들었다. 이미 지구는 옛날의 지구가 아니었다. 나중에 안 일이지만, 파스퇴르우유가 큰 인기를 끌고 있었다.

크로만, 운

이것은 어떤, 지구의 이야기다

세인트홀에 크로만이 도착한 것은 오후 두시를 훨씬 넘겨서였다. 마나가 내리고 있어 하늘은 어두웠고, 때문에 시간이 훨씬 지체된 느낌을 받아야 했다. 허기가 느껴졌다. 걸음을 옮겨야지, 옮기려다 자신도 모르게 두 손을 내밀고 말았다. 그렇게 또 몇분의 시간이 지나갔다. 소복해진 마나를 뭉친 크로만은 덩어리의 일부를 떼어 자신의 입으로 가져갔다. 사흘째 마나로 허기를 달래온 참이었다. 많이 내리진 않겠는데... 아쉬운 표정으로 그는 세인트홀의 계단을 오르기 시작했다. 하늘은 곧 맑아질 분위기였다. 나머지 덩어리를 배낭에 넣는 그의 표정이, 그래서 맑지 못했다. 조심스레 그는 왼발을 내디뎠다. 세인트홀은 네드의 영역이었다.

검역과 소독에는 이미 익숙해져 있었다. 1. 1. 0. 3. 예약된 네드룸의 번호를 누른 후 그는 알몸으로 랩핑 스팟에 두 발을 올려놓았다. 알 수 없는 힘이 그의 두 발을 단단히 고정시켰다. 결박이라도 당한 그 느낌이 그는 언제나 싫었다. 천천히, 원호를 그리며 다가온 반투명의 섬유막이 순간 그의 전신에 피부처럼 압착되었다. 출입을 허가하는 빛이 환하게 그를 안내하기 시작했다. 랩핑을 마쳤지만 여전히 알몸인 기분으로 그는 빛의 뒤를 따르기 시작했다. 세인트홀은 빛으로 가득했으므로, 그는 자신의 가이드를 놓치지 않으려 주의를 기울였다. 작고 눈부신 빛이 거대하고 눈부신 빛 속에서 크로만을 이끌었다.

늦어서 죄송합니다. 턱을 괸 채, 네드는 침대의 모서리에 걸터앉아 있었다. 고요한 눈빛으로 네드가 얘기했다. 괜찮아, 융은 자주 늦고는 하니까. 저는… 하고 크로만이 말을 이었다. 제 이름은 크로만입니다. 그런가? 하고 네드가 고개를 끄덕였다. 이름을 밝힌 것은 세번째였다. 네드는 이름에 관심이 없었고, 네드는 누구도 이름을 지니지 않았다. 이름은 융에게만 필요한 것이었다. 중요한 일은 아니었다. 크로만이 만난 네드는 지금 눈앞의 네드가 유일했다. 또다른 네드를 만날 일은 아마도 없을 것이다.

숙련된 손놀림으로 크로만은 작업을 시작했다. 늘 그랬듯 네드가 의뢰한 일은 수족관에 관한 것이었다. 네드의 스케치를 바탕으로 크로만의 설계가 시작되었다. 그러니까... 바다 위에 떠 있어야 하는 겁니까? 그렇지... 고대(古代)의 바다 말일세, 짙푸른... 돔형의 거대한 수족관 속에 이제 우주와 바다가 공존해야 했다. 열일곱의 나이에도 불구하고 크로만은 꽤나 숙련된 기술자였다. 일을 배우기 시작한 것은 일곱살 때부터다. 대부분의 융이 그러하듯 생계를 위해서였다. 토성의 축을 좀더 기울일 수 없을까? 물에 뜬 상태에선 자전축을 기울이기가 쉽지 않습니다. 무엇보다... 토성의 수명이 턱없이 줄어들걸요. 그건 상관없네... 어린아이처럼 천진한 표정으로 네드가 미소를 지었다. 난감한 표정을 짓긴 했지만 크로만은 두말없이 설치를 시작했다. 크로만으로선 하나 아쉬울 게 없는 주문이었다. 조만간 다시 세인트홀을 찾아야 할 테고, 그것은 그에게 크나큰 돈벌이를 의미했다. 융으로 자라온 크로만에겐 돈이 전부였다.

힘든 일은 아니었다. 토성 키트의 튜브를 수족관의 주입구에 연결하고 내부의 중력을 조절하는 게 관건이라면 관건이었다. 결국 기울어진, 아름다운 토성이 수족관 속에서 빛을 발하기 시작했다. 이 정도 기울기면 괜찮습니까? 골똘히, 미간을 찌푸린 네드가 직접 토성의 각도를 조율하기 시작했다. 극히 미세한 각의 변화에도 불구하고 뒤로 물러나 고개를 갸웃하기를 몇번이고 반복했다. 미풍에 흔들리는 나뭇잎처럼, 그때마다 토성의 띠가 미묘하게 떨리곤 했다. 바람이 완전히 멎기만을 크로만은 끈기 있게 기다렸다. 이윽고 입수가 시작되었다. 복각된 고대의 해수(海水)가 잔잔한 파문을 일으키며 수족관 하단을 채우기 시작했다. 이면중력장치의 범위를 예정 수면에 맞추고 크로만은 호흡을 가다듬었다. 드디어 풍경이 완성되었다. 네드가 원한, 고대의 바다에 둥실 뜬 토성이었다. 아아... 두 손을 합장한 채 네드는 황홀한 표정으로 바다에 뜬 토성을 음미하기 시작했다. 사이즈가 작긴 해도 말 그대로의 토성이었다. 실제의 토성과 하나, 다름없는.

융... 다시 또 와줄 거지? 그럼요, 하고 크로만이 대답했다. 자신과 연결된 네드가 있다는 건 융으로선 크나큰 행운이었다. 그의 네드는 온순했고, 이런 저런 수족관 외에는 별다른 관심이 없어 보였다. 한번 가볼 테냐? 토악스 영감의 제의를 받은 것은 오년 전의 일이었다. 수족관 기술자를 찾는 네드가 있는데 말이야... 세인트홀의 일자리를 얻기 위해 크로만은 영감에게 칠천오백 갤런과 어린 항문을 지불해야 했다. 닥치는 대로 융을 죽이는 네드도 있다더라... 흉흉한 소문도 많았지만 크로만은 굴하지 않았다. 안녕? 다섯 마리 정도의 향유고래를 키워볼 생각인데... 룸에는 이미 설계에 필요한 모든 팩이 준비되어 있었다. 그것이 그와 네드의 첫 만남이었다.

랩핑 스팟으로 돌아온 크로만은 자신의 누더기를 찾아 걸치고 배낭을 둘러 멨다. 그리고 광화(光貨)를, 배낭 속 깊숙이 몇겹의 천을 찢어 만든 주머니에 몰래 감추었다. 환전을 한다면 만이천 갤런을 받을 수 있는 양이었다. 평범한 융이라면 사오년을 꼬박 일해야 모을 법한 돈이지만 문제는 이제부터였다. 융의 세계로 내려가는 길엔 언제나 많은 위험이 뒤따랐다. 비린내를 풍기기 시작한 마나를 뜯어먹은 후, 크로만은 세인트홀의 거대한 외벽을 돌아 가파른 절벽에 다다랐다. 끝없는 벽을 따라 수십 킬로를 걸은 탓에 이미 몸은 지칠 대로 지쳐 있었다. 남은 마나의 절반은 누렇게 변해 있었다. 악취가 풍기는 썩은 부분을 뜯어내고 크로만은 또다시 자신의 주린 배를 채웠다. 어디선가 희뿌연 바람이 불어왔다. 투명한 소년의 땀을 손으로 닦으며 짐짓, 크로만은 시원하다는 생각을 했다.

세인트홀과 연결된 결계의 입구엔 로버 무리들이 진을 치고 있었다. 히죽. 팔십 퍼센트만 주면 되는 거란다... 히죽. 보호를 조건으로 토악스 영감은 소년의 광화 대부분을 가로채곤 했다. 절벽을 발견한 것은 열일곱이 되던 지난 겨울의 일이었다. 소년은 더이상 자신의 돈을 뜯기고 싶지 않았다. 히죽. 요즘엔 네드가 부르지 않니? 수족관에... 더는 관심이 없다던걸요. 풀 죽은 얼굴로 크로만이 대꾸하자 저런, 하며 영감은 교활한 외눈을 이리저리 굴렸다. 영감의 끄나풀도, 이백명에 달하는 잔인한 로버들도 그후 결계의 입구를 통과하는 소년의 모습을 보지 못했다. 여물지 않은 소년의 손이, 다시금 절벽의 작은 틈을 거칠게 부여잡았다. 이백 미터가량의 절벽 아래엔 그나마 안전한 산길이 있었다. 아무도 살지 않는 숲이었다. 운이 좋으면 한 무더기의 유클스 덤불을 발견할 수도 있을 터였다. 아래를 절대 내려보지 않고, 소년은 연약한 곤충처럼 절벽을 타기 시작했다. 소년의 두 눈에, 그래서 더 또렷이 세인트홀에서 뻗어오른 네드의 탑이 각인되는 것이었다. 구름 너머로, 보이지 않는 네드의 세계가 뻗어 있었다.

고대의 지구에선 그들 모두가 하나의 인간이었다. 문명의 그릇된 방향이 지구의 환경을 바꿔놓기 전까진 확실히 그랬다. 방패를 잃은 지구를 향해 태양의 화살은 거침없이 쏟아졌다. 대륙은 모두 섬이 되었고, 인간의 주거지는 끝없이 사라져갔다. 살아남은 인간들은 자신의 과학으로 새로운 방패를 만들어 띄웠다. 중세의 네드가 그 전부를 수거하기까지, 반사입자의 우산은 인류의 훌륭한 방패가 되어주었다. 그렇게, 인류는 살아남았다.

중세의 역사는 네드의 역사였다. 환경의 변화는 인류의 생식능력을 빼앗았고, 결국 인류는 곤충의 그것을 모방한 새로운 생식체계를 완성시켰다. 최초의 헤라티움(자궁)은 땅 위에 세워졌다. 고대로부터 보존된 씨들이 인류의 새로운 자궁에서 대량으로 잉태되고 울음을 터뜨렸다. 곧, 땅 위의 모든 부모가 사라졌다. 인간이라 불리던 고대의 자식들도 부모가 되지 못한 채 외로운 뼈를 묻어야 했다. 남은 것은 헤라의 아이들뿐이었다. 스스로에 의해, 스스로를 위해 그들은 네드가 되었고, 그들은 곧 중세의 르네상스를 태동시켰다.

눈부신 정신과 과학의 시대였다. 네드는 우주의 원리를 밝혀내고, 모든 원소와 창조의 비밀을 풀어나갔다. 그리고 결국, 빛의 사용법을 터득하게 되었다.

그들은 스스로, 스스로의 혼돈을 걷어내기 시작했다. 모든 혼돈이 걷혀질 무렵 그들은 이미 스스로가 섬겨온 신(神)이 되어 있었다. 그들은 수많은 우주를 창조하기 시작했고, 중세의 말미엔 개인의 우주를 만드는 일이 크나큰 성황을 이루었다. 스스로가 창조한 우주를 통해 그들은 스스로를 창조한 우주를 볼 수 있었다. 우주는 무한한 차원의 거품이자 거울이었다.

근대는 자기반성의 시대였다. 서서히, 네드는 그들의 터전을 뭍에서 분리시키기 시작했다. 스스로가 건설한 모든 것을 거두어 그들은 지구의 대기 위로 올라갔다. 그곳에서 그들은 빛의 뭍을 건설했고, 자신들의 자궁을 비롯한 땅 위의 모든 인위(人爲)를 그곳으로 옮겨놓았다. 결국 그것은 장대한 한 그루의 나무, 혹은 탑의 형태로 완성되었다. 세인트홀은 그들이 땅에 내린 유일한 뿌리, 혹은 그루터기였다. 세인트홀 이상의 세계를 융은 볼 수 없었으므로.

지구를 다시 온전케 하는 일은 그들이 새로운 지구를 만드는 일보다 더디고 힘들었다. 근대는 그렇게 지나갔다. 네드의 역사는 하늘로 사라지고 르네상스와 같은 과학의 폭주는 더이상 일어나지 않았다. 그리고 네드는 스스로를 분리해 융을 내려보냈다. 헤라티움에서 잉태된 생명의 일부는 세인트홀을 통해 땅으로 던져졌고, 역시나 일부의 생명들이 계속해서 땅으로 내려왔다. 그들은 네드였지만, 더이상 네드가 아니었다. 초(超)고대의 인간보다 잔혹한 삶이 무방비의 그들 앞에 펼쳐져 있었다. 다시 움막을 짓고, 병이 들고, 서로를 빼앗고 죽이는 일이 서로에 의해 자행되었다. 현대는 그렇게 시작되었다. 사라진 네드의 역사와 되풀이되는 융의 역사... 달라진 점은 사냥을 하지 않아도 생명을 유지할 수 있다는 것이었다. 고대의 동식물을 복각하는 대신 네드는 일족을 위해 마나의 비를 내려주었다. 마나는 스스로가 남겨둔 혼돈에 대한 네드의 유일한 보상이자 배려의 손길이었다. 아이들은 계속 땅으로 내려왔고, 융은 계속해서 쓸쓸하게 죽어갔다.

마나가 있음에도 불구하고 융은 경작을 시작했다. 곤충과 동물을 사냥하고 집단과 사회를 만들기 시작했다. 고대에 인간이라 불렸던 그들의 혼돈은 적당한 양의 마나만으론 도무지 해소되지 않았다. 더디지만 융의 문명도 조금씩 발전하기 시작했다. 생식능력이 없는 그들의 수는 언제나 일정했지만, 그들의 혼돈은 일정한 것이 아니었다. 그들은 땅속에서 비교적 보존이 잘된 고대의 문물을 얻기도 했고, 더러 네드가 남겨놓은 먼지만도 못한 과학의 실마리를 얻기도 했다. 원시와, 수만년 전의 기계와, 신의 먼지가 뒤엉킨 혼돈의 역사였다. 네드의 세계에서 태어났으면서도 그들은 자신의 출처를 알지 못했다. 만들고, 파괴하고, 빼앗고, 지배하는 자신의 근원이 세인트홀에서 솟구친 저 하늘의 빛무리임을 알 수 없었다. 아무것도 모른 채, 그리고 지금 한 소년이

세인트홀 동쪽의 외진 절벽을 내려가고 있었다. 소년의 손은 이미 상처와 물집으로 얼룩졌고, 몇번이고 돌을 놓쳐 이백 미터 아래의 숲속에 익명의 작

은 뼈를 묻을 뻔도 했다. 이윽고, 왜소한 소년의 육신이 한 조각의 마나처럼 땅 위에 내려앉았다. 땀과 피로 얼룩진 이마를 손으로 훔치며, 그러나 소년은 환한 미소를 지었다. 우선 주위를 둘러본 후, 그는 가까운 지그몬 나무의 그늘에 숨어 배낭 속의 광화를 확인했다. 다프네 산을 넘어 칠백 킬로나 떨어진 버몬에 이르면 지금껏 모은 광화 모두를 갤런으로 바꿀 수 있었다. 버몬이라면 토악스의 정보망도 미치지 않는 곳이었다. 벅찬 기쁨의 무게인지 자꾸만 두 눈이 아래로 감겨왔다. 졸음이 올수록 크로만은 배낭을 끌어안았다. 움켜쥔 두 손에 얼마나 힘이 들어갔는지 그 순간의 배낭과 손은 왜소한 어깨와 팔보다도 더 튼튼히 연결되어 있었다. 얼마나 시간이 지났을까. 스르르 어깨뼈가 빠지듯 크로만의 손에서 배낭이 빠져나왔다. 지그몬 나무의 그늘 속에서, 소년은 그렇게 잠이 들었다.

주위는 고요했고 이따금 버칸 갑충(鉀蟲)의 울음소리가 희미하게 들려올 뿐이었다. 잠의 갑옷 속에서 눈을 뜨기도 전에, 소년의 손이 먼저 배낭을 찾았다. 더듬. 잡히지 않았다. 더듬. 눈을 떴다. 배낭이 보이지 않았다. 잠의 갑옷이 찢어지는 소리가 숲의 어둠을 송두리째 뒤흔들었다. 머리맡의 어둠속에서 누군가 배낭을 들고 서 있었다. 여지껏 미행해온 토악스의 끄나풀일수도 있고, 보초를 돌던 로버일 수도 있었다. 자신도 모르게 크로만은 품속의 주머니칼을 뽑아들었다. 반짝. 내리던 달빛이 푸르고 영롱한 이슬이 되어 칼날의 아랫배에 위태롭게 매달렸다. 물집이 터진 손바닥이 칼에라도 베인 듯 쓰라렸지만 크로만은 신음을 삼키며 칼을 겨누었다. 짤막한 칼날의 길이만큼 어둠속의 그림자가 움찔, 했다.

세인트홀에 다녀왔지?

어린 여자의 목소리였다. 누, 누구야? 지그몬 나무의 가지 밖으로 여자가 걸어나왔다. 또래의 소녀였고 악취에 전 누더기를 걸치고 있었다. 툭, 하고 소녀가 배낭을 내려놓았다. 허겁지겁 배낭을 챙긴 크로만은 광화를 확인하고서야 겨눴던 칼을 내려놓았다. 너... 도대체 뭐야? 세인트홀을 출입하는 융이 있다더니... 사실이었구나. 대답 대신 소녀는 나지막한 목소리로 몇마디를 중얼거렸다. 북쪽 산간의 억양과 크로만이 사는 피츠의 억양이 묘하게 뒤섞인 말투였다. 내 이름은 운이야... 넌? 짧게, 단호한 피츠의 억양으로 소년이 답했다. 크로만.

소녀를 따라간 곳은 삼 킬로쯤 떨어진 낡은 헛간이었다. 헛간 주변엔 소녀의 말대로 유클스 덤불이 널려 있었다. 아무 말도 않은 채 둘은 유클스 이파리로 허기진 배를 채웠다. 낮에 내린 마나가 마침 알맞게 발효해 있었다. 비로소 기운을 차린 크로만이 소녀를 향해 물었다. 언제부턴가... 마나의 양이 준 거 같지 않아? 고개를 끄덕이며 소녀가 답했다. 증기(蒸氣)공장들 때문이란 말도 있어. 버몬 주변엔 엄청나게 공장들이 들어섰거든. 너... 하고 소년의 눈이 번쩍 뜨였다. 버몬에 가봤니? 소년의 눈을 뚫어지게 쳐다보며 운이 물었다. 넌...
정말 세인트홀에서 나온 거야? 두 사람은 고개를 끄덕였다.

소년은 궁금한 것이 많았다. 그런 소년에게 소녀는 다음과 같은 말들을 들
려주었다. 운은 북쪽 루티의 계곡에서 자랐다. 그녀를 길러준 이름 모를 할머
니가 있었고, 열매를 줍거나 애벌레를 잡으며 어린시절을 보냈다. 매를 많이
맞았다. 여섯살이 되던 해 할머니가 죽었다. 이웃에 살던 파쿠라는 남자가 그
집의 아이들을 증기공장에 팔아넘겼다. 열두살이 될 때까지 한푼의 갤런도 받
지 못하고 부림을 당했다. 화상으로 두 번, 전염병으로 한 번 죽을 고비를 넘
겨야 했다. 이때 그녀는 어머니의 환각을 보았다. 베일 같은 옷을 걸친, 인자
한 미소의 성스러운 여자였다. 공장의 감독은 채찍질을 잘하는 프란이었는
데 그녀가 그만 미쳤다고 생각했다. 헐값에, 프란은 그녀를 버몬 시내의 젖 짜
는 가게에 팔아버렸다. 가게는 매일 젖을 짜러 오는 남자들로 북적였고, 그녀
는 그곳에서 볼드라는 남자를 알게 되었다. 우유를 줘도 마시지 않는 이상한
남자였다. 남자는 네드에 대해 많은 걸 알고 있었고, 그녀는 남자에게 자신의
어머니에 대해 물어보았다. 넌 세인트홀에서 태어났어, 나도 너도... 실은 모
두가 그곳에서 태어났단다. 세인트홀에 가면 어머닐 만날 수 있다는 생각에
그녀는 그곳을 탈출했다. 젖 짜는 가게의 주인은 절름발이 티버였는데 버몬
의 유명한 악당이자 수전노였다. 티버는 곧 그녀를 쫓기 시작했고, 가까스로
몇번의 위기를 넘긴 운은 다프네의 협곡으로 숨어들었다. 협곡엔 경작을 하

며 살아가는 온순한 사람들이 있었고, 그녀는 농사를 도우며 그곳에 머물렀다. 들판에선 절벽과, 깎은 듯 솟아 있는 세인트홀의 탑을 볼 수 있었다. 그곳에 어머니가 있다는 생각이 들 때마다 그녀의 가슴은 희망으로 부풀었다. 꿈도 꾸지 말거라. 부족의 현명한 쿠엔 아저씨는 그렇게 얘기했다. 로버 일당의 잔인함에 대해서도 숱한 말을 들어야 했다. 눈앞의 세인트홀, 눈앞의 어머니를 두고서도 그녀는 무력할 뿐이었다. 마나를 모은 광주리를 이고 들판을 지날 때였다. 절벽을 타고 내려오는 누군가의 모습이 보였다. 손톱만한 크기의 그 사람을 만나기 위해 그녀는 광주리를 내던지고 산을 향해 뛰어갔다. 몇시간이고 산속을 헤맨 끝에 그녀는 곤히 잠든 또래의 소년을 발견했다. 융일까? 네드라면 이런 몰골은 아닐 거라 그녀는 생각했다. 소년의 배낭을 뒤져보았다. 말라붙은 마나 부스러기, 여러 장의 통행증과 잡스런 도구들, 비를 피할 때 쓰는 가죽 거적... 누가 보아도 융의 배낭이 분명했지만 배낭 깊숙이 새나오는 눈부신 빛을 소녀는 볼 수 있었다. 천을 헤집어 소녀는 빛의 실체를 확인했다. 한번도 본 적 없는, 무어라 말할 수 없는 빛의 덩어리들이 신의 조약돌처럼 달그락, 소리를 냈다. 분명 소년은 세인트홀을 다녀온 거라 운은 확신했다.

소녀도 궁금한 것이 많았다. 그런 소녀에게 소년은 다음과 같은 얘기를 들려주었다. 자신의 유년에 대해 크로만은 아무것도 기억하지 못했다. 기억의 시초는 피츠의 뒷골목이다. 소년은 동냥을 했고, 매를 맞거나, 많은 아이들과 어울려 도둑질을 하고는 했다. 일을 해서 돈을 벌어보렴. 한 늙은이가 다가와 육포를 건네주며 환심을 샀다. 일곱살 때였다. 영감은 아이들에게 기술을 가르쳤고 라만의 저택에 벌이를 보내거나, 매질을 하거나 혹은 도망친 아이들을 잡아와 죽이고는 했다. 크로만이 배운 것은 수족관 일이었다. 고대의 기계와 중세 네드의 문물들이 발굴되면서 피츠의 공업과 상업은 눈부신 발전을 하고 있었다. 버몬에서도 많은 라만이 건너와 자리를 잡았다. 영감은 그들을 상대로 큰돈을 벌기 시작했다. 귀족의 취미를 만족시켜주고 그들의 어두운 일을 도맡아 해주었다. 시장은 영감에게 기술학교장이란 권력을 하사해주었다. 착취와 폭력으로 시작한 장사가 어느새 교육과 권위를 지닌 사업으로 발전했다. 교장이 되고서도 토악스의 채찍질은 멈추지 않았지만, 속사정을 아는 이는 아무도 없었다. 귀족의 거실에 수족관을 꾸며주고 크로만은 오백 갤런에서 천 갤런 사이의 보수를 받고는 했다. 팔십 퍼센트의 몫은 언제나 영감의 것이었다. 사업의 영역이 달라진 것은 아브램이란 인물 때문이었다. 아브램은 네드와 밀접한 인물이었고, 상당수의 네드가 융의 작업을 원한다는 메시지를 갖고 왔다. 보수도 없이 금쪽같은 우리 아이들을 혹사시킬 순 없소. 외눈으로 눈물을 글썽이는 영감 앞에 아브램은 빛의 결정(結晶)을 내려놓았다. 작은 조약돌만한 결정 하나가 증기공장 다섯 채를 돌리는 원료, 혹은 죽어가는 귀족을 살리는 약으로 사용되었다. 영악한 영감은 훗날 그것을 광화로 둔갑시켰고, 환전을 통한 막대한 차익으로 자신의 주머니를 불리고 또 불렸다. 상당수의 융이, 그래서 세인트홀을 드나들게 되었다. 팔십 퍼센트의 몫을 영감에게 뺏긴다 해도 그것은 융이 할 수 있는 가장 큰 돈벌이임에 틀림없었다. 그리고 소년에게 기회가 찾아왔다.

아브램과의 만남은 소년의 삶을 송두리째 바꿔놓았다. 아브램은 소년을 교육시켰고, 신으로 여겨진 네드에 대한 수많은 정보를 전달해주었다. 네게 필요한 건 오로지 조작술뿐이란다. 불가능을 해결해주는 건 그곳에 모두 마련되어 있으니까. 그런 네드가 왜 우릴 필요로 하는 거죠? 글쎄다, 나도 전부를 아는 건 아니지만... 그리움 때문이 아닐까 생각한단다. 그리움이라구요? 그래, 그들이 그리워하는 건 인위(人爲)란다. 오랜 세월에 걸쳐 그들은 자신의 인위를 상실해버렸거든. 인위란 게 뭐죠? 너와 내가 하는 모든 일... 이유도 모른 채 오류와 혼돈 속에 벌어지는 모든 행위란다. 네드에겐... 그것이 불가능하거든.

아브램의 말을 이해할 순 없었지만, 그들이 융에게 원하는 건 뜻밖에도 사소한 것이었다. 함께 세인트홀을 오가는 친구들의 얘기도 저마다 달랐다. 동냥을 함께했던 바피어는 한나절을 끊임없이 얘길 늘어놓아야 한다 했다. 먹은 마나 전부가 거짓말이 된다 해도 좋을 법한 바피어지만, 이젠 아무 생각 없이 주절이거나 그마저 막힐 때면 냅다 춤을 춰버린다며 근심을 털어놓았다. 네드의 앞에서 그림을 그려야 하는 친구도 있었고, 갤런을 셈하거나 무거운 돌을 들어올렸다 내려놨다 해야 하는 친구도 있었다. 각양각색의 융이 있는 것처럼, 각양각색의 네드가 있다는 사실을 세인트홀을 출입하며 크로만은 알 수 있었다. 더러 네드는 찾아온 융을 죽이기도 했다. 그것이 네드의 짓인지, 결계에 진을 친 로버 일당의 짓인지는 아무도 알 수 없었다.

크로만의 경우엔 수많은 수족관을 만들어야 했다. 다섯 마리의 향유고래에서부터 이제는 이름을 잊어버린 초고대의 파충류들... 엄지손가락 크기의 무수한 쥐가오리와 이십 미터가 넘는 해파리를 만들기도 했다. 때로 네드는 물이 전혀 없는 캄캄한 공간으로 수족관을 설계하기도 했다. 그런 경우엔 작은 사이즈의 행성이 파충류나 어류를 대신했다. 목성을 띄워놓고 티끌만한 혜성이 충돌하는 모습을 즐긴 적도 있고 바로 어제처럼 바닷물에 떠 있는 토성을 만들 때도 있었다. 무거운 돌을 들거나 거짓말을 해야 하는 친구들보다는, 자신의 처지가 낫다고 크로만은 생각했다. 운이 나빴던 바피어는 지난겨울 싸늘한 시신이 되었다. 몰래 광화를 빼돌려 숨기다 영감에게 들킨 것이었다. 모두가 보는 앞에서 영감은 바피어의 두 팔을 잘랐다. 거짓말이 막힐 때 춘다던 바피어의 춤을, 그래서 모두가 볼 수 있었다.

그것이 인위란다. 아브램은 소년이 설치한 고래며 쥐가오리의 얘기를 듣고는 그렇게 말했다. 네드는 모든 걸 창조할 수 있었지만 이제 아무것도 창조할 수 없어졌단다. 창조의 이유가 없어진 거지... 그들 중 일부가 인위를 그리워하는 건 어쩌면 그들이 태초가 아니었기 때문인지도 몰라... 그렇게 많은 우주를 창조해놓고도 말이야. 우주라구요? 동공이 확장된 소년을 쳐다보며 아브램이 말을 이었다. 융이 생기기 훨씬 오래전... 네드는 수많은 우주를 만들었단다. 한 사람 한 사람이 각자 자기의 우주를 창조했다더구나. 그런데... 그것은 인위였을까? 그렇다면 인위가 아닌 것은 도대체 무엇일까?

늘 그랬듯 아브램의 말은 혼잣말과 같은 것이었다. 모든 융이 그러하듯 소년도 자신이 원하는 말만으로 자신의 머릿속을 채울 뿐이었다. 아브램은 카약 산의 동굴에서 발견된 어떤 시설에 대해서도 말해주었다. 명칭은 알 수 없지만... 수많은 둥근 구(球)들이 그 속에 쌓여 있었단다. 나와 연결된 네드에게 물어보니 그것이 곧 하나의 우주를 만드는 중세의 재료였다더구나. 그럼... 우주를... 만들 수 있는 건가요? 만들 수는 있지... 네드처럼 자신이 만든 우주를 관찰할 순 없겠지만 말이야. 어떻게... 어떻게 하면 그걸 사용할 수 있죠? 아아, 이 세계의 모순이여... 돈만 있으면 누구나 가능하단다. 그걸 가로챈 것은 수도 버몬의 기사단이란다. 반신반의하던 귀족들 중 일부가 그렇게 자신의 우주를 창조했었지. 물론 눈으로 확인할 도리가 없으니 곧 관심도 시들해졌지만 말이야...

십만 갤런이 있으면 된대.

서서히 먼동이 터오고 있었다. 이상할 정도로 소년은 마음이 편안했다. 영감의 외눈이 차단된 다프네 산의 힘일 수도 있고, 눈앞에 앉은 소녀의 두 눈에서 고대의 바다, 같은 것을 느꼈기 때문인지도 모른다. 소년의 이야길 들으며 소녀는 눈물을 흘려주었다. 아무 말 없이 소년의 거친 손을 어루만져주기도 했다. 그럴 때마다 그, 바다 위에 뜬 토성처럼 소년은 부유하는 기분이었다. 미묘한 각으로, 소년의 어깨는 소녀를 향해 기울어 있었다.

젖을 좀 뽑아줄까?

애처로운 눈길로 소녀가 물었다. 아니, 하고 소년이 대답했다. 그보다는... 잠을 좀 자야겠어. 나란히 누워 두 사람은 잠을 청하기 시작했다. 피츠까지는 꼬박 하루를 걸어야 했고 소년의 발목은 심하게 부어 있었다. 저기... 운, 하고 크로만이 속삭였다. 왜? 미안해... 네 옷에서... 고약한 냄새가 나. 부스스 소녀는 일어나 누더기를 벗어던졌고 다시 말없이 크로만의 곁으로 돌아와 누웠다. 소녀의 알몸엔 크고 작은 화상이 짙은 얼룩으로 남아 있었다. 그 얼룩을 손으로 쓰다듬으며 크로만은 슬펐다.

피츠를 향해 걷는 길은 멀고도 아름다웠다. 빛과 바람에 물든 마나가 흰 새의 깃처럼 땅 위에 내려앉았고 숲의 그늘진 곳에선 군집한 버칸의 애벌레들이 눈부신 푸른빛을 발하고 있었다. 다프네에서 내려온 강줄기를 따라 두 사람은 걷고 있었다. 같이 가, 크로만. 소녀가 소리쳤지만 크로만은 걸음을 늦추지 않았다. 발목은 다 나았고 길은 평탄했으며, 소년은 부끄러웠다. 그제 밤의 일이 또다시 생각났다. 눈을 뜨자 소녀의 가녀린 몸이 자신의 위에 걸터앉아 있었다. 젖을 짜줄 테니까 날 세인트홀에 데려다줘, 제발. 소녀가 젖을 짤 때까지 소년은 아무 말도 할 수 없었다. 소년이 말을 하지 않았으므로, 소녀는 그만 자신의 몸속에 소년의 젖을 받아버렸다. 미안... 그런데 나온다고 말을 했어야지. 소녀의 말에 소년은 고개를 떨구었다. 먹지... 않아도 괜찮아? 소년의 머리를 쓰다듬으며 운이 속삭였다. 젖을 몸속에 뿌린 사람은 네가 처음일 거야. 생각이 떠오를수록 크로만은 뒤를 돌아볼 수 없었다. 여자의 항문이 처음이라 그랬을 거야, 착각하며 크로만은 스스로를 위로했다.

발목의 부기가 빠지는 동안 소녀는 두 사람의 옷을 빨아 널었다. 세인트홀에 가는 건 쉬운 일이 아니야. 크로만이 만류했지만 운은 막무가내였다. 무슨 일을 당해도 좋아. 꼭 한번만이라도 엄마를 만나고 싶어. 소녀의 눈을 바라보면 크로만의 생각은 또 언제나 토성처럼 기우는 것이었다. 움막 안까지 티끌 같은 마나가 쏟아지던 아침이었다. 소년과 소녀는 피츠를 향해 길을 떠났다.

크로만은 우선 아브램의 집을 찾았다. 네데 동산으로 가는 길목이기도 했고, 무엇보다 영감에게 운을 쥐여주기가 싫었다. 세인트홀의 일자리도 가능하면 아브램을 통해 얻고 싶었다. 아무도 오지 않는 피츠 외곽의 숲에서 아브램은 살고 있었다. 지붕에 망원경이 있고 전체가 휘저 나무로 짜인 단단한 집이었다. 몇번이고 문을 두들겼지만 아무런 반응이 없었다. 휘저로 짜인 문에는 휘저보다 더 단단한 걸개가 걸려 있었다. 할 수 없이 크로만은 동산을 향해 발길을 돌렸다. 아브램의 집에서 수 킬로 언덕을 오르면 융은커녕 곤충도 올 리 없는 네데 동산이 있었다. 네데란 이름조차 크로만이 지은 것이었다. 숨이 차. 꼬박 하루를 걸어온 소녀를 업고 소년은 언덕을 올랐다. 힘들지 않아? 소녀가 물었다. 소년은 아무 대답도 하지 않았다. 저기... 크로만... 지금도 내 옷에서 냄새가 나니? 소년의 등에 얼굴을 묻고서 또다시 운이 물었다. 아니, 하고 소년이 대답했다.

밤인데도 동산은 어둡지 않았다. 절벽이 가로막고 있긴 해도 세인트홀이 가까이 있어서였다. 운을 내려놓은 소년은 동산의 중심에 있는 나무의 밑동을 파기 시작했다. 아브램에게조차 말하지 않은, 빼돌린 광화를 묻어둔 장소였다. 배낭에서 꺼낸 광화를 묻기 전에 잠시 크로만은 광화의 수를 세고 또 세었다. 어림잡아도 삼만 갤런 정도의 값어치가 틀림없었다. 소년의 얼굴이 환해졌다. 다시 광화를 묻은 후 소년은 흙과 이끼로 자신의 광화를 세상에서 지워버렸다. 운은 연못에서 부르튼 발을 씻고 있었다. 함께 발을 담근 크로만이 하늘을 바라보며 소녀에게 속삭였다. 운... 난 언젠가 나 자신의 우주를 만들 거야. 미소를 지으며 소녀는 말없이 연못을 바라보았다. 검고 잔잔한 수면 위에, 그 순간 우주도 자신의 모습을 비춰보고 있었다.

네드다!

크로만이 소리쳤다. 갑자기 나타난 그 빛들은 무리를 짓거나 때로 흩어지며 어두운 밤하늘을 부유하기 시작했다. 신비와 두려움에 소녀는 자신도 모르게 크로만의 품을 파고들었다. 어지러이 흩어지던 원형의 빛 중에서 몇개의 빛이 언덕을 향해 내려왔다. 그것은 연(蓮)잎처럼 둥글고 납작했으며 대낮의 태양처럼 눈부신 것이었다. 한동안 두 사람의 머리 위를 맴돌던 빛들은 이내 밤하늘로 올라가 종적을 감추었다. 저게 네드야? 소녀가 물었다. 응, 하고 소년이 답했다. 실은 융과 다름없는 모습인데... 저것도 네드라고 아브램이 말해줬어. 크로만의 말을 소녀는 얼른 이해하지 못했다. 네드는 말이야... 의식을 저렇게 분리할 수 있대. 그러니까 저건 네드의 의식이지. 아브램은 저 상태의 네드와 대화를 한다고 들었어. 저런 모습으로 네드는 전혀 다른 세상을 넘나들기도 한대. 자신이 만든 우주를 관찰하기도 하고 말이야... 문득 소녀도 한동안 잊고 있던 볼드의 말을 되새기게 되었다. 무력하고 누추한 자신이 저 빛나는 곳에서 왔다는 사실이 도무지 믿기지 않았다.

아브램의 집으로 내려온 두 사람은 집 뒤편의 헛간에 숨어들어 곤한 육신을 내려놓았다. 교육을 받는 동안 머물렀던 장소여서 소년은 익숙하게 짚과 땔감을 이용한 침대를 만들었다. 넌 여기서 자. 소년이 얘기했다. 평생 처음 누워보는, 이슬이 맺히지 않는 폭신한 잠자리였다. 네드라면 이런 곳에서 잠을 자겠지... 생각을 하며 소녀는 막 수줍고 행복해졌다. 크로만... 하고 소녀는 소년을 불렀다. 왜? 가만히 손을 뻗어 소년의 손을 잡은 운이 한참이 지나서야 나지막이 속삭였다. 젖을... 짜줄까? 헛간의 천장을 한동안 바라본 후 소년이 대답했다. 괜찮아, 난 배고프지도 않고... 가엾지도 않아.

아브램의 헛간에 소녀를 남겨두고 크로만은 혼자서 피츠로 돌아왔다. 숙소는 여전히 친구들의 장난과 싸움과 아우성으로 야단법석이었다. 한껏 마음을 졸이면서 소년은 영감의 방문을 두드렸다. 똑, 똑 문을 두드릴 때마다 하나씩 잘려나가던 바피어의 팔이 떠올랐다. 이 바머스 같은 녀석! 도대체 정신이 있는 게냐? 외눈을 부라리며 영감은 채찍을 꺼내들었다. 들키지 않았구나. 채찍을 보면서 소년은 안도의 한숨을 내쉬었다. 사실을 알았다면 영감은 증기톱을 꺼내들었을 테니까.

교활한 영감을 안심시키기 위해 크로만은 펑펑 울음을 터뜨렸다. 외눈으로 이리저리 소년의 안색을 관찰한 후 토악스의 추궁이 시작되었다. 이 앙증맞은 바머스야... 그동안 어느 굴에 숨어 있다 지금에야 기어들어온 거지? 무슨, 수작이야, 말해, 말, 해... 일부러 뜸을 들여 소년은 열댓 대의 채찍을 더 얻어맞았다. 영악한 영감을 속이는 방법을 이제는 크로만도 어느정도 알고 있었다. 무섭진 않았지만 덜덜 다리를 떨며 소년이 말했다. 치세의 젖 짜주는 가게에 다녀왔어요. 어이가 없다는 낯으로 영감이 피식 웃음을 흘렸다. 더 큰 목소리로 소년은 엉엉 울음을 터뜨렸다.

돈을 거기다 다 쓴다 이 말이냐? 한심한 놈... 말해, 아까운 우유를 몇번이나 버리고 왔는지. 세, 세 번이요. 아까운 내 우유, 아까운 내 우유... 손해를 참지 못하는 영감은 바로 그 자리에서 자신의 빚을 받아냈다. 연달아 세 번, 소년은 자신의 손으로 자신의 젖을 짜야 했고 그것을 은스푼에 담아 영감에게 바쳤다. 스읍. 세 번을 말끔히 삼키고 나서야 영감은 분이 완전히 풀린 모습이었다. 네 걱정을 얼마나 했는지 아냐? 지금 전쟁이 터져 온 세상이 어수선한데... 그 몰골로 돌아다니다 군대에 끌려가지 않은 게 천만다행이다. 운도 좋은 바머스... 두 장의 통행증을 내던지며 영감이 중얼거렸다. 전세가 나빠지면 이런 나부랭이도 무용지물이야. 또 싸돌아다닐 거냐, 응? 내 돈벌일 망칠 생각이냐고! 아브램이 올 때까지 꼼짝 말고 숨어 있어, 알겠지?

피츠 전체가 전쟁의 소문으로 술렁이고 있었다. 협잡꾼들이 활개를 치고 있었고, 이제 곧 피츠의 세상이 온다는 말과 벌써 다프네까지 버몬의 깃발이 펄럭인다는 말이 동시에 곳곳에서 무성하게 흘러나왔다. 약삭빠른 한 마리의 바머스처럼 소년은 누구의 눈에도 띄지 않게 피츠를 빠져나왔다. 찢어진 등에는 다섯 마리의 까마귀가 앉아 있는 느낌이었다. 전지전능하신 토악스여... 숙소 대신 아브램의 움막에 숨어 있으면 안될까요? 아브램이 돌아오면 소식을 전할 일꾼도 필요하고 말입니다. 끙 하고 외눈을 굴리던 영감이 고개를 끄덕였다. 운이 좋은 날이라고, 크로만은 생각했다.

소년은 닷새를 앓아누웠다. 소녀는 한시도 소년의 곁을 떠나지 않았고, 물과 마나를 반죽해 소년의 입속에 넣어주었다. 아브램이 돌아와 짐을 챙겨 떠날 때까지도 소년의 의식은 돌아오지 않았다. 아브램은 약초를 갠 진득한 물과 한 장의 편지를 소녀에게 건네주었다. 그리고 말없이, 소녀의 머리를 쓰다듬어주었다. 묻고 싶은 일들이 많았지만 소녀는 아브램의 근엄한 얼굴이 두려웠다. 전쟁은 그런대로 굴러가던 세상의 형상을 보다 근엄하게 만들고 있었다. 다프네 쪽에서 솟구치는 검은 연기를 소녀는 보았고, 절벽 아래의 협곡에서 거대한 증기화차가 폭발하는 것도 볼 수 있었다. 누가 누구와 싸우는지도 알 수 없었다. 누가 누구와 싸운다 해도 그들은 모두 **융**이었으니까.

눈을 뜬 소년은 또 며칠을 그렇게 누워 있었다. 그는 아브램의 편지를 읽었고, 희망과 절망이 섞인 눈으로 생각에 잠기거나 잠이 들고는 했다. 지브리어로 쓰인 아브램의 편지엔 다음과 같은 말이 씌어 있었다. 친애하는 크로만에게. 크로스터의 사제로서 길을 떠나며 몇자 적는다. 이것은 **라만**의 전쟁이자 버몬과 피츠의 싸움이다. 눈을 감거나 귀를 막아도 이 모든 인위를 벗어날 이는 없으리. 내 도움도 아마 이것이 마지막이 아닐까 싶다. 두번째 보름달이 뜨고 다시 달이 반으로 기울 무렵, 세인트홀을 찾기 바란다. 너의 돈벌이도 아마 그날이 마지막일 테지. 끝으로 너를 위해 좋은 정보를 알려주마. 카약의 유물을 원한다면 아마도 지금이 최고의 적기일 것이다. 전쟁은 많은 물자를 필요로 하고, 버몬은 지금 물불을 가리지 않는 입장이다. 광화라면, 액수가 아무리 모자란다 해도 네드의 유물 하나를 쉽게 넘기려 들 것이다. 카약에 가고자 한다면 서쪽의 사막을 이용하고, 카약에 다다른다면 기사단의 모호제를 찾기 바란다. 이 모든 인위를 부정할 수 없으므로, 이 모든 인위를 긍정할 수 없는 —아브램으로부터

아브램이 준 마지막 기회를 소년은 소녀에게 물려주었다. 두번째 보름달이 뜨고 다시 달이 반으로 기울 무렵이야. 누더기를 뒤집어쓰고 이 통행증을 가져가. 영감의 아이라면 로버도 건드리지 않으니까. 그리고 네드를 만나기까지의 절차를 친절하고 세밀하게 소녀에게 설명했다. 넌? 하고 소녀가 물었다. 고개를 떨군 소년은 한참이나 대답을 망설였다. 사막을 가로질러 카약 산에 이를 거야. 살아온다 하더라도 몇달이 걸릴지 모를 여행이야. 세인트홀에서 무사히 나온다면… 너도 살아 있다면… 여기서 날 기다려줘. 고개를 끄덕인 운이 눈물을 훔치며 되물었다. 너도… 올 거지? 소년은 아무 말도 하지 않았다. 할 수, 없었다.

수많은 기사들의 시체를 소년은 보았다. 수많은 아이들의 시체도 소년은 보았다. 숨어 외곽을 둘러가면서도 무수한 건물과 공장의 잔해를 볼 수 있었다. 치솟는 검은 연기를 보았다. 멀리서 번지는 불길의 숲을 보았다. 머리와 내장

이 떠내려오는 붉은 강을 보았다. 놀라 떼지어 도망치는 수많은 엘크를 보았다. 격노한 듯 쏟아지는 마나의 비를 맞았다. 그리고 사막에 이르러

소년은 아무것도 보지 못했다. 그곳엔 융도, 융의 시체도 보이지 않았다. 건물과 공장도 볼 수 없었다. 연기도 숲도 그곳엔 없었으며 흐르는 강도, 목을 적시는 엘크도 그곳엔 없었다. 전쟁도 보이지 않았으며 또 그렇다고 평화가 보이는 것도 아니었다. 네드도, 마나의 비도 그곳엔 존재하지 않았다. 그곳엔 아무도, 아무것도 없었다. 소년은 걷고, 또 걸었다.

아무도, 아무것도 없는 그곳에서 문득 소년은 신을 느낄 수 있었다. 신은 네드가 아니었고, 융도 아니었다. 하지만 느낄 수 있었다. 선인장의 즙과, 마나사(沙)로 연명하는 누추한 자신을 그 순간 신은 굽어, 살피고 계셨다. 머리가 어지러웠다. 환영처럼 눈앞에 다가온 카약 산을 쳐다보며, 소년은 조심스레 왼발을 내디뎠다. 그곳엔 이제 산이 있었다.

의심이 가득한 눈으로 기사단의 모흐제는 소년을 맞이했다. 넌 누구냐, 그리고 어디서 왔느냐. 아브램의 편지를 보여주며 소년은 배낭 속의 광화를 꺼내놓았다. 주위를 재빨리 둘러본 후 차갑게 굳은 표정으로 모흐제가 속삭였다. 겁 없는 소년이여, 아브램의 서명이 없었다면 나는 벌써 너의 목을 베었을 것이다. 자신의 방으로 소년을 데려간 후 모흐제는 기사단의 금고 속에 광화

를 옮겨넣었다. 적록의 휘장과 기물들, 낯익은 갖가지 실험도구들을 둘러보며 소년은 그가 아브램과 같은 크로스터임을 알 수 있었다.

  네가 원한 것은 이루어질 것이다. 날 믿어도 좋아. 모흐제가 얘기했다. 모든 것을, 소년은 믿는 수밖에 없었다. 커다란 침상에 크로만을 눕게 한 후 모흐제는 작고 예리한 몇개의 칼을 램프로 달구기 시작했다. 우선 작은 수술이 필요하단다. 너의 우주는 너의 일부를 원하거든. 아픔을... 견딜 수 있겠니? 소년은 고개를 끄덕였다. 뜨거운 칼날이 곧 크로만의 옆구리를 찢으며 들어왔다. 네드는 뭔가 다른 방법을 썼을 테지만 말이야... 오만한 라만들의 관심이 왜 이 유물에서 금방 멀어졌는지 알겠지? 천천히 말을 이어가며 모흐제는 재빠른 손놀림으로 갈비뼈의 한 조각을 잘라 꺼냈다. 자신의 옆구리에서 일어난 그 광경을 크로만도 지켜보았다. 영감의 채찍을 맞을 때보다는 아프지 않았다.

  엿새가 지나고서야 크로만은 붕대를 풀 수 있었다. 걸을 수 있겠니? 모흐제가 물었다. 걸을 수 있습니다. 대답을 끝낸 후에도 소년은 계속해서 모흐제를 쳐다보았다. 소년이 궁금해할 여러가지를 모흐제는 가능한 한 쉽게 설명해주었다. 이 시설을 가동하는 덴 오랜 시간이 걸린단다. 보름달이 세 번 뜨고 나면 금성이 잘 보이는 새벽이 올 것이야. 그때 하늘을 지켜보거라. 둥글고 환한 빛이 구름을 뚫고 사라지면 모든 약속이 지켜졌다는 걸 알 수 있을 게다. 고개를 끄덕인 후 크로만은 자신의 짐을 챙기기 시작했다.

카약을 향해 크로만이 떠난 후, 두 번의 보름달이 뜨고 다시 달이 반으로 기운 무렵이었다. 세인트홀의 계단에 이르러 운은 가빴던 숨을 몇번이고 몰아쉬었다. 자신을 낳아준 어머니의 환영이 빛나는 탑의 어딘가에서 운을 향해 손짓하는 느낌이었다. 얼굴에 드리웠던 누더기를 걷어올린 후 소녀는 빛을 향해 오른발을 내디뎠다. 소독된 알몸 위에 랩핑이 끝나고, 거대한 빛 속의 작은 안내자를 소녀는 결코 놓치지 않았다. 룸의 문이 열렸다. 네드는 침대에 앉은 채 새로운 수족관을 스케치하던 중이었다.

이런 게... 가능할까? 스케치를 들어올리며 네드의 시선이 운에게로 옮겨졌다. 그리고 잠시, 두 존재는 아무 말 없이 서로를 바라보았다. 너는... 하고 네드가 말을 이었다. 내가 아는 융이 아니구나. 운은 달려가 네드의 앞에 무릎을 꿇었다. 전지전능하신 네드시여. 눈물을 흘리며 소녀는 자신의 이야기를 털어놓았다. 길고 긴 이야기였고, 서러운 이야기였다. 말없이 고개를 끄덕이며 네드는 끝까지 소녀의 이야기를 끊지 않았다. 어머니라... 그러니까 널 생산한 존재를 얘기하는 건가? 예, 희고 빛나는 아름다운 베일을 머리에 쓰셨습니다. 베일 속엔 늘 인자한 미소를 짓고 계시고... 아무런 말 없이 네드는 수족관을 응시할 뿐이었다. 아무도, 아무것도 없는 어둠이 어떤 혼돈도 없이 그 속에 고여 있었다.

우우, 욱. 그때 갑자기 운이 구토를 하기 시작했다. 악취와 오물이 바닥으로 쏟아졌고, 네드의 발등에도 몇점의 얼룩을 남겨놓았다. 죄송합니다. 용서하소서. 모든 게 끝이란 생각을 하며 운은 서럽게 울기 시작했다. 그 순간 소녀는 크로만을 떠올렸다. 기다림에 지쳐 자신을 찾아 나선 소년의 얼굴이었다. 내 시체는 찾기 쉬울 거야. 등에 얼룩이 많으니까... 허겁지겁 네드의 발등을 닦으며 소녀는 그게를 떨구었다. 네드는 기뻐하지도 노여워하지도 않았다. 대신 골똘히 오물을 쳐다보았다. 그리고 손을 뻗어 끈적한 오물의 일부를 만져보았다. 그것은 네드에게 무척이나 신선한 것이었다. 네드는 오물의 냄새를 맡았고, 다시금 수족관의 어둠을 응시하기 시작했다. 어떤 고민도 어떤 의도도 담기지 않은 무위로운 시선이었다. 그는

하고 싶은 대로 했다.

크로만이 피츠에 돌아온 것은 벌써 세 번의 보름달이 뜨고 난 직후였다. 소년은 다시 사막을 가로질렀고, 추위와 배고픔에, 혹은 패잔병에 쫓겨 몇번이고 죽을 고비를 넘겨야 했다. 초입의 강가에선 거대한 엘크들이 한가로이 물을 마시고 있었다. 전쟁은 끝나 있었다. 피츠엔 새로운 깃발이 세워져 있었고, 거리엔 시체와 처형된 자들의 머리가 산을 이루고 있었다. 꼬챙이에 꿰인 머리 하나가 두 눈에 들어왔다. 눈꺼풀에서 쏟아진 말라붙은 외눈이 한 덩이의 육포처럼 허공에서 대롱거렸다. 소년들의 젖을 가로챈 입은 뻥하니 뚫린 채

하늘로 열려 있었다. 피츠의 곳곳에선 아직도 연기가 피어올랐다. 모두를, 모든 것을 태우는 연기였다. 크로만은 걸음을 재촉했다.

아브램의 헛간은 비어 있었다. 운. 몇번을 소리쳐보았지만 소녀의 모습은 나타나지 않았다. 털썩, 배낭을 내려놓은 후 소년은 드러누워 하늘을 쳐다보았다. 아무도, 아무것도 없는 하늘이었다. 눈물을 흘릴 기력이 없는데도 크로만은 한없이 울고만 싶었다. 한참을 입으로만 울고 난 후에야 겨우 한 방울의 눈물이 땀처럼 샘솟았다. 뺨을 타고 흐르지도 못한 채, 눈물은 곧 눈가에서 말라붙었다. 모든 것을, 크로만도 씻어내고 싶었다. 터벅터벅 소년은 언덕을 오르기 시작했다.

동산에 다다른 순간 크로만은 샘물에 발을 담근 여자의 알몸을 볼 수 있었다. 운의 몸매는 아니었지만, 운과 같은 얼룩이 온 등에 퍼져 있었다. 인기척을 느낀 여자가 뒤를 돌아보았다. 그제야 크로만은 자신의 누더기를 벗어던지고 물을 향해 뛰기 시작했다. 첨벙, 물보라가 일었다. 알몸의 소년과 소녀는 서로를 얼싸안고 기뻐 날뛰었다. 무슨 말을 하고 싶었지만, 둘은 아무 말도 할 수가 없었다. 아, 하고 길게 소년이 고함을 질렀다. 소녀도 함께 고함을 지르기 시작했다. 계곡은 스스로 거울이 되어, 그들의 목소리에 수많은 거품을 일으켜 돌려주었다.

잠이 오지 않는 밤이었다. 나란히 동산에 누워 두 사람은 함께 새벽을 맞기로 했다. 여기서라면 잘 보일 거야. 크로만은 사막을 얘기했고, 모흐제와 자신의 우주에 대해 얘기했다. 기분이 이상해. 운의 다리를 베고 누워 크로만이 몸을 뒤척였다. 왜? 거기서도 생명이 생겨나고... 나 같은 융이 태어날까? 구걸을 하거나... 채찍질을 당하고... 그럴까? 운은 아무 말도 하지 않았다. 할 수, 없었다. 넌 만났니? 어머니... 란 걸 말이야. 슬픈 표정으로 운이 고개를 끄덕였다. 하지만 운은 자신이 만난 어머니에 대해 어떤 이야기도 들려주지 않았다. 이상하게 부풀어오른 운의 배를 어루만지며 크로만은 새벽을 기다렸다. 이 나무도 이상해. 여태 한번도 열매가 열린 걸 본 적이 없으니까... 어떤... 나무였을까? 희뿌연 금성이 평소보다 크게 자신의 윤곽을 드러내기 시작했다. 우주는 스스로 거울이 되어, 크로만의 질문에 수많은 거품을 일으켜 돌려주었다. 그리고 두 사람은

카약이 있는 방향에서 솟아오른 희고 부신 빛 하나를 볼 수 있었다. 빛은 순식간에 구름을 뚫고 사라졌고, 두 사람이 볼 수 없는 ─ 여기가 아닌 거기에서, 여기에도 거기에도 있는 빛이 되었다.

✝

이것도 어떤, 지구의 이야기이다

　들어온 것은 4번과 6번 말이었다. 와아 하고 일어선 관중들의 함성이 천지를 진동시켰다. 빈스는 말없이 자신의 중절모를 벗어들었다. 이마의 끈적한 땀을 소매로 문질러 닦은 후 그는 또다시 모자를 눌러썼다. 2번과 5번 말에 남은 돈 모두를 걸었다. 그래봐야 십 달러도 안되는 돈이지만 그것은 빈스의 전 재산이었다. 젠장할! 삼류 고등학교 관악대의 바순 같은 목소리로 토미가 울부짖었다. 씩씩대며 몸을 일으킨 백팔 킬로의 거구가 울분을 참지 못하고 발을 굴리기 시작했다. 여덟 마리의 말이 관중석에 올라와 난동을 부리는 소리가 났다. 두 패배자는 관중석이 텅 빌 때까지 자리에서 일어나지 못했다.

　빈스, 난 말이야… 4번과 6번에 걸려고 했다고! 거짓말 같겠지만 말이야, 난 맹세코 4번과 6번에… 내겐 직감이란 게 있다고! 자네도 알잖나, 칠년 전 내가 대박을 터뜨린 사실을 말이야! 아무 말 없이 빈스는 자신의 손에 쥐어진 두 장의 마권을 내려다보았다. 마권의 아래쪽은 땀으로 젖어 있고, 자신의 검은 손은 바삭하게 말라 있었다. 조심스레, 그는 두 장의 마권을 중절모의 카키색 벨트에 꽂아넣었다. 가자구. 빈스가 중얼거렸다. 응? 뭐라구? 토미가 울부짖었다. 가자구. 더 낮은 목소리로 빈스가 속삭였다. 여전히 시뻘건 얼굴로 토미는 씩씩거렸다. 염병할! 정말이지 누가 염병을 앓아도 좋을 만큼이나 노을은 아름다웠다.

이 이상은 안돼! 침을 뱉듯, 손가락을 세우며 토미의 동생 버드가 얘기했다. 쫓겨나듯 바 입구의 구석탱이에 앉은 두 사람은 버드가 놓고 간 두 병의 맥주를 묵묵히 바라보았다. 최악의 싸구려, 아일랜드 비숍이었다. 이런 건 개도 안 마셔. 토미가 중얼거렸다. 유통기한이 칠년은 더 지났을걸... 이봐 빈스, 내가 저 새끼를 어떻게 키웠는지 아나? 아냐구! 역시나 말없이 빈스는 공짜 맥주의 마개를 비틀어 땄다. 맥주로서도 최악의 싸구려들을 만난 거라고 빈스는 생각했다. 워우 워, 레슬링을 틀라구 레슬링을! 야구를 보고 있는 버드를 향해 토미가 꽥꽥 야유를 퍼부었다. 바의 단골 모두에게 그것은 개 짖는 소리로 들렸다. 배은망덕한 놈! 꽥 하고 소리를 한번 더 지른 후 토미는 단숨에 아일랜드 비숍을 비워버렸다.

오분의 일쯤 남은 시가 토막, 두 장의 마권... 테이블에 놓인 빈스의 중절모엔 그의 전재산이 꽂혀 있었다. 관을 살 돈도 남아 있지 않았다. 오늘밤 죽는다면, 중절모의 저 옴폭한 홈에 자신의 육신을 어떻게든 구겨담아야 할 처지였다. 끊임없이 음악이 흐르고 있었지만 어떤 노래도 자신의 처지를 표현하거나 달래주지 못했다. 그런 노래가 있다면 오로지 방법은 하나일 것이다. 전설의 테너 울라이프가 그 뱃고동 같은 목소리로 빈~터어어어어어어얼~ 터~어어어어~어~리! 하고 삼분 사십초간 뽑아준다면 또 모를까.

동생에게서 결국 열 병의 맥주를 더 빼앗은 토미가 눈물을 짜기 시작했다. 늘 해오던 순서 그대로였다. 어쩌다 이렇게 된 거지? 그리고 삼류 신학교 성경낭독부의 여학생 같은 목소리로 한탄이 시작되는 것이다. 우리 말이야... 어쩌다... 살 떨리는 여학생의 신앙고백 같은 걸 들으며 빈스는 떠나간 아내와 교통사고로 죽은 아들을 떠올렸다. 까마득한 옛날의 일이었다. 번듯한 직장을 다닐 때였고, 정말이지 젊었다. 하... 하고 백팔 킬로짜리 여학생이 허벅질 긁으며 한숨을 토했다. 그래도 자넨 나보다 나아. 자넨 돈이라도 모았었잖아... 그런 거금을... 바람난 마누라가 도망간 상황에서도 말이야... 아... 뭐 그 얘긴 그만두자고... 어쨌거나 자넨 나하곤 차원이 다른 인간이지... 암... 그렇고말고... 자넨 그 돈을 쓰는 게 아니었어... 지금에서야 하는 말이지만... 스몰뱅 캡슐인가?... 흥, 빅뱅도 아니고 스몰뱅? 쪼잔하게시리... 사기꾼 놈들... 아무튼 거기 다 털린 거잖아 자넨... 미친... 자넨 거기서 실수한 거야. 뭐야... 무슨... 내가 지금 누굴 보고 뭐라 떠드는 거야... 망할... 돼지새끼... 평생 프로레슬링이나 처보고... 자~알 한다... 이런 내가 나도 싫어... 젠장할... 그래도 빈스... 커프맨이 럼블에서 챔피언이 되었을 땐 정말 기뻤다고... 커프야말로 진정한 챔피... 암... 기억나나? 더티 버팔로랑 붙었던 세기의 일전 말이야... 비겁한 놈의 반칙을 당하고도 **이제 두 갈래의 갈림길이 눈앞에 놓여 있음을 빈스는 알 수 있었다. 스르륵 여학생이 잠들거나, 혹은 얼굴이 휙 돌아가서는 교회를 폭파시키거나.** 반칙을 당하고도 말이야... 놈을 번쩍 들어...

파~워~ 밤!

여전한 밤이었다. 토미가 테이블을 뒤집는 순간 단골들은 모두 바를 뛰쳐나갔고, 니기미! 를 외친 버드가 경찰을 불렀으며 삼십분이 지나서야 난동은 잠잠해졌다. 빈스... 뭐라고 말 좀 해줘! 내 잘못이 아니잖아... 빈스!

면목이 없네. 대신 사과를 하는 빈스를 향해 또 한번 버드는 니미! 라고 소리쳤다. 쓸쓸히 모자를 챙겨 나서는 빈스가 그렇게 열 발짝 정도를 걸었을 때였다. 니미! 라고 중얼거린 버드가 따라와 절반쯤 남은 담배 한 갑을 빈스의 주머니에 찔러주고 돌아갔다. 고맙네... 라고 빈스가 중얼거렸다. 대답 대신, 멀어지는 목소리로 또 한번 니미! 가 들려왔다.

아무도, 아무것도 보이지 않는 밤이었다. 가로등은 꺼져 있었고, 그를 기다리는 건 가스와 전기가 끊긴 낡은 셋방뿐이었다. 아무도, 아무것도 보이지 않는 거리를 가로질러 빈스는 어둑한 현관에 이르렀다. 아무도, 아무것도 없을 자신의 방문 앞에 그러나 한 통의 편지가 놓여 있는 걸 빈스는 발견했다. 필시 집주인인 매리안이나 1층 103호의 꼬마 스티플이 두고 간 게 틀림없었다. 조심스레 편지를 집어 빈스는 겉봉의 주소와 소인을 확인했다.

받음 6754A 진저 2가 3174호 빈스 스콜스

보냄 스몰뱅 주식회사 관리부(A/S담당 젠펄스 토머)

귀하가 요구하신 내역에 대해 다음과 같은 조사 결과를 보내드립니다. 관찰 샘플은 랜덤으로 선정되었으며... 언제나 고객을 위해 봉사하는... 스몰뱅... 젠펄스 토머. 편지의 공문을 건성으로 넘긴 후 빈스는 옆방에서 새나오는 불빛에 기대 젠펄스의 보고서를 읽어나갔다. 눈은 침침하고 버드가 찔러준 담배는 지독했지만, 빈스의 입가엔 어느새 흐뭇한 미소가 번지기 시작했다. 아내가 떠나고 아들을 여읜 후 모든 걸 처분해 만든 자신의 우주, 그 우주의 소식이었다. 어둑한 옆방의 문설주에 삐걱 기대어 빈스는 자신의 남은 시가를 꺼내 다시 불을 붙였다. 크로만이라... 그리고 운이라... 어둠속에서 빈스가 희미하게 중얼거렸다. 여기에도 있고 거기에도 있는 ─

태초의 빛처럼 시가의 끝이 반짝했다.

박민규 소설집
더블 side A

초판 1쇄 발행 / 2010년 11월 11일
초판 2쇄 발행 / 2010년 11월 18일

지은이 / 박민규
펴낸이 / 고세현
책임편집 / 이상술
펴낸곳 / (주)창비
등록 / 1986년 8월 5일 제85호
주소 / 413-756 경기도 파주시 교하읍 문발리 513-11
전화 / 031-955-3333
팩시밀리 / 영업 031-955-3399 편집 031-955-3400
홈페이지 / www.changbi.com
전자우편 / literat@changbi.com
인쇄 / 한교원색

ⓒ 박민규 2010
ISBN 978-89-364-3714-5 03810
       978-89-364-3588-2 (전2권)